L'Équipage

ÉTONNANTS • CLASSIQUES

KESSEL

L'Équipage

Présentation, notes, dossier et cahier photos par
Emmanuelle GUILLOU,
professeur agrégée de lettres modernes

Flammarion

ISBN : 978-2-0813-1144-2
ISSN : 1269-8822

SOMMAIRE

PRÉSENTATION

Joseph Kessel : Hercule au pays des lettres

J'aurais voulu aussi bien être un ascète que le plus grand débauché de la terre, un savant comme les radiologues, qui étaient alors sujets à des accidents presque mortels, et en même temps le peintre Raphaël[1], par moment être un dandy[2] comme tous les copains des milieux que je fréquentais, un aviateur aussi, et tout ça pour aller toujours plus loin, aussi bien dans l'aventure que dans le plaisir[3].

Tels sont la force de vie et le désir démesurés, portés par un physique de colosse, avec lesquels Joseph Kessel traverse l'histoire. Écrivain, journaliste, aviateur, aventurier, buveur et joueur invétéré, capable de déclencher des rixes mémorables dans un accès de fureur slave, il est avant tout cet infatigable « témoin parmi les hommes[4] » qui traque l'humanité et l'héroïsme au cœur du quotidien.

---

1. ***Raphaël*** (1483-1520) : peintre italien de la Renaissance.
2. ***Dandy*** : homme élégant, à la manière des jeunes Anglais du XIXe siècle.
3. Entretien avec Georges Walter publié dans *Le Figaro littéraire*, 27 avril 1974, cité par Gilles Heuré dans l'introduction à Joseph Kessel, *Reportages, romans*, Gallimard, coll. « Quarto », 2010, p. 78.
4. *Témoin parmi les hommes* est le titre d'une anthologie publiée entre 1956 et 1969 aux éditions Del Duca, et qui rassemble les plus grands reportages de Joseph Kessel.

Entre l'Argentine, l'Oural et la France (1898-1916)

C'est en Argentine que Joseph Kessel est né, le 31 janvier 1898. Juifs russes, ses parents ont tous deux mené des études de médecine en Suisse et en France, avant de s'établir dans la ville de Villa Clara. Mais ils décident très vite de repartir vers l'Europe. La famille Kessel – Joseph a deux frères plus jeunes que lui, Lazare et Georges – passe quelques années dans l'Oural à Orenburg. En 1908, les Kessel s'installent définitivement en France, sur la Côte d'Azur d'abord, puis à Paris cinq ans plus tard. Inscrit au lycée Louis-le-Grand, Joseph obtient son baccalauréat. Lorsque la guerre éclate, en 1914, le jeune homme, qui a déjà le goût de l'aventure, se porte volontaire; déclaré trop jeune pour être mobilisé, il poursuit ses études de lettres et se lance dans le théâtre en compagnie de Lazare. Dès 1915, à dix-sept ans, il est embauché à la rubrique de politique étrangère du *Journal des débats*, où il traduit et écrit des articles sur la Russie ainsi que quelques contes.

Premiers combats et premier tour du monde (1917-1919)

En 1917, Kessel est enfin accepté dans l'armée française. Après une formation d'observateur[1], il rejoint l'escadrille SOP 39, à Jonchery, près de Reims, commandée par le capitaine Thélis Vachon (1893-1918). Il y effectue des missions de reconnaissance afin d'orienter les tirs d'artillerie au sol. En mars 1918, les troupes allemandes lancent une offensive en Picardie, qui sera nommée « seconde bataille de la Marne »; les Français ripostent

1. L'observateur est le second membre de l'équipage d'un avion de combat. Il est chargé d'examiner le terrain et de repérer les cibles ennemies.

par une contre-offensive en juillet. Le jeune aviateur participe à cet affrontement très rude et s'y illustre, puisqu'il est cité à l'ordre de l'armée[1]. Cette expérience de la guerre et la rencontre avec le capitaine Thélis lui fourniront plus tard la matière de *L'Équipage*. Un autre sujet qui sera abordé dans le roman, la passion pour le jeu, prend sa source dans la vie de l'auteur : dépendant, le jeune homme laisse régulièrement de grosses sommes d'argent sur le tapis. C'est également à cette période que l'auteur vit une trahison semblable à celle que subira le lieutenant Maury dans *L'Équipage* : lors d'une permission, Kessel découvre que son amante de l'époque, Éva, déjà fiancée à un soldat mobilisé sur le front, a une liaison avec son frère Lazare, avec lequel il entretenait une relation fusionnelle[2].

Peu avant la fin de la guerre, Kessel se porte volontaire pour faire partie d'une mission spéciale en Sibérie orientale (Russie). Le but de cette mission est assez flou (il s'agissait sans doute de soutenir les armées blanches, opposées aux communistes qui avaient renversé le régime du czar en 1917). Profitant de cette occasion de vivre une nouvelle aventure, le jeune homme entame un véritable tour du monde, qui l'emmène à New York et à San Francisco, où les aviateurs français sont accueillis en héros par une foule délirante, puis à Vladivostok, ville en proie à la guerre civile, et enfin en Extrême-Orient. Il y rencontre sa première femme, Nadia-Alexandra Polizu-Michsunesti, dite Sandi, à laquelle il dédicacera *L'Équipage*.

---

1. ***Est cité à l'ordre de l'armée*** : reçoit une décoration militaire, la Croix de guerre.
2. Précision donnée par Gilles Heuré, in Joseph Kessel, *op. cit.*, p. 42.

Sur les chemins du grand reportage (1920-1939)

Après son retour en France, il connaît un premier drame familial : le suicide de son jeune frère Lazare, en 1920. Il fuit sa douleur dans le travail. L'année suivante, il se marie avec Sandi. Mais, atteinte par la tuberculose, la jeune femme décède sept ans plus tard.

Si, sur le plan personnel, Kessel est profondément choqué par ces deux morts à quelques années d'intervalle, sur le plan professionnel, sa bonne étoile continue de l'accompagner : il collabore de nouveau au *Journal des débats*, mais aussi au *Mercure de France*. Ses articles sont appréciés, et il est aussitôt repéré par les professionnels de la presse. Le jeune homme commence alors une immense carrière de reporter, qui lui fera côtoyer les plus grandes figures du XXe siècle. Il couvre ainsi la guerre d'indépendance irlandaise en 1920 ; en 1921, un voyage en Lettonie, dans le nord-est de l'Europe, donne lieu à un article sur la police secrète des Soviets[1] ; s'intéressant de près aux transformations du Moyen-Orient, où sont jetées les bases du futur État d'Israël, il traverse la Palestine, se rend à Beyrouth puis à Damas en 1926. Un reportage sur les pionniers de l'aviation civile, suivi d'une enquête sur la traite des esclaves, le conduit en 1930 dans la péninsule arabique et en Éthiopie, aux côtés de l'aventurier Henry de Monfreid (1879-1974). Les articles qu'il écrit à la suite de ces périples rencontrent un succès phénoménal.

Parallèlement à son activité journalistique, Joseph Kessel publie ses premiers romans. La plupart d'entre eux s'inspirent de l'existence de l'auteur, de voyages, de souvenirs : ainsi *La Steppe*

1. ***Soviets*** : chambres du parlement russe, aux mains du Parti communiste de 1917 à 1991.

rouge (1922), qui évoque la Russie, et *L'Équipage* (1923). Cet ouvrage est très bien accueilli par la critique, tout comme *Les Captifs* (1926), qui décrit les conditions de vie des tuberculeux au sein des sanatoriums et qui est couronné par le Grand Prix du roman de l'Académie française. Suivront de nombreux succès : le recueil de nouvelles *Les Cœurs purs* (1927), le roman *Belle de jour* (1928) et l'un de ses livres les plus célèbres, *Fortune carrée* (1932).

Après une année difficile marquée par divers incidents liés à l'abus d'alcool et de drogues, qui nécessitent une cure de désintoxication à Grasse, et par le décès de son père, Kessel est de nouveau happé par l'histoire. Le contexte économique et politique s'est complexifié depuis 1929 : une grave crise frappe l'économie mondiale et, dans la plupart des pays d'Europe, la démocratie est menacée par la montée des partis extrémistes. En 1932, le reporter part pour Berlin afin d'y assister à une réunion d'Adolf Hitler (1889-1945), alors dirigeant du parti nazi, qui sera élu chancelier l'année suivante. Kessel constate que ce dernier exerce sur son public une influence hypnotique. Deux mois plus tard, alors que l'écrivain est en reportage aux États-Unis, son chemin croise celui du président américain Franklin Roosevelt (1882-1945). Comme le déclare le biographe Yves Courrière, Joseph Kessel a dû « remerci[er] le destin qui, à quelques mois d'intervalle, lui [a] permis de rencontrer les deux hommes avec lesquels le monde devrait désormais compter : Adolf Hitler et Franklin Roosevelt[1]. » Puis, toujours passionné par l'aviation, il part en 1937 sur les traces du pilote Jean Mermoz (1901-1936), dont il publiera la biographie l'année suivante. L'actualité le rattrape : Kessel se rend en Espagne, où les républicains combattent les partisans du général Franco, en train d'instaurer un

1. Yves Courrière, *Joseph Kessel, sur la piste du lion*, Plon, 2004.

régime autoritaire[1]. C'est en couvrant les barricades républicaines que le journaliste rencontrera deux autres écrivains aventuriers, Ernest Hemingway (1899-1961) et André Malraux (1901-1976).

Une figure de la Résistance (1939-1945)

Lorsque la Seconde Guerre mondiale éclate, le 3 septembre 1939, Kessel est âgé de quarante et un ans. Mobilisé et rétrogradé au rang de simple soldat, il devient correspondant de guerre pour *Paris-Soir*. Mais l'armée française connaît une défaite cuisante face aux troupes du IIIe Reich allemand : c'est la débâcle de 1940. Pendant cette période, l'écrivain parvient encore à livrer des reportages, alors que tous les autres correspondants sont bloqués dans la capitale et interdits de presse. Cependant, le 22 juin 1940, sous la direction du maréchal Pétain, l'État français signe un armistice avec l'Allemagne, par lequel il accepte de collaborer avec le régime nazi et de voir une partie du territoire occupée. Refusant ces conditions, certains Français s'embarquent pour Londres à l'appel du général Charles de Gaulle (1890-1970), pendant que d'autres organisent la Résistance. Kessel descend alors en zone libre[2] et, dès 1941, intègre un réseau de résistants. Sous le nom de Joseph Pascal, il effectue notamment des missions d'information et de transport d'armes. Menacé, Kessel est contraint de fuir en Angleterre en 1942 ; il y rejoint les Forces françaises libres[3]. À Londres, il

---

1. C'est la guerre civile espagnole (1936-1939), qui s'achèvera par l'installation de la dictature de Franco, jusqu'à sa mort en 1974.
2. ***Zone libre*** : partie sud de la France, laissée libre de 1940 à 1942, alors que le nord du pays était occupé par les Allemands.
3. ***Forces françaises libres*** : résistants partis de France pour soutenir le général Charles de Gaulle à Londres. Les résistants restés sur le territoire pour lutter contre l'occupant allemand sont les Forces françaises de l'intérieur.

reprend la plume, signant des articles engagés, composant avec son neveu Maurice Druon «Le Chant des partisans», l'hymne des résistants, consacrant aux Forces françaises de l'intérieur son chef-d'œuvre, *L'Armée des ombres*. Kessel devient ainsi une figure emblématique de la Résistance. En 1944, lorsque les Alliés débarquent en Normandie et libèrent la France, le rôle de l'écrivain ne sera pas des moindres. Il prend la direction des volontaires français de l'escadrille Sussex, qui survole le pays afin de décrypter des messages envoyés par les opérateurs radio.

Après la guerre : la consécration (1945-1979)

Dès la fin de la guerre, «Jef», comme ses amis l'appellent, reprend son travail de journaliste. Il travaille à un rythme infernal et couvre les procès des criminels nazis, qui ont lieu à Nuremberg de novembre 1945 à octobre 1946, ainsi que la naissance de l'État d'Israël en 1948. Comme toujours, ses publications se succèdent à un rythme rapide : *Le Bataillon du ciel* (1947), *Terre de feu : avec les bataillons d'Israël* (1948), son roman autobiographique *Le Tour du malheur* (1950) et surtout *Le Lion* (1958), son best-seller, qui décrit la relation exceptionnelle d'un grand fauve et d'une petite fille.

L'écrivain connaît alors la consécration. Le 22 novembre 1962, il est élu à l'Académie française, au grand dam d'une partie des académiciens, qui ne retiennent de lui que sa part scandaleuse et anticonformiste. Il publiera encore des romans majeurs, notamment *Les Cavaliers* (1967), consacré à l'Afghanistan. Les dernières années de la vie de Kessel sont occupées par un ultime grand reportage en Israël, la surveillance des rééditions dont ses publications font l'objet, de nombreux entretiens télévisés, ainsi que par la collaboration aux adaptations cinématographiques de ses œuvres : *L'Armée des ombres* de Jean-Pierre Melville en

1969 et *Stavisky* d'Alain Resnais en 1974. Joseph Kessel meurt le 23 juillet 1979, à l'âge de quatre-vingt-un ans. Dix ans plus tôt, il avait déclaré dans un entretien à *L'Express* : « Je désire mourir vite, n'importe comment mais vite. M'asseoir dans un fauteuil, allumer une cigarette, ce serait très bien[1]. » La bonne fortune l'accompagnant jusqu'au bout, c'est exactement de cette façon qu'il s'est éteint, sous les yeux d'un ami cher avec qui il venait de passer la soirée. Il laisse derrière lui plus de quatre-vingts œuvres.

L'Équipage, un roman de guerre réaliste

L'Équipage, l'un des tout premiers ouvrages de Joseph Kessel, occupe une place à part dans son œuvre. Si, en 1969, il a été augmenté des chapitres rédigés pour l'adaptation d'Anatole Litvak de 1935[2], la première mouture a paru en 1923, soit cinq ans seulement après la fin de la Première Guerre mondiale. Le roman se distingue d'abord en ce qu'il apporte un témoignage essentiel sur le quotidien des aviateurs en 1918. Les souvenirs de Kessel sont bien vivaces, et leur précision confère au texte son réalisme et son intérêt documentaire.

---

1. *L'Express*, 26 mai-1er juin 1969, cité par Gilles Heuré in Joseph Kessel, *op. cit.*, p. 119.

2. Ces chapitres ont été publiés indépendamment en 1935 sous le titre *Le Repos de l'équipage*. Voir p. 49.

Des références autobiographiques

Le texte est nourri de l'expérience de pilote de l'auteur, et les références autobiographiques sont transparentes : Kessel était observateur et s'est perfectionné au camp d'entraînement du Plessis-Belleville dans l'Oise, comme son héros Jean Herbillon, qui est « observateur breveté » et qui a « effectué une dizaine de vols au camp du Plessis » (p. 58). Tout comme son personnage, l'écrivain est encore un jeune aspirant inexpérimenté lorsqu'il est affecté à Jonchery, près de Reims, au sein d'une escadrille dont l'emblème est un lapin blanc, ce qui revient à l'identique dans la seconde partie du roman : « À la gare de Jonchery l'attendait la voiture marquée du lapin blanc, totem de l'escadrille » (p. 145).

De nombreuses indications spatiales – Trilport, Château-Thierry, Dormans, Reims, et la fameuse « cote 108 », lieu hautement stratégique en 1917 – dessinent le tracé du front de la Marne. Même si les indications temporelles manquent dans *L'Équipage*, l'allusion à l'attaque des Allemands sur la Marne, désignée comme « leur dernière carte » (p. 204), nous permet de situer le récit dans les sept premiers mois de l'année 1918. L'assaut allemand est l'offensive de l'Aisne lancée par le général en chef Erich Ludendorff (1865-1937). C'est en participant à ce combat, en juillet 1918, que l'auteur a obtenu la Croix de guerre, de même qu'Herbillon. Mais le personnage qui correspond parfaitement aux souvenirs de l'écrivain est Gabriel Thélis, inspiré par le capitaine Thélis Vachon, modèle de bravoure et d'énergie adulé par Kessel. Certains traits de caractère d'Herbillon se rapprochent également du tempérament de l'auteur : son rêve d'héroïsme et de dépassement de soi, sa prédilection pour les amitiés fortes et viriles, son goût pour les livres, mais aussi sa passion des cartes, pour laquelle il peut dépenser sa solde en une nuit de jeu.

Une valeur documentaire

L'Équipage contient une mine d'informations sur le quotidien d'une escadrille pendant la Première Guerre mondiale. Le récit nous fait visiter les multiples lieux de vie des pilotes : hangars, pistes, chambres individuelles et bien sûr les fameux mess, ces cantines où se réunissent les officiers, d'un côté, et les sous-officiers, de l'autre. Le texte évoque aussi les différents appareils de combat français et allemands – biplans *Salmson*, *Fokker* mais aussi *Drachen*[1]. Le lecteur découvre l'étroite relation qui liait les membres d'un équipage, le pilote et l'observateur, ainsi que les différentes activités des hommes de l'escadrille : à côté des pilotes (Reuillard, Virense, Laudet, Brûlard, Deschamps, Neuville, Charensole, le *toubib*) évoluent mécaniciens, ordonnances (Mathieu), vaguemestres, plantons, cuisiniers, tailleurs, fourriers et chauffeurs.

Kessel décrit subtilement comment la répartition de ces fonctions et les contraintes de la hiérarchie militaire influencent les rapports entre soldats. On remarque ainsi que les soldats et les sous-officiers (sergents et caporaux) manifestent une certaine hostilité envers les officiers (sous-lieutenants, lieutenants, capitaines). Les aviateurs aguerris rechignent à être commandés par des hommes moins expérimentés mais plus gradés qu'eux ; Deschamps, vétéran mais simple sous-lieutenant, se met en colère lorsqu'il apprend que le lieutenant Maury sera chef des pilotes : « "[...] c'est honteux. Il sort de l'école et parce qu'il a

---

1. Les *Salmson* sont des avions français, les *Fokker* des avions allemands. Les *Drachen* sont des ballons allemands.

deux ficelles[1], on le met au-dessus de gars qui en ont vu d'autres." Il frappa sur sa poitrine, faisant résonner les décorations qui ne le quittaient jamais » (p. 97). Maury fera les frais de ce sentiment d'injustice, qui poussera le reste de l'escadrille à exclure le nouveau venu.

Ces effets de réel sont mis en valeur par les termes d'argot (« gros noir », p. 74, « bleusaille », p. 225, « coucou », p. 128, ou « moulins », p. 97) et par des dialogues saisis sur le vif. Les paroles rapportées révèlent des personnages aux tempéraments et aux origines sociales variés : le langage un peu « vert » et relâché de Marbot, par exemple, tranche avec l'expression soutenue de Maury et traduit mieux qu'une longue description le fossé qui sépare les deux hommes.

Une aristocratie militaire

En parcourant *L'Équipage*, le lecteur peut être surpris par les conditions de vie des aviateurs. Ceux-ci jouissent d'un relatif confort, qui semble à mille lieues du cauchemar quotidien vécu par les fantassins, baptisés « rampants » (p. 142) par les hommes de l'escadrille. La fin du chapitre III de la seconde partie ouvre une fenêtre tragique sur cette autre réalité qui, à l'inverse de celle des aviateurs, ne souffre aucune idéalisation :

> Les soldats passaient lentement. Leurs souliers difformes se posaient avec peine sur la terre dure. Le chargement pliait le dos. Toutes les faces, si disparates fussent-elles, portaient la même empreinte, on eût dit le même maquillage atroce et fraternel. Parmi la barbe qui rongeait la peau, les mêmes yeux s'ouvraient, immenses. Et il parut à Herbillon que ces yeux touchaient d'une haine jalouse leur automobile, leurs fourrures, leurs visages nets,

1. ***Deux ficelles*** : deux galons (liserés dorés), insigne du grade de lieutenant.

bien nourris et tranquilles. Il songea brusquement au repas dont il sortait, au champagne... (p. 157).

De fait, comme le note l'historien Edmond Petit, les pilotes « échappent à la boue redoutable qui empoisonne la vie quotidienne [des fantassins], ils échappent aussi aux longues heures de veille, aux terribles bombardements d'artillerie de tous calibres, aux intempéries, à la vermine ». Ils connaissent même « beaucoup de moments fort agréables »[1]. *L'Équipage* en témoigne à maintes reprises : il montre les aviateurs profitant d'un certain luxe (fourrures, automobiles), buvant, jouant aux cartes, flânant lors des matinées oisives où le temps ne permet pas de voler, enfin se laissant aller à une « douce paresse » (p. 78).

La mort au quotidien

Si les aviateurs forment au sein de l'armée une aristocratie bénéficiant d'avantages matériels réels, ils partagent cependant avec les autres combattants une certaine proximité avec la mort. Dans la mesure où les avions restent extrêmement sommaires (ils sont encore composés de bois et de toile), chaque mission est périlleuse. Herbillon en prend conscience après des mois de vol : « Un éclat de ces obus qui mouchetaient chaque fois sa route aérienne suffisait pour lui fermer les yeux. Son destin dépendait de l'adresse d'un chasseur allemand, d'une inclinaison – juste par hasard – de mitrailleuse, d'un caprice de moteur » (p. 144). Berthier, Gival, Deschamps, Narbonne, puis Thélis et Herbillon eux-mêmes disparaissent successivement au cours du roman. Si la plupart des décès sont sobrement évoqués, le récit de la mort de Narbonne frappe par son réalisme cru :

---

1. Edmond Petit, *La Vie quotidienne dans l'aviation en France au début du XXe siècle*, Hachette, 1977, p. 117.

> Herbillon et Maury se ruèrent les premiers vers le pilote. Ils ne trouvèrent qu'une boursouflure énorme. La peau glissait en lamelles, laissait apparaître une chair noircie. Dans le visage tuméfié, tous les traits avaient fondu en une graisse grumeleuse. Ni Claude ni l'aspirant ne reconnurent leur camarade et l'horreur qu'ils éprouvèrent ne laissa pas de place à la pitié (p. 229).

Le quotidien de ces hommes, contraints de se confronter jour après jour à la mort, les coupe de leur famille, incapable désormais de les comprendre. De retour chez lui, Herbillon peine à partager son expérience avec ses proches, tandis que ses compagnons et lui se comprennent de façon instinctive, presque intuitive, sans avoir recours aux mots. L'escadrille devient la vraie famille, « accueillante et nombreuse, la saine et rude famille des hommes seuls, où des lois élémentaires gouvern[ent] l'existence sans les charger d'inutiles soucis » (p. 146).

L'Équipage, une épopée moderne

Malgré le caractère réaliste, voire naturaliste de certains détails (la mort de Narbonne, certes, mais aussi les descriptions de Florence et de Paméla, les tenancières de café), les valeurs qui traversent *L'Équipage* lui confèrent une tonalité épique[1] : la confrontation au danger est valorisée et sublimée par l'esprit de camaraderie, la loyauté et le courage, qui apparaissent comme

1. Le registre ***épique*** fait ressentir au lecteur une forme d'admiration devant des objets ou des actes grandioses.

des qualités suprêmes. À ce titre, *L'Équipage* s'éloigne singulièrement d'autres récits portant sur la Grande Guerre, tels que *Le Feu, journal d'une escouade* d'Henri Barbusse[1] (1916) ou *Les Croix de bois* de Roland Dorgelès[2] (1919) : si ces derniers insistent également sur le courage et la solidarité entre les soldats, l'horreur y occupe cependant la première place. Cette hiérarchie semble inversée dans *L'Équipage* : l'héroïsme a le dessus sur la mort, qui n'est présente qu'en toile de fond. Le fait que l'aviation constitue une élite privilégiée au sein de l'armée et que le quotidien des pilotes soit effectivement plus enviable que celui des fantassins n'est certainement pas étranger à cet état de fait. Mais, plus encore, c'est la fougue du jeune Kessel, avide d'exploits et d'émotions, qui confère à l'expérience de la guerre son caractère grandiose et apparente le roman au récit d'une geste chevaleresque.

Des valeurs chevaleresques

De fait, par certains aspects, *L'Équipage* tient plus du roman de chevalerie que du témoignage de guerre : selon une métaphore commune, on pourrait assimiler les pilotes, tels que Kessel les décrit, à de véritables « chevaliers du ciel ». Les rapprochements sont nombreux. Comme les aviateurs, les chevaliers, considérés comme des soldats par excellence, formaient une élite de combattants professionnels (la masse des fantassins étant constituée par les classes moyennes et populaires, non formées au combat). Le cheval représentait « le principal instrument du combattant et le symbole même de sa

---

1. ***Henri Barbusse*** (1873-1935) : écrivain français. Son roman *Le Feu* reçut le prix Goncourt.
2. ***Roland Dorgelès*** (1885-1973) : journaliste et écrivain français. Il obtint le prix Femina avec *Les Croix de bois*.

supériorité[1] », de même que l'avion, dernier avatar de la modernité, ne fait qu'un avec le pilote. Dans la littérature courtoise, les chevaliers sont présentés comme des héros obéissant à une éthique complexe :

> Le système éthique chevaleresque comporte la prouesse, c'est-à-dire l'exaltation du courage physique, la valeur guerrière, et la sagesse, le sens de la mesure ; s'y ajoute la largesse, c'est-à-dire la générosité et la dépense fastueuse, opposées à l'économie, à la thésaurisation du bourgeois, de l'artisan, du commerçant, et par ailleurs le sens de l'honneur et de la fidélité. Une telle accumulation de vertus se trouvant rarement en un seul homme, l'esprit de groupe est essentiel à cette construction idéale[2].

Cette morale chevaleresque n'est pas sans rappeler celle qui gouverne les membres de l'escadrille : certes, la valeur d'un homme s'y mesure à sa bravoure et à ses exploits guerriers (en l'occurrence, son habileté comme pilote), mais aussi à sa capacité à rester simple et humble, que l'on peut comparer au « sens de la mesure » des chevaliers. C'est ainsi qu'à son arrivée à l'escadrille, la désinvolture arrogante d'Herbillon est tournée en ridicule par l'auteur. Les allusions à la largesse sont multiples : les pilotes paient volontiers la tournée à leurs camarades, offrant du champagne et des premiers crus, et sont capables de dépenser leur solde en une soirée lors des parties de poker et de « chemin de fer », entre autres. Le sens de l'honneur et la fidélité sont bien sûr primordiaux. Respecter ces valeurs implique de ne pas fuir le combat – « s'embusquer » est une honte suprême – et de se comporter en frère pour ses camarades de l'escadrille, sans leur nuire ni leur mentir.

---

1. Georges Duby, *Guerriers et paysans*, « Les trois ordres », Gallimard, 1978, p. 190.
2. Alain Rey (dir.), *Dictionnaire culturel en langue française*, article « Chevalier », Le Robert, 2005, p. 1488-1489.

Ce sont précisément ces deux exigences que Jean Herbillon trahit, à partir du moment où il entretient sciemment une relation avec la femme de son coéquipier. En effet, cette dernière entraîne son amant dans une logique passionnelle, incompatible avec l'impératif héroïque. L'esprit de camaraderie et la fierté virile sont pour elle des enfantillages, qui doivent céder face au désir et à l'évidence charnelle. De façon presque caricaturale, le roman oppose explicitement les valeurs masculines aux valeurs féminines, les lois de la raison aux lois de l'émotion. Le dialogue entre les deux mondes est impossible. Ainsi, face à Hélène Maury qui souhaite sacrifier l'honneur de son amant à sa passion, Thélis ne tente même pas de remettre en question son point de vue : « Il était trop lucide et trop sage pour ne pas voir qu'une femme véritable, authentique (et celle qu'il avait devant lui l'était dans sa moelle la plus profonde) vivait sous d'autres astres que les siens – et inconciliables. Entre leurs sentiments et leurs lois il n'y avait pas de mesure commune. Elle pouvait, contrainte, subir la règle des hommes. Elle ne l'accepterait jamais dans la part essentielle de son être » (p. 220).

De fait, le dénouement du roman n'est pas en faveur de la logique de la passion. L'amitié qui lie le lieutenant Maury à Herbillon semble plus solide et plus généreuse que la relation amoureuse, vouée à l'éphémère : « Claude sourit pensivement. Hélène oublierait avant lui l'aspirant Jean Herbillon » (p. 246).

Gabriel Thélis, un preux des temps modernes

Un personnage en particulier incarne à lui seul toutes les valeurs chevaleresques : c'est le capitaine Thélis. Berthier, le premier, en dresse le portrait glorieux : « [...] mon ami, il n'est personne ici qui ne voudrait mourir pour lui. [...] Ce garçon de vingt-quatre ans est notre âme, la vie de l'escadrille. Sa joie, son courage, sa jeunesse ! Il a la croix comme observateur ; six palmes comme pilote, et n'en parle jamais. Il volerait dix heures par jour si nous le laissions faire. Et quel camarade, vous verrez ! » (p. 79).

Dans la suite du roman, son incroyable intuition, ses qualités de chef, sa noblesse de cœur, son indulgence et sa compréhension – il sauve Herbillon du déshonneur à la fin du roman – sont tour à tour mises en exergue. Son dernier combat et son décès en forme d'apothéose parachèvent l'idéalisation de ce preux des temps modernes. Kessel suggère même que sa mort est une sorte de sacrifice par lequel Thélis espère sauver les siens : « On eût dit qu'il voulait s'enivrer de fatigue et de péril pour oublier l'holocauste et attirer sur lui seul l'attention de la mort » (p. 233). Son agonie est véritablement magnifiée par le lever du soleil et le son des cloches qui saluent « son âme libérée » (p. 236).

Une conception encore naïve de la guerre ?

La description épique de certains combats participe également à cette transfiguration mythique du guerrier ; ainsi, lors du dernier vol d'Herbillon et de Maury, « le moteur, retrouvant un air plus dense, grond[e] comme un orage, la queue de l'avion dressée au-dessus de la tête du jeune homme sembl[e] celle d'un poisson fabuleux » (p. 241). Mais une telle vision peut paraître un peu naïve. Un autre témoin de 1914-1918, Henri Barbusse, fustige dans *Le Feu* cette conception héroïque et spectaculaire de la guerre :

> Plus que les charges qui ressemblent à des revues, plus que les batailles visibles déployées comme des oriflammes, plus même que les corps à corps où l'on se démène en criant, cette guerre, c'est la fatigue épouvantable, surnaturelle, et l'eau jusqu'au ventre, et la boue, et l'odeur et l'infâme saleté. C'est les faces moisies et les

chairs en loques et les cadavres qui ne ressemblent même plus à des cadavres, surnageant sur la terre vorace. C'est cela, cette monotonie infinie de misère, interrompue de drames aigus, c'est cela et non pas la baïonnette qui étincelle comme de l'argent, ni le chant de coq du clairon au soleil[1].

Au contraire, l'auteur de *L'Équipage* conçoit la guerre comme une expérience certes douloureuse, mais en quelque sorte rachetée par le courage et la gloire des combattants. En effet, à l'heure où Kessel écrit ce roman, il ne partage pas encore les positions des pacifistes. Dans un entretien au *Monde* du 14 juin 1974, il déclare : « Jusqu'à la guerre de 1940, pour être franc, j'ai aimé la guerre, parce que ce sont des moments où l'homme se dénude. Il y a une chaleur, une solidarité animale, et puis il y a le risque [...]. Moi, j'aimais ce goût du jeu de la vie et de la mort, et j'avais un attrait immense pour le courage physique[2]. » Vingt ans plus tard, *L'Armée des ombres* proposera une vision de la guerre considérablement assombrie. Mais on peut déjà déceler les prémices de cette désillusion à travers le trajet de l'aspirant Herbillon.

L'Équipage, un roman de formation

Un fils quitte le foyer parental pour faire l'apprentissage des lois d'une autre société : ce *topos* est au fondement du roman

1. Henri Barbusse, *Le Feu*, Belenus, coll. « Classique », 1965, chap. XXIV, « L'aube », p. 286.
2. Texte cité par Alain Tassel, *La Création romanesque dans l'œuvre de Joseph Kessel*, L'Harmattan, 1997, p. 44.

de formation. Le roman d'apprentissage ou roman de formation raconte le parcours d'un jeune homme ou d'une jeune fille à travers une série d'épreuves, qui mettent à mal ses illusions et lui font prendre conscience du monde réel. En se déniaisant, le personnage se réalise et développe sa propre personnalité. En ce sens, *L'Équipage* présente des points communs avec *Le Rouge et le Noir* (1830) et *La Chartreuse de Parme* (1839) de Stendhal[1], auteur adulé par Kessel. Dans chacun de ces romans, rédigés du point de vue d'un jeune homme dont on suit l'évolution (Julien Sorel ou Fabrice del Dongo), le personnage est aux prises avec son rêve de grandeur et d'héroïsme; ses perceptions, ses émotions, son jugement sont peu à peu transformés par la confrontation au réel.

L'espérance héroïque

Dans *L'Équipage*, l'expérience paroxystique de la guerre accélère considérablement les étapes de l'initiation : quelques mois suffisent à Jean Herbillon pour passer d'une conception du monde et de lui-même marquée par la naïveté à une vision certes désenchantée, mais plus lucide de la réalité. C'est en se confrontant à l'adversité – le combat contre l'ennemi, mais aussi contre lui-même – qu'il forge son véritable caractère.

Au début du roman, le héros a toutes les caractéristiques d'un novice : manque de maturité, méconnaissance du monde extérieur et assurance qui touche à l'arrogance. Le patronyme « Herbillon » nous rappelle le statut initial du personnage. L'association du terme « herbe », qui évoque un « pilote en herbe », et

1. ***Stendhal*** (1793-1842) : écrivain français, au croisement des mouvements romantique et réaliste. *Le Rouge et le Noir* raconte l'ascension sociale d'un fils de charpentier, Julien Sorel. *La Chartreuse de Parme* narre la vie du jeune noble Fabrice del Dongo.

du diminutif « -illon » connote la jeunesse et l'inexpérience. De plus, lorsque Jean quitte le foyer familial, il se considère comme un héros avant même d'être arrivé sur le front : « Le jeune homme savourait pleinement [l']adulation [de son petit frère], car l'image qu'il se faisait de lui-même était presque aussi ingénue. Il avait vingt ans. C'était son premier départ pour le front. Malgré les récits qu'il avait entendus au camp d'entraînement, malgré un sens assez aigu des réalités, sa jeunesse n'acceptait pas la guerre sans l'habiller d'une héroïque parure » (p. 54-55). Une fois sur place, il se montre impatient de voler : son orgueil le pousse à vouloir combattre, afin de faire la démonstration de son courage.

Les leçons de la guerre

Cette griserie puérile ne dure pas, car la guerre est d'abord une école de modestie. Le jeune homme passe par une série de mortifications qui détruisent l'image de soi héroïque qu'il s'était construite. Il doit tout d'abord s'avouer sa peur « et cela avant même d'avoir touché le danger » (p. 61). Puis le capitaine Thélis se charge de lui rappeler que, malgré sa formation, il n'a pas encore la qualité essentielle d'un pilote : « Savez-vous regarder ? [...] On apprend à regarder, je vous assure. Il y faut même du temps » (p. 67). À cet égard, les premières sorties d'Herbillon sont aussi humiliantes qu'instructives. Le jeune aviateur ne voit rien, perd ses repères : « Le terrain avait disparu et il ne reconnaissait plus rien. Fiévreusement, il chercha les taches des hangars, sans les retrouver » (p. 90). Un autre jour, il va jusqu'à prendre l'un des avions de l'escadrille pour un appareil ennemi et tire « sur un camarade » (p. 125). Dès ses premiers véritables vols, une nouvelle perception de lui-même, plus mesurée, s'impose à son esprit : « Et Jean eut honte soudain du puéril orgueil qui l'avait agité. Il se trouva très faible, très humble et très petit» (p. 91). La guerre l'initie d'abord à la clarté et à l'absence de complaisance.

C'est également la «parure héroïque» de la guerre qui est mise à mal. Herbillon découvre que la vie à l'escadrille n'est pas aussi trépidante qu'il l'avait imaginée : la paresse y tient autant de place que le courage; les pilotes ne sont pas des génies, mais des hommes simples, parfois grossiers, aux prises avec des passions bien humaines. Finalement, la guerre elle aussi a sa routine, bien décevante : «Les vols mêmes étaient réglés comme des horaires de bureau et se passaient le plus souvent en tranquilles promenades» (p. 110). Lorsque Jean revient chez lui pour sa première permission, il est désormais embarrassé à l'idée d'alimenter les illusions enthousiastes que sa famille nourrit sur les aviateurs et qu'encourage la propagande de guerre :

> On attendait de lui des récits, arrangés à la manière des livres et comme son imagination s'en forgeait elle-même avant qu'il partît pour le front. Il s'irritait obscurément de céder à cet espoir de merveilleux qui agitait ses auditeurs et de fausser, malgré lui, la peinture de sa vie d'escadrille. L'aurait-on cru d'ailleurs s'il l'avait retracée fidèlement, avec sa paresse et ses vols pour la plupart paisibles? Le pathétique grossier des journaux avait trop nourri les imaginations pour qu'elles pussent accepter une si étonnante simplicité (p. 133).

Effectivement, l'escadrille n'est pas le théâtre de l'apothéose individuelle. En revanche, c'est une école de solidarité. Herbillon considère les autres soldats comme des frères et les sentiments qu'il voue à Maury, son coéquipier, semblent indestructibles : «entre eux circula dès lors, invisible et sans défaillance, l'accord mystérieux qui, là-haut, dans l'air vif, chargé d'ivresse et de péril, modelait en même temps le sourire ou l'angoisse de leurs bouches» (p. 130). Le véritable héroïsme ne prend pas la forme d'exploits personnels glorifiants, mais d'un front commun contre la mort, formé par le groupe de l'escadrille ou par le couple de l'équipage. L'épopée ne peut être que collective.

Déchéance et rédemption

Mais un véritable conflit intérieur guette l'aspirant : alors même qu'il découvre la profondeur de l'amitié, il fait l'expérience de sa propre faiblesse et de son hypocrisie. Il découvre par hasard la double identité de Denise-Hélène Maury (à la fois sa maîtresse et la femme de son camarade). Jean s'avère alors aussi impuissant à mettre un frein à sa passion qu'à révéler la vérité à son ami. Dans de nombreux monologues intérieurs, le lecteur voit le jeune homme s'enliser dans ses réflexions et sombrer peu à peu dans l'imposture. L'utilisation récurrente du discours indirect libre instaure une distance entre le narrateur et le personnage principal et rend sensible le processus permanent d'autojustification dans lequel le jeune homme se complaît. Car, tout en prenant conscience des conséquences de ses actes, Herbillon n'accepte pas l'idée de sa propre immoralité. Ainsi, à chaque fois qu'il est confronté à un dilemme, son discours passe très subtilement de l'expression du remords à l'affirmation égoïste de son désir. Lorsque, après la première révélation de Denise, Jean a l'occasion de revoir sa maîtresse, il commence par rejeter cette possibilité avec véhémence. Puis l'argumentation vient au secours de sa passion. La perspective d'une mort prochaine est alors sa première excuse : « Combien faible était sa chance, jumelée à celle de Maury, d'échapper aux embûches de l'air ! Et leur anéantissement simultané ne viendrait-il point tout résoudre bientôt ? Alors, un désir profond comme l'instinct de vivre le dressa. Puisqu'il en était ainsi, que rien ne comptait auprès de la mort sans cesse aux aguets, n'avait-il point droit à tout, lui, qui retournait vers elle, et pourquoi refuser du destin une offrande sans doute suprême ? » (p. 144). L'inéluctabilité du destin, la fatalité du désir : autant d'idées qui plaisent à l'imagination exaltée du jeune homme et qui offrent une caution facile à son manque de volonté.

Prisonnier du mensonge, Herbillon voit son amitié pour Maury se muer en répulsion. La solide alliance qui attachait les deux hommes, il la perçoit désormais comme une « cohésion maudite » (p. 164). La compréhension intuitive, presque télépathique, qui lie les membres de l'équipage rend le secret d'Herbillon plus difficile à cacher : plus les soupçons de Maury se précisent, plus la duplicité de l'aspirant s'aiguise. « [L]a trahison devait être parfaite en son ignominie », commente le narrateur (p. 164). Le malaise qui s'installe désormais entre les coéquipiers reflète le dégoût que le jeune homme ressent envers sa propre attitude. L'estime qu'il avait pour lui-même se dissout devant l'évidence de sa propre lâcheté. Entre la passion du jeune homme pour Hélène-Denise et ses idéaux chevaleresques s'engage alors une lutte qui le mène au bord de l'autodestruction : Jean perd de grosses sommes en jouant aux cartes et manque de faillir à l'honneur en demandant à travailler à l'arrière.

Un point de rupture est atteint au moment du dernier vol de l'équipage : les deux hommes pensent à la même femme et chacun sait que l'autre le sait. L'imminence de la mort pousse Herbillon à faire éclater la vérité, aussi « glacée que cet air irrespirable » (p. 240), et à faire l'aveu qui signera sa rédemption.

C'est ainsi qu'au terme du roman, l'amour est relégué à la seconde place derrière le courage moral et l'amitié ; et, dans une forme d'ironie tragique, c'est au moment même où il rencontre la mort que le héros trouve la force d'affirmer ces valeurs suprêmes.

CHRONOLOGIE

1898 1979

- Repères historiques et culturels
- Vie et œuvre de l'auteur

Repères historiques et culturels

1880-1890	Russie : pogroms contre les Juifs ; limitation de leurs droits économiques.
1905	Troubles politiques et sociaux en Russie. Septième congrès international sioniste : la Palestine est définitivement choisie comme futur foyer national du peuple juif.
1907	Triple-Entente : alliance entre la France, le Royaume-Uni et la Russie. Premiers tableaux d'inspiration cubiste.
1913	Proust, *Du côté de chez Swann.* Gide, *Les Caves du Vatican.* Apollinaire, *Alcools.*
1914	Juin : assassinat de l'archiduc François-Ferdinand d'Autriche, acte déclencheur de la Première Guerre mondiale. Août : l'Allemagne déclare la guerre à la France. Septembre : première bataille de la Marne.
1915	Mai : l'Italie entre en guerre aux côtés de la Triple-Entente.
1916	Bataille de Verdun. Bataille de la Somme. Barbusse, *Le Feu, journal d'une escouade.* Genevoix, *Ceux de 14.* Ball, *Le Manifeste Dada.*
1917	Révolution russe. Déclaration Balfour : proposition par les Britanniques de la création d'un foyer national juif en Palestine. Entrée en guerre des États-Unis.

Vie et œuvre de l'auteur

1898 31 janvier : naissance de Joseph-Élie Kessel, à Villa Clara, en Argentine. Il sera l'aîné de deux frères, Lazare et Georges.

1901 La famille de Joseph part une première fois s'installer à Orenburg, au sud de l'Oural, pays natal de la mère de Kessel.

1901-1904 Départ de la famille Kessel pour la France.

1905 Retour des Kessel à Orenburg pendant trois ans.

1908 Installation en France, à Nice. Joseph, élève brillant, dévore les auteurs classiques.

1913 La famille s'installe à Paris. Joseph obtient son baccalauréat au lycée Louis-le-Grand.

1914 Joseph est trop jeune pour s'engager (16 ans). Sa famille se réfugie à Nice. Joseph et Lazare sont brancardiers volontaires.

1915 Études de lettres. Premiers articles pour le *Journal des débats*.

1916 Joseph et Lazare sont reçus au Conservatoire d'art dramatique de Paris.

1917 Le jeune Kessel obtient son brevet de pilote. Affecté comme observateur à l'escadrille SOP 39 de Jonchery, près de Reims. Rencontre le capitaine Thélis Vachon.

Repères historiques et culturels

1918 Juillet : seconde bataille de la Marne.
11 novembre : armistice. Victoire de la Triple-Entente.

1919 Début de la guerre d'indépendance irlandaise.
Traité de Versailles entre la France et l'Allemagne.
Dorgelès, *Les Croix de bois*, prix Femina.
Proust, *À l'ombre des jeunes filles en fleurs*, prix Goncourt.

1920 Janvier : création de la Société des Nations.

1921 Indépendance de l'Irlande.

1922 L'Allemagne s'avère incapable de payer ses dettes de guerre.

1923 Grave crise inflationniste en Allemagne.
Radiguet, *Le Diable au corps*.

1924 Création du Cartel des gauches en France.
Staline prend le pouvoir en Russie.
Breton, *Manifeste du surréalisme*.

1925 Gide, *Les Faux-Monnayeurs*.

1927 Fondation de la Compagnie générale aéropostale, qui emploiera les aviateurs Mermoz, Guillaumet et Saint-Exupéry.
Première traversée de l'Atlantique par Lindbergh.
Mauriac, *Thérèse Desqueyroux*.

1928 Allemagne : le parti nazi progresse aux élections législatives.

Vie et œuvre de l'auteur

1918 Participe à la seconde bataille de la Marne. Cité à l'ordre de l'armée.
Volontaire pour une mission à Vladivostok, en Sibérie.
Première escale à New York et San Francisco.
Il commence à céder aux démons de l'alcool et du jeu.

1919 Après Vladivostok, Kessel poursuit son voyage vers la Chine.
Retour en France. Journaliste au *Journal des débats* et au *Mercure de France*.

1920 Suicide de Lazare Kessel.
Premier grand reportage sur l'Irlande.

1921 Mariage de Kessel et de Nadia-Alexandra Polizu-Michsunesti, dite Sandi.
Départ pour la Lettonie. Reportage sur la police secrète des Soviets.

1922 Fait connaissance avec les écrivains Cocteau et Radiguet.
Parution de *La Steppe rouge*.

1923 Parution de *L'Équipage*, grand succès critique.

1924 Publication du *Onze Mai* (série d'interviews politiques, menées en collaboration avec Georges Suarez).

1925 Fréquente les cabarets russes de Montmartre.
Rencontre au restaurant. Les Rois aveugles. Mary de Cork. Mémoires d'un commissaire du peuple.

1926 Voyage en Palestine, puis en Syrie et au Liban.
Triplace. Makhno et sa Juive. Moisson d'octobre. Les Captifs. Le Thé du capitaine Sogoub. Six Contes.

1927 Kessel demande à être interdit de casino.
Chevalier de la Légion d'honneur.
Les Cœurs purs. Terre d'amour. Nuits de princes. La Rage au ventre. La Coupe fêlée. Un drôle de Noël. En Syrie. De la rue de Rome au Chemin de paradis. Quatre Contes. Littérature rouge. Nuits de Sibérie.

1928 Sandi meurt de la tuberculose.
Kessel et son frère Georges lancent la revue hebdomadaire *Détective*.
Belle de jour. Nouveaux Contes.

Repères historiques et culturels

1929 Crise économique mondiale.
Hemingway, *L'Adieu aux armes.*

1930 Mermoz traverse l'Atlantique Sud.

1931 Saint-Exupéry, *Vol de nuit* (préface de Gide).

1932 Roosevelt, président des États-Unis.
Céline, *Voyage au bout de la nuit.*

1933 Hitler est élu chancelier en Allemagne.
Malraux, *La Condition humaine.*

1934 Affaire Stavisky, scandale politico-financier. L'affaire cause des émeutes antiparlementaires en France.

1936 Front populaire en France.
Début de la guerre civile en Espagne.

1937 Steinbeck, *Des souris et des hommes.*

1938 Hitler annexe l'Autriche au IIIe Reich (Anschluss).
Sartre, *La Nausée*.

1939 Pacte de non-agression entre l'Allemagne et l'URSS.
L'Allemagne envahit la Pologne. La France déclare la guerre à l'Allemagne.

1940 Défaite cinglante de l'armée française. Début de la collaboration et de l'occupation.
18 juin : appel du général de Gaulle.

Vie et œuvre de l'auteur

1929 Rencontre le pilote Guillaumet.
Vent de sable, hommage à un autre grand pilote, Lécrivain.

1930 Kessel rejoint la Somalie, puis le Yémen pour rencontrer l'aventurier Henry de Monfreid et faire un reportage sur le trafic d'esclaves en mer Rouge.
Rencontre Katia Gangardt, sa seconde femme.
Secrets parisiens.

1931 Lancement de la revue *Voilà*.
Le Coup de grâce.
Décès du père de Kessel.
Excès en tous genres qui causent plusieurs incidents graves.
Gaston Gallimard refuse de publier *Fortune carrée*.
Cure de désintoxication.

1932 Kessel assiste à une réunion présidée par Adolf Hitler.
Reportage violemment antihitlérien dans *Le Matin*.
Fortune carrée paraît aux éditions de France.
Bas-fonds de Berlin. *Wagon-lit*. *Nuits de Montmartre*.
Les Nuits cruelles.

1933 Rencontre de Roosevelt.

1934 *Marchés d'esclaves*. *Stavisky, l'homme que j'ai connu*.

1935 Adaptation cinématographique de *L'Équipage* par Anatole Litvak, à laquelle Kessel collabore.
Les Enfants de la chance. *Le Repos de l'équipage*. *Une balle perdue*.

1936 Voyage à Hollywood. Lancement du journal *Confessions*, qui périclite rapidement.
Hollywood, ville mirage. *La Passante du Sans-Souci*.

1937 Part sur les traces de Mermoz, qui a disparu en mer.
La Rose de Java.

1938 *Mermoz*, biographie de l'aviateur.
Reportage pour *Paris-Soir* sur la guerre d'Espagne.

1939-1940 Rétrogradé au rang de seconde classe, Kessel est affecté au 219e régiment régional de Provins dans la cavalerie motorisée. Correspondant de guerre pour *Paris-Soir*.

Repères historiques et culturels

1941 Entrée en guerre des États-Unis.
Rupture du pacte germano-soviétique. L'Allemagne attaque l'URSS.

1942 Débarquement allié au Maroc. En représailles, les Allemands envahissent la zone libre en France.
Saint-Exupéry, *Pilote de guerre*.
Aragon, *Les Yeux d'Elsa*.
Camus, *La Peste*.

1943 Les Russes remportent la bataille de Stalingrad face à l'Allemagne.

1944 Débarquement des troupes alliées en France.
Libération du territoire français.

1945 8 mai : armistice qui met fin à la guerre en Europe.
Bombardements d'Hiroshima et de Nagasaki ; le Japon capitule.
Début des procès de Nuremberg.
Prévert, *Paroles*.

1946 IVe République.
Début de la guerre d'Indochine.

1948 Proclamation de l'État d'Israël.
Déclaration universelle des droits de l'homme.

1950 Début de la guerre de Corée.
Ionesco, *La Cantatrice chauve*.

1951 Yourcenar, *Mémoires d'Hadrien*.

1952 Beckett, *En attendant Godot*.

1953 Mort de Staline.
Fin de la guerre de Corée.

1954 René Coty, président de la République.
Fin de la guerre d'Indochine.
Début de la guerre d'Algérie.

Vie et œuvre de l'auteur

1941 Kessel rejoint le réseau résistant Carte. Missions d'information, de transport d'armes et de transfert vers l'Angleterre.

1942 Rejoint les Forces françaises libres à Londres.

1943 Compose «Le Chant des partisans» avec Germaine Sablon et Maurice Druon, son neveu.
L'Armée des ombres.

1944 Nommé «acting captain».
Commande l'escadrille Sussex, qui a pour mission de capter des messages radio.
À la Libération, retrouve son poste de correspondant de guerre pour *France-Soir.*

1945 Couverture du procès du maréchal Pétain, puis de ceux de Nuremberg.
Maudru.
Le Bataillon du ciel.

1948 Voyage en Israël.
Terre de feu : avec les bataillons d'Israël.

1949 Officier de la Légion d'honneur.
Épouse Michèle O'Brien.

1950 Parution en quatre volumes de l'autobiographie *Le Tour du malheur.*
Voyages à Tanger et à Varsovie.

1951 *La Nagaïka. Trois Récits. Le Procès des enfants perdus.*

1952 *Au Grand Socco.*
Écrit les dialogues français du film *Un acte d'amour*, d'Anatole Litvak.

1953 Voyage au Kenya et reportage sur la révolte des Mau-Mau.

1954 Poursuit ses travaux d'adaptation cinématographique.
Les Amants du Tage. La Piste fauve.

Repères historiques et culturels

1955 Indépendance du Maroc.
Pacte de Varsovie : les pays de l'Est font front commun contre l'Occident.

1956 Indépendance de la Tunisie.

1958 Insurrection à Alger. Ve République en France : de Gaulle président de la République.
Simone de Beauvoir, *Mémoires d'une jeune fille rangée.*
Marguerite Duras, *Moderato cantabile.*

1960 Indépendance de la quasi-totalité des colonies françaises en Afrique.

1961 Construction du mur de Berlin.

1962 Accords d'Évian et fin de la guerre d'Algérie.

1963 Assassinat du président américain Kennedy.

1964 Début de la guerre du Vietnam.

1967 Guerre des Six Jours entre Israël et l'Égypte, la Jordanie et la Syrie.
Tournier, *Vendredi ou les Limbes du Pacifique.*

1968 Grèves étudiantes en France.

1969 Pompidou, président de la République.
Premiers pas sur la Lune.

1972 Reconnaissance mutuelle des deux Allemagnes.

1973 Guerre du Kippour entre Israël et une coalition de pays arabes.
Les États-Unis se retirent du Vietnam.

1979 L'URSS envahit l'Afghanistan.

Vie et œuvre de l'auteur

1955 Voyage et reportage en Birmanie.

1956 Décès de Raïssa, la mère de Joseph Kessel.
La Vallée des rubis. Témoin parmi les hommes.

1958 *Le Lion. Hong Kong et Macao.*

1960 *Les Mains du miracle.*
Avec les alcooliques anonymes. Ce sujet le touche personnellement : sa femme souffre d'éthylisme.

1961 Envoyé spécial de *France-Soir* au procès du criminel nazi Adolf Eichmann.

1962 Élu à l'Académie française.

1963 Commandeur de l'ordre des Arts et des Lettres.
Commandeur de la Légion d'honneur.
Tous n'étaient pas des anges.

1964 *Pour l'honneur.*

1965 *Terre d'amour et de feu.*

1967 Voyage en Asie puis en Afghanistan.
Les Cavaliers.

1968 Écrit les commentaires du film *Un mur à Jérusalem*, réalisé par Frédéric Rossif.

1969 Adaptation de *L'Armée des ombres*, par Jean-Pierre Melville.

1970 Décès de son frère Georges.
Nouveau voyage et reportage en Israël.
Les Fils de l'impossible.

1972 *Des hommes.*

1973 Kessel est victime d'un infarctus.

1974 Adaptation de *Stavisky*, par Alain Resnais.

1975 *Vladivostok, les temps sauvages.*

1979 Décès de Joseph Kessel à son domicile. Michèle, sa femme, décède un an plus tard.

L'Équipage

À Sandi

L'Équipage a inspiré deux films.

À l'époque où le cinéma était muet encore, Maurice Tourneur a mis en scène le premier[1].

Quelques années plus tard, comme les images s'étaient mises à parler, Anatole Litvak[2] s'est servi de leur pouvoir nouveau pour une autre version.

Il m'a demandé de travailler avec lui au scénario. Un développement que le roman ne comportait pas est venu s'y encastrer[3], alors que l'escadrille[4] prend son repos dans un village.

Le film achevé, j'ai pensé à transcrire en nouvelle cet épisode qui, par son intensité et sa courbe dramatiques, se suffisait à lui-même. Elle fut publiée sous le titre *Le Repos de l'équipage*.

Mais j'ai toujours éprouvé le regret de voir ces chapitres séparés du livre qui, pour ainsi dire, les portait en puissance et qu'ils eussent enrichi, à coup sûr. Je suis heureux de les réunir enfin.

---

1. *L'Équipage* du réalisateur français Maurice Tourneur (1878-1961) est sorti en 1928.

2. ***Anatole Litvak*** (1902-1974) : réalisateur américain d'origine ukrainienne. Sa version de *L'Équipage* date de 1935.

3. ***Encastrer*** : insérer, emboîter exactement.

4. ***Escadrille*** : groupe d'avions de combat.

PREMIÈRE PARTIE

Chapitre I

La cantine[1] toute neuve, avec ses courroies bien serrées et le nom fraîchement peint *Aspirant*[2] *Jean Herbillon*, encombrait le vestibule. Le signe du départ marquait la maison.

Le père, qui tordait sa chaîne de montre, regarda l'heure et, d'une voix trop ferme :

« Il faut descendre, Jean, dit-il.

– Alors décidément, tu veux partir seul ? demanda la mère. En grand garçon ? »

Le jeune homme baissa la tête pour ne point voir le difficile sourire.

« Oui, maman, dit-il. J'aurai plus de courage. Vous aussi. Et puis, n'oubliez pas que Georges m'accompagne. »

Ils ne dirent plus rien. Les bruits de l'avenue rendaient plus sensible le silence qu'ils se trouvaient impuissants à rompre. Ils attendirent avec avidité[3] que cet adieu prît fin, que la porte se refermât sur une séparation qui pourtant les déchirait, tellement était intolérable l'instant où, désarmés, ils n'avaient ni la force d'avouer leur angoisse ni celle de feindre[4].

Jean, surtout, comptait les secondes, ces dernières et lourdes secondes où tout était faux des sentiments exprimés, et le stoï-

1. ***Cantine*** : coffre de voyage, en bois ou en métal.
2. ***Aspirant*** : élève officier qui n'est pas encore sous-lieutenant (grade militaire).
3. ***Avidité*** : désir très fort.
4. ***Feindre*** : faire semblant.

cisme[1] de son père et la vaillance de sa mère, et sa gaieté à lui. Il n'y avait de véritable que la souffrance de ses parents, étale et torpide[2], et son impatience de les quitter pour ne la plus subir. Il savait que, le seuil franchi, sa tristesse tomberait comme un voile gênant, arraché par la course vers l'action, l'avenir…

Une voix d'enfant retentit, note discordante[3] et triomphale :

«Jean, la voiture est là. J'ai eu du mal à la trouver, tu sais.

– Je comptais sur toi», dit le jeune homme en souriant à son frère.

Il pressa le départ. Devant les visages soudain tendus, sa gorge s'était nouée et il ne voulut point qu'on le vît faiblir.

Il y eut quelques baisers maladroits, de fiévreuses et vaines paroles.

Les deux frères roulaient à travers des rues que la guerre et la nuit dépeuplaient. Une lueur bleuâtre filtrait des réverbères maquillés[4]. Dans l'ombre de la voiture, le petit rivait son regard sur Jean et il ne savait trop ce qu'il admirait le plus en lui, du courage, des étoiles ailées[5] au col ou du brillant fauve des cuirs. Jean, pour lui, était la guerre magnifique et telle qu'on la voit peinte dans les gravures[6].

Le jeune homme savourait pleinement cette adulation[7], car l'image qu'il se faisait de lui-même était presque aussi ingénue[8].

---

1. ***Stoïcisme*** : capacité à supporter la douleur avec une apparente indifférence.
2. ***Étale*** : immobile, sans aucune agitation. ***Torpide*** : engourdie, abattue.
3. ***Discordante*** : mal accordée, qui manque d'harmonie.
4. ***Réverbères maquillés*** : réverbères couverts de peinture noire ou pourvus de réflecteurs dirigeant la lumière vers le bas. Pendant la guerre, l'éclairage public était soumis au *black-out*, un système de défense antiaérienne qui consiste à plonger certaines zones géographiques dans l'obscurité.
5. ***Étoiles ailées*** : insigne des aviateurs.
6. ***Gravures*** : dessins sur métal ou sur bois et reproduits en série sur du papier.
7. ***Adulation*** : admiration excessive.
8. ***Ingénue*** : naïve.

Il avait vingt ans. C'était son premier départ pour le front[1]. Malgré les récits qu'il avait entendus au camp d'entraînement, malgré un sens assez aigu des réalités, sa jeunesse n'acceptait pas la guerre sans l'habiller d'une héroïque parure.

À la gare de l'Est, il affermit son képi[2], tira sa vareuse[3] et dit à Georges :

« Conduis le commissionnaire[4] au train de Jonchery[5], puis attends-moi. »

Des soldats couvraient les quais. Les joies de la permission[6] éclairaient encore leurs visages. Jean passait parmi leurs groupes avec un sentiment de fierté fraternelle. Il était enfin l'égal de ceux qui partaient. Il les aimait pour leurs souffrances, surtout pour le signe que la mort dépose sur les hommes qu'elle guette. Et ce soir, comme son être lui paraissait contenir la même essence précieuse, il reportait sur lui un peu de cet amour et de ce respect.

Par instants, sa pensée allait à la ville noyée d'ombre avec une dédaigneuse[7] pitié. Elle n'abritait que des hommes qui ne pouvaient pas ou ne voulaient pas se battre. Lui, marchait parmi les guerriers.

Des bras l'enlacèrent. Un parfum familier l'enveloppa.

« Jean, mon chéri, murmura une voix essoufflée et tremblante, j'ai eu si peur de ne pas arriver. »

Il porta sur la jeune femme ses yeux encore tout chargés du naïf enivrement qu'il avait de lui-même et dit :

« Je savais bien que tu viendrais. »

Son ton était calme, presque indifférent, mais il celait[8] une grande tendresse et un orgueil plus grand encore. Sans Denise, il eût manqué à son départ une gloire.

---

1. ***Le front*** : la zone des batailles (terme opposé à celui de l'*arrière*).
2. ***Képi*** : chapeau militaire muni d'une visière.
3. ***Vareuse*** : veste d'uniforme.
4. ***Commissionnaire*** : porteur.
5. ***Jonchery*** : Jonchery-sur-Vesle, commune de Haute-Marne.
6. ***La permission*** : le congé accordé à un militaire.
7. ***Dédaigneuse*** : méprisante.
8. ***Celait*** : cachait.

Comme elle était fraîche ! il ne trouvait que ce mot pour sa maîtresse. Fraîche de peau, de regard, de voix, de rire, de sentiment.

La jeune femme avait pris son bras ; serrée contre lui, ils marchaient, coupant le flux[1] des capotes délavées[2].

Avec Denise, Jean ne comptait pas les minutes ainsi qu'il l'avait fait chez lui. Près d'elle, il se sentait léger. Malgré l'imminence[3] du départ, malgré le front auquel il appartenait déjà et dont les tentacules étaient visibles dans les trains obscurs, il avait l'impression que leur entretien avait le privilège d'une durée indéfinie. La facilité qui marquait leur union semblait empêcher toute angoisse.

Un coup de sifflet perça la rumeur[4] de la gare. Denise se pressa plus fort contre le jeune homme et ce mouvement lui fit sentir qu'ils allaient se quitter. Dans les yeux de sa maîtresse il ne lut ni peur ni chagrin, mais une adoration muette. Il s'inclina sur sa bouche, et bien que ce baiser fût celui du départ et qu'il pût, dans leur vie, être le dernier, le jeune corps sous les lèvres fermes se renversa faiblement.

Ils coururent vers le train qui frémissait. Aux portières se penchaient des hommes arrachés à la paix de la ville. Georges, inquiet, fouillait le flux des uniformes flétris pour y retrouver – brillant comme un métal fourbi[5] – la silhouette de son frère. Quand il l'aperçut enfin, accompagné d'une jeune femme, il dit plus militairement peut-être qu'il ne l'aurait voulu :

« Jean, ta cantine est placée. Monte vite. »

Les wagons tressaillirent. Herbillon serra rudement la main du petit, baisa les doigts de son amie et sauta sur le marchepied, comme le train s'ébranlait. Jusque dans ce mouvement il mit une

---

1. ***Flux*** : courant.
2. ***Capotes délavées*** : manteaux ayant perdu leur couleur.
3. ***Imminence*** : proximité immédiate.
4. ***La rumeur*** : le bruit confus.
5. ***Fourbi*** : astiqué, rendu brillant.

grâce voulue, tellement le souci de bien tenir un rôle se mêlait à son émotion.

Dans son compartiment, il fut surpris de ne trouver que des civils. Il lui parut singulier et choquant que, pour aller à leurs affaires ou leurs plaisirs, des hommes prissent le véhicule qui le menait au péril[1]. Il avait pensé voyager avec des officiers, des camarades de l'héroïque école buissonnière que le front était encore pour lui. Et il se trouvait en présence d'un petit vieillard fripé, de trois adolescents prétentieux et d'une jeune femme au maintien trop réservé pour des yeux trop tendres.

Cette déception lui donna pourtant conscience de ses avantages nouveaux. Il s'assit dans le coin que son frère lui avait retenu, croisa insolemment ses jambes serrées de cuir éclatant et se mit à fumer une pipe qui s'éteignait sans cesse, car il n'avait pu apprendre à se servir d'un accessoire qu'il jugeait indispensable à son personnage.

Le train, rivière ardente[2], fuyait parmi des rives d'ombre. Jean arrêtait parfois son regard sur celui de la jeune femme qui se détournait après un bref sourire. Elle avait des dents brillantes ; son chapeau versait jusqu'aux lèvres une pénombre secrète, mais sous la blouse de soie on devinait des seins fermes et libres. Cela suffit pour éveiller chez Jean le goût de la conquête et il émanait de son visage un désir si candide[3] que le petit vieillard lui adressa un sourire de complicité. Mais, abaissant les paupières, l'inconnue feignit de dormir. Jean, déçu, sortit dans le couloir.

Il appuya son front contre la barre métallique de la fenêtre. Des lumières palpitaient dans la plaine ; des cours d'eau luisaient comme une soie profonde. Dans l'élan du train, Herbillon croyait entendre l'impétueux tumulte de son désir : arriver, arriver à l'escadrille[4]. Depuis un an, son jeune orgueil, son amour

1. ***Péril*** : danger.
2. ***Ardente*** : vive, enthousiaste.
3. ***Candide*** : naïf, franc, innocent.
4. ***Escadrille*** : groupe d'avions de combat.

de la gloire et du risque en avaient fait le but de son existence. Et maintenant qu'il était observateur breveté[1], qu'il avait effectué une dizaine de vols au camp du Plessis[2], qu'il connaissait les signaux de réglage[3] et le télégraphe Morse[4], il brûlait de prendre place parmi les surhommes qu'il imaginait et dont il était sûr de se montrer digne.

Il était si noyé dans sa rêverie qu'il n'entendit point son compartiment se vider peu à peu, et qu'il tressaillit lorsqu'une voix, tout près de lui, demanda :

«Nous arrivons bientôt à Fismes[5], monsieur ?»

Il aperçut alors presque contre son épaule la jeune femme qu'il avait renoncé à séduire. D'un coup, souvenirs et songes s'effacèrent. Comme la question était posée sur ce ton engageant qui n'exige pas de réponse précise, Jean, à son tour, demanda :

«Vous allez si près des lignes, madame ?

– Un oncle m'attend.»

Son sourire montrait qu'elle n'essayait point de faire croire à cette parenté.

Ils revinrent dans leur compartiment. Jean offrit une cigarette qu'elle accepta. Elle riait facilement, avait un langage commun mais vif. Herbillon sut bientôt qu'elle allait rejoindre un commandant qui subvenait à son entretien, sans lui plaire. Après quelque défense, il obtint de l'appeler par son petit nom qui était Nelly et voulut pousser plus loin ses avantages[6].

---

1. Durant la Première Guerre mondiale, l'équipage d'un avion de combat est composé de deux membres : un pilote et un observateur, chargé de repérer les cibles ennemies. Jean vient d'obtenir son brevet d'observateur.

2. ***Camp du Plessis*** : camp d'entraînement situé à Plessis-Belleville, commune de l'Oise.

3. ***Signaux de réglage*** : codes émis par un appareil télégraphique embarqué dans l'avion et transmettant notamment les informations nécessaires à l'orientation des tirs d'artillerie.

4. ***Télégraphe Morse*** : système de transmission codé sur une ligne électrique.

5. ***Fismes*** : commune de la Marne.

6. ***Pousser plus loin ses avantages*** : obtenir plus que ce qu'il avait déjà obtenu, continuer à séduire Nelly.

Cependant le souvenir de sa maîtresse l'arrêta. Elle se montrait si douce et si fidèle. Allait-il la tromper, à peine quittée ? Mais un argument décisif eut raison de son scrupule. Il serait au front demain. N'avait-il pas droit à toutes les faiblesses ? Il enlaça la jeune femme qui ne résista point.

Quand Nelly le quitta, une lassitude légère ferma les yeux de l'aspirant qui savoura quelques minutes le souvenir d'un facile triomphe. Soudain, il eut le sentiment qu'une ombre s'asseyait près de lui. Avec un frisson, il regarda. Personne. Personne également dans le couloir, dans le wagon entier. Un grand silence, coupé de cahots espacés, s'abattit sur lui et il comprit que sa brusque solitude avait été pour lui comme une présence.

Le train roulait avec une précaution craintive, les lampes brûlaient en veilleuses, et, dehors, la nuit avait une densité de marbre noir. Le jeune homme murmura comme s'il venait seulement de saisir le sens du mot :

« Le front ! »

Collant son visage aux vitres il tâcha, sans y parvenir, de percer l'ombre dont la mante[1] immense couvrait les tranchées[2] proches et des milliers d'hommes en alerte.

Un coup sourd lui sembla retentir dans sa poitrine.

« Le canon », murmura-t-il encore, comme devant une nouvelle révélation.

Tendu, il écouta, pour ne point perdre une rumeur, une haleine de ces terres inconnues. Un pénible sentiment le dédoublait. Il avait quitté Paris depuis quelques heures à peine. Il croyait voir encore le visage de ses parents, presser le bras de son amie, il avait encore dans les yeux l'étalage bariolé[3] d'un kiosque à journaux devant lequel, à la gare, il s'était arrêté. Et, en même

1. ***La mante*** : le manteau.
2. ***Tranchées*** : fossés allongés creusés à proximité des lignes ennemies et où la troupe demeure à couvert.
3. ***Bariolé*** : coloré de tons variés qui s'harmonisent mal entre eux.

temps, il se sentait déjà rivé aux lieux où l'on mourait. Par la même fenêtre où s'était encadrée la claire figure de Denise, il apercevait le front ténébreux et secret.

Doucement, tendrement presque, le train avançait comme s'il devinait que l'être humain devenait désormais très fragile. Dans ce bercement, ce silence, parfois martelé par un tonnerre lointain, l'ivresse qui, depuis le départ, avait étourdi le jeune homme, s'évaporait. Bientôt, il ne trouva plus rien en lui qu'une impression anxieuse de solitude et, dans son esprit désarmé, d'étranges questions s'insinuèrent. Quel besoin avait-il eu de s'engager ? De choisir l'arme la plus périlleuse[1] ?

Il revit nettement un appareil en flammes qui s'était abattu près du terrain d'école et songea qu'un jour sa chair pourrait grésiller de même.

Que ce train était odieux de rouler si lentement ! Il semblait porter des cercueils. Et cette lueur falote[2] des lampes et cette plaine écrasée par la nuit !

Herbillon, maintenant, s'accusait. Il savait bien ce qui l'avait poussé dans l'aviation. Ce n'était pas soif d'héroïsme, mais vanité[3]. Il s'était laissé tenter par la séduction de l'uniforme, des insignes[4] glorieux, par le prestige de l'homme ailé sur les femmes. Elles, surtout, l'avaient décidé. Un mouvement de haine le souleva contre ces faibles et perverses créatures, pour lesquelles il allait donner sa vie. Denise lui parut détestable entre toutes pour ne l'avoir point dissuadé.

Cherchant avec une rancune brusque d'autres griefs[5], il se souvint qu'il ignorait tout de la jeune femme : ses amitiés, sa demeure, son nom même; qu'il ne possédait aucun portrait

---

1. En matière militaire, les armes désignent les différents corps de l'armée (l'arme de l'infanterie, l'arme de la marine, etc.).
2. ***Falote*** : terne, faiblarde.
3. ***Vanité*** : orgueil.
4. ***Insignes*** : ici, décorations militaires.
5. ***Griefs*** : motifs de plainte, reproches.

d'elle et que, seule, l'alliance oubliée un jour à son doigt lui avait appris qu'elle était mariée. Ce mystère, qui avait été pour lui jusque-là d'un profond attrait, lui parut une marque indigne de méfiance et de froideur.

Il pensa que, par son aventure avec Nelly, il en avait tiré une juste vengeance et tâcha de dissiper son anxiété dans ce souvenir.

Mais le train glissait maintenant avec tant de prudence qu'on pouvait, semblait-il, le suivre au pas. Jean eut envie de descendre pour secouer l'insupportable poids qui l'oppressait et ce désir lui fit percevoir sa détresse.

«J'ai peur», songea-t-il malgré lui.

Il essaya de se défendre, mais les arguments s'effaçaient devant le dégoût de lui-même dont il était plein. À quoi servait de se mentir? Toutes ses révoltes contre lui et contre Denise venaient de la peur.

Lui qui riait en parlant de péril, qui tenait pour lâches ceux qui semblaient comprendre le mot de crainte – lui, l'aspirant Herbillon, il avait peur. Et cela avant même d'avoir touché le danger.

La honte qu'il éprouva fut telle qu'il ne s'aperçut point qu'elle avait complètement effacé son effroi.

Chapitre II

Le glaive[1] large du soleil traversa les paupières d'Herbillon. Il se retourna, jaloux de son sommeil[2], mais le toit vibra sous un choc sonore, et le fit se dresser tout étourdi de lumière et de bruit.

Son premier regard se posa sur la pièce vide et sur la planche qui portait un pot à eau, sans comprendre. Quelle était cette cage sombre tapissée de papier goudronné ? Mais il aperçut sa cantine, fermée encore, et, cette maille retrouvée, toute la chaîne des souvenirs se renoua. C'était l'escadrille.

Il sauta du lit, se jeta sur son uniforme. La rumeur qui l'avait éveillé venait d'un moteur : on volait, il devait être tard. Avec désespoir, il pensa qu'on le croirait paresseux. À ce moment, la porte étroite livra péniblement passage à un soldat massif et maladroit comme un ours.

«Je suis l'ordonnance[3], dit-il. Mon lieutenant[4] veut de l'eau chaude ? J'apporterai le café après.»

Le soldat était borgne, ce qui donna de la timidité au jeune homme. Il répondit en hésitant :

«Non, merci. Je préfère l'eau froide.»

Il réfléchit et se força d'ajouter :

---

1. *Glaive* : épée.
2. *Jaloux de son sommeil* : voulant dormir encore.
3. *Ordonnance* : soldat affecté au service d'un officier.
4. Les aspirants sont appelés «mon lieutenant» par les militaires qui ne sont pas officiers. Jean est en réalité destiné à devenir sous-lieutenant, grade en dessous de lieutenant, lui-même en dessous de capitaine.

« Vous auriez dû me réveiller plus tôt.

– Le capitaine a dit qu'on laisse dormir mon lieutenant, fit le soldat en clignant son œil unique.

– Ah, le capitaine…, murmura Jean.

– C'est un homme qui sait les choses, continua posément l'ordonnance. Mon lieutenant aura bien le temps pour tout. »

Le ton familier du soldat plaisait à l'aspirant. Mais il pensa qu'il devait se faire respecter.

« C'est bien, dit-il sèchement. Je ne déjeunerai pas ce matin. »

Le soleil l'attirait et cette rumeur assourdissante qui tantôt se taisait, tantôt reprenait avec fureur et qu'il reconnaissait pour le tourbillonnement des hélices. Quand il quitta sa chambre, l'obscurité l'arrêta. Il se trouvait dans un étroit et long couloir plein d'ombre, sur lequel donnaient deux rangées parallèles de portes. Apercevant à sa gauche une trouée lumineuse, il marcha vers elle.

Il entra dans une vaste pièce où quatre fenêtres aspiraient la clarté. Elle était tapissée de carton à gaufrures [1] et, devant la toile cirée blanche, jonchée de fleurs bleues, qui couvrait une longue table, Jean eut un sentiment de fraîcheur et de gaieté. Il considérait un édifice de planches qui garnissait l'un des coins de la chambre lorsqu'il entendit :

« Le bar vous attire déjà, monsieur l'aspirant. Vous promettez. »

La voix sonnait haute, mordante et si riche de joie qu'Herbillon en fut pénétré comme d'une onde bienfaisante. Il se tourna d'un bloc. Devant lui, dans la gueule obscure du couloir, se tenait un jeune homme, les bras croisés derrière le dos. Il portait une tunique noire dont l'étoffe luisait autant que les boutons dorés. Elle enveloppait strictement un torse mince, un cou étroit. La finesse élancée de ce corps répondait à celle du visage net, aux

1. ***Gaufrures*** : motifs en relief ou en creux.

yeux étirés et ardents, au nez droit, à la moustache légère qui s'arrêtait aux commissures des lèvres.

«Il n'est pas beaucoup plus vieux que moi, se dit l'aspirant, et n'a pas de décorations. C'est un nouveau.»

Content de trouver un camarade qui ne l'intimidât point avant d'affronter les officiers chevronnés[1], il se présenta avec désinvolture :

«Aspirant Jean Herbillon.

– Capitaine Gabriel Thélis[2], commandant l'escadrille», répondit le jeune homme.

Il tendit la main et Jean aperçut à sa manche trois filets d'or[3] ternis. Il lui sembla que ses joues allaient crever sous l'afflux[4] du sang qui lui monta d'un jet au visage, et le sentiment que sa peau brûlait accrut encore son abominable confusion.

Oubliant qu'il n'avait pas de képi, il porta ses doigts à son front et, tendu, balbutia :

«Oh! pardon, mon capitaine.»

Un vol de pensées torturantes le traversait : il s'était conduit comme un fat[5] ridicule; au lieu de la vénération qu'il sentait maintenant pour ce chef juvénile[6], il avait montré une insupportable familiarité. Il devait être perdu à ses yeux.

Pendant qu'il se tenait raidi et le front en sueur, le capitaine ne le quittait pas d'un regard que le reflet du soleil patinait[7] d'or. Et soudain la pièce fut emplie d'un beau rire clair et sain.

Des doigts fermes se posèrent sur l'épaule d'Herbillon et la voix qui l'imprégnait de bien-être dit :

---

1. ***Chevronnés*** : expérimentés, aguerris.
2. Ce personnage est inspiré du capitaine Jean Joseph Thélis Vachon, jeune capitaine de l'escadrille SOP 39, héros de la Première Guerre mondiale.
3. Ces trois liserés dorés sur la manche désignent le grade de capitaine.
4. ***Afflux*** : arrivée massive.
5. ***Fat*** : prétentieux.
6. ***Juvénile*** : jeune.
7. ***Patinait*** : couvrait.

«Assez de respect. Venez voir les appareils.»

Ils furent vite sur le terrain situé tout près des baraques. Ceinturé par le ruban précis de la route et frangé par un rideau confus d'arbres lointains, le champ s'étalait large et plat pour s'arrêter brusquement sur deux chutes abruptes où s'abîmait[1] le paysage. De la faille creusée au nord montait une vapeur bleuâtre de rivière, au sud une fumée grise de foyers humains. Jean situa de la sorte le cours de la Vesle[2] et le village de Rosny. Il ne s'attarda point à cette étude. Son regard avide voulait épuiser en un instant tout ce que le terrain contenait, en puissance, de vie hasardeuse. Il alla des hangars immenses, semblables à des cathédrales tronquées, aux groupes de mécaniciens dispersés, au vaste T de toile blanche étendu sur le sol pour marquer la direction du vent[3]. À son profond étonnement, il trouva le terrain de guerre en tous points pareil à celui de l'arrière[4] où il avait fait son instruction.

Cependant Thélis l'examinait. Dès le premier instant, Herbillon lui avait plu – malgré sa vareuse outrageusement[5] neuve et son harnachement inutile de cuirs – par la franchise de ses traits, la volonté du front, la simplicité des yeux clairs et par tout l'élan qui animait son corps. Mais le capitaine Thélis ne pouvait manifester de sympathie qu'en plaisantant.

«Vous n'êtes guère matinal, le bleu[6]», dit-il tout à coup.

Herbillon tressaillit.

«Je sais, poursuivit Thélis, vous êtes arrivé tard. À votre place, tout de même, je me serais levé avec le soleil pour voir partir les camarades.»

---

1. ***S'abîmait*** : s'enfonçait, chutait.
2. ***Vesle*** : rivière, affluent de l'Aisne.
3. Un dispositif en forme de T est placé sur le sol à proximité de la piste, de façon à être vu du ciel. Sa position dépend du vent et indique aux pilotes la direction à prendre au décollage et à l'atterrissage.
4. ***Arrière*** : territoire éloigné des opérations militaires.
5. ***Outrageusement*** : excessivement.
6. ***Bleu*** : novice, nouveau.

Jean n'osa point répéter ce que lui avait dit l'ordonnance et baissa la tête. Impitoyable, le capitaine continuait :

«Vous êtes muet. Bon. Alors, dites-moi ce qu'on vous a enseigné.

– Mais… tout, mon capitaine.

– C'est trop.»

Herbillon, froissé, entreprit l'énumération de ses connaissances : T.S.F., réglages, photographie[1]. Thélis l'interrompit.

«Savez-vous regarder ?»

Cette fois, l'aspirant crut que le capitaine plaisantait. Le ton net de Thélis effaça son sourire.

«Je ne veux pas être drôle, dit-il. On apprend à regarder, je vous assure. Il y faut même du temps.»

Il l'interrogea encore sur plusieurs détails techniques et, à chaque réponse de Jean, grommelait[2] :

«On verra, on verra, ce n'est pas si facile.» Mais la question que le jeune homme attendait sans cesse et qui lui paraissait essentielle – celle du courage –, Thélis n'y fit même pas allusion. Ce silence blessa Herbillon : il y vit un ménagement[3] dédaigneux. Sa peur de la veille s'était complètement dissipée et, sur le plateau où le soleil et l'air vif stimulaient l'envol des hommes, il se croyait inaccessible à l'effroi. Il voulut le prouver.

«Quand pourrai-je monter, mon capitaine ? demanda-t-il avantageusement[4].

– S'il fait beau, je vous emmènerai demain, répondit Thélis que la question ne parut point surprendre.

---

1. Les aviateurs ont pour mission principale la reconnaissance des lignes ennemies afin de permettre à l'artillerie, au sol, de régler son tir sur le front adverse. Ils transmettent les informations par la T.S.F. (signaux en Morse, voir aussi note 4, p. 116) ou en prenant des photographies du terrain ennemi depuis le ciel.

2. ***Grommelait*** : marmonnait.

3. ***Ménagement*** : réserve liée à la volonté d'épargner autrui.

4. ***Avantageusement*** : d'une manière présomptueuse.

– Sur les lignes ? insista Jean.

– Non, sur Monte-Carlo[1].»

Malgré sa moquerie, Herbillon dit encore :

«On se battra, n'est-ce pas, mon capitaine ?»

Thélis le regardait avec une sorte de tendresse railleuse[2].

«J'espère bien que non, dit-il. S'il fallait se battre à chaque sortie, le métier ne vaudrait plus rien.»

Le jeune homme retint un mouvement de surprise et de déception, mais le capitaine devinait tout ce que l'aspirant ressentait : son désir de montrer sa bravoure, son ambition de gloire et de bataille, sa foi dans les prouesses[3] quotidiennes. Il se rappela sa propre arrivée, trois ans plus tôt, à l'escadrille, et ses pensées, sœurs de celles qu'il lisait dans les yeux d'Herbillon. Il eut envie de lui expliquer beaucoup de choses, mais il savait que le jeune homme ne le croirait point et songea :

«C'est une bonne recrue.»

Sans s'apercevoir qu'il appliquait cette louange[4] bien plus au jeune sous-lieutenant qu'il avait été qu'à l'aspirant qui se tenait devant lui.

«Vous avez du cran, j'en suis sûr, dit-il avec bonté. Les nouveaux sont toujours plus courageux que nous, les fatigués !»

Soudain, il fronça le sourcil, jeta un coup d'œil sur le terrain et se dirigea rapidement vers un groupe réuni devant un hangar. Pour ne point rester isolé sur le vaste champ où il ne connaissait personne, Herbillon le suivit.

Ils furent bientôt près d'un hangar qui, un pan de toile relevé, laissait voir dans sa haute nef[5] la masse confuse des avions. Des mécaniciens nonchalants[6] bavardaient. Au milieu d'eux, assis

1. ***Monte-Carlo*** : ville du sud de la France, très loin des combats.
2. ***Railleuse*** : moqueuse.
3. ***Prouesses*** : exploits.
4. ***Cette louange*** : ce compliment.
5. ***Sa haute nef*** : ici, son hall de grande hauteur.
6. ***Nonchalants*** : inactifs, indifférents à leur tâche.

sur un bidon d'essence, un gros lieutenant fumait une très vieille pipe. À l'arrivée du capitaine, les hommes se redressèrent ; l'officier, sans bouger, sourit largement.

« Beau temps, hein ? mon vieux Thélis. Tu ne voles pas ? »

Il s'étirait avec béatitude.

« Es-tu de service pour te chauffer au soleil ? cria soudain le capitaine. Regarde là-haut. »

Il y avait de la colère dans sa voix, dans son regard noirci, et Jean s'étonna de voir un chef sévère remplacer le jeune homme affable[1] et railleur. Mais le gros lieutenant ne s'émut point. Suivant le geste de Thélis, il leva les yeux vers l'indicateur du vent placé sur un hangar et dit avec placidité[2] :

« Cette satanée brise change tout le temps. »

Il fit signe à deux hommes et se dirigea vers le T gigantesque pour en modifier la direction. Quand il revint, Thélis grommela :

« Lézard obèse. »

Puis, il dit à Jean :

« Herbillon, voici mon vieux camarade Marbot, chef des observateurs et le meilleur d'entre eux. »

L'aspirant considérait avec respect celui que le capitaine recommandait ainsi et craignait que le lieutenant ne fût blessé d'avoir été réprimandé devant lui. Mais le gros homme dit :

« Merci d'avoir été là, jeune camarade. Thélis n'a pas voulu trop abîmer mon prestige à vos yeux, sinon, j'en aurais entendu de cruelles. »

Thélis ne put s'empêcher de rire :

« Tu me connais bien, éléphant », grommela-t-il, puis demanda :

« Y a-t-il longtemps que Berthier est parti ?

– Environ deux heures, mon capitaine, répondit un mécanicien.

1. ***Affable*** : accueillant, aimable.
2. ***Placidité*** : calme, douceur.

– Il devrait être rentré. Je lui avais fixé une reconnaissance rapide.»

Marbot, qui avait repris sa place sur le bidon, eut une grimace de dégoût :

«Il y a des gens qui n'en ont jamais assez, dit-il.

– C'est vrai», répondit distraitement Thélis.

Il regardait le ciel qui était d'un bleu tendre, l'horizon qui tremblait dans la fine lumière. Marbot haussa les épaules.

«Tu as envie de voler, hein, toi aussi, dit-il. Il n'y a pourtant pas de mission.

– Je vais essayer mon nouveau moteur.»

Herbillon tourna vers Thélis des yeux suppliants.

«Emmenez-moi, mon capitaine, fit-il.

– Je vous ai dit : demain, répondit sèchement Thélis. J'entends qu'on me comprenne. En attendant, étudiez la carte, ce ne sera pas sans utilité.»

Tandis que le capitaine s'éloignait vers son appareil, Marbot dit à Jean :

«Ne vous tourmentez pas, mon vieux. Thélis est le meilleur garçon qui soit sous le ciel, mais il a peur d'être trop jeune pour se faire obéir. Voilà tout.»

Herbillon n'aurait jamais imaginé un aviateur aussi gros et débraillé que Marbot. Un uniforme bleu sale, trop vaste, flottait sur les membres robustes du lieutenant ; un chandail[1] de troupe gris enveloppait son torse et son cou ; ses pieds s'agitaient doucement dans une paire de sabots. Avec sa pipe ébréchée, entre ses petites dents jaunes, il semblait un paisible fermier qui, la journée finie, rumine au soleil.

Comme s'il devinait les pensées du jeune homme, Marbot déclara :

1. ***Chandail*** : gros tricot de laine, pull-over.

« Faut être confortable avant tout. Une chambre, un cuisinier savant, une bonne pipe et l'on est paré. Je vous enseignerai tout cela. En s'arrangeant, on s'en tire même avec votre solde[1]. »

Il se mit à exposer le budget qu'il prévoyait pour Herbillon. Au mess[2], les aspirants ne versaient que trois francs par jour. On lui donnerait une culotte[3] et une vareuse de troupe que le tailleur accommoderait[4], pour qu'il pût conserver son uniforme neuf. Il lui resterait, le tabac payé, de quoi faire des économies.

Jean écoutait avec la crainte sourde[5] que Marbot, à son tour, ne se moquât de lui. Quoi ! c'étaient là les recommandations premières que lui faisait son chef direct ! Sur ce terrain où le brûlait une fièvre héroïque, il entendait des comptes de ménage. C'était une gageure[6] !

Mais non, le gros lieutenant ne raillait point. Une manière d'attendrissement détrempait même ses fortes joues tandis qu'il supputait[7] la somme que l'aspirant pourrait réserver à ses permissions. Puis il se tut comme s'il n'avait rien d'autre à communiquer au jeune homme. Celui-ci, malgré ses déboires[8] avec le capitaine, demanda faiblement :

« Et pour le travail, quels conseils me donnerez-vous ? »

Marbot savoura une bouffée profonde et répondit :

« Aucun. Il faut y passer pour savoir. »

Un bourdonnement sauvage crispa ses traits d'une grimace.

« C'est Thélis, grommela-t-il, qui fait du bruit. Allez regarder, mon vieux. Ça doit encore vous amuser. »

---

1. ***Solde*** : rémunération versée aux militaires.
2. ***Mess*** : cantine où se réunissent les officiers et les sous-officiers d'une même unité.
3. ***Une culotte*** : ici, un pantalon.
4. ***Accommoderait*** : arrangerait.
5. ***Sourde*** : souterraine, cachée.
6. ***Gageure*** : parole qui semble défier le bon sens.
7. ***Supputait*** : évaluait.
8. ***Déboires*** : échecs, déceptions.

De la carlingue[1], la tête du capitaine surgit, joyeuse. Le vent de l'hélice soulevait ses courts cheveux noirs, dilatait ses lèvres d'un rire silencieux. Tantôt, il ralentissait le moteur, tantôt le lançait à pleine fougue. L'avion palpitait comme une bête impatiente et l'homme tremblait de la même avidité de l'espace.

Enfin, Thélis sauta sur le sol. Comme il avait revêtu, pour l'essai, un bourgeron de manœuvre[2], il sembla faire un instant partie des mécaniciens qui entouraient l'avion et avec lesquels il plaisantait librement. Puis il marcha vers Jean en demandant :

« Quelle heure est-il ?

– Plus de midi, mon capitaine.

– Et Berthier n'est pas là. Cet animal finira par m'inquiéter. »

Le mot donna un étrange sentiment de plaisir à Herbillon. C'était le premier qui lui rappelât qu'il était au front et qui justifiât ses fiertés, ses rêves. Le visage du danger se montrait enfin. Il fut comme déçu lorsque Marbot, dont les petits yeux perçants avaient fixé dans le ciel un point pour lui invisible, cria :

« Le voici, mon capitaine. »

Un biplan[3] vira au-dessus du terrain et vint érafler le sol de sa béquille d'atterrissage[4]. Le pilote sortit d'abord. Engoncé dans sa combinaison, casqué de cuir, les lunettes relevées sur le front, il semblait un scaphandrier[5] de l'air. De ses traits, Herbillon ne put distinguer qu'une cicatrice qui partait de la bouche pour s'enfoncer sous le passe-montagne[6]. Il boitait.

« Vous en prenez à votre aise, Deschamps ! » cria le capitaine.

---

1. ***Carlingue*** : habitacle d'un avion.
2. ***Un bourgeron de manœuvre*** : une blouse en grosse toile portée par les mécaniciens.
3. ***Biplan*** : avion pourvu de deux ailes superposées, par opposition au monoplan, qui n'a qu'une paire d'ailes.
4. ***Béquille d'atterrissage*** : tige de métal qui permet à l'avion d'être stable et de rouler à l'atterrissage.
5. ***Scaphandrier*** : homme habillé d'une lourde combinaison de plongée, pour l'exploration des fonds marins.
6. ***Le passe-montagne*** : la cagoule.

Le pilote répondit avec un accent traînard de paysan tourangeau[1] :

«Berthier voulait tout voir.»

Il enleva son casque. Sa bouche était déformée par la balafre lie-de-vin[2] qui montait jusqu'à l'oreille. Un poil blond mal rasé poudrait d'ocre sa face massive. Jean le trouva déplaisant, mais quand l'autre eut défait sa combinaison, il resta stupide devant les palmes et les rubans[3] glorieux qui criblaient cette poitrine.

Une silhouette bizarre vint distraire son attention. Du siège de l'observateur se levait un corps qui, malgré l'enveloppement des fourrures et des lainages, paraissait maigre. Un cliquetis soulignait ses mouvements. Les mains tenaient un éventail capricieux de planchettes de nickel[4] et de bois ; à l'épaule, aux poches de la combinaison, pendaient des instruments dont Herbillon n'arrivait pas à deviner l'usage. Le casque de liège[5] et les lunettes elles-mêmes avaient une forme inusitée[6].

Jean observa que, du capitaine au dernier des mécaniciens, chacun accueillait ce camarade avec un sourire où se mariaient l'ironie et la tendresse et qui s'élargit encore lorsque Thélis interpella le personnage :

«Alors, Berthier, vous nous rapportez le mouvement perpétuel de là-haut ?»

Du passe-montagne jaillit une voix qui fit naître chez Herbillon, et sans qu'il pût en définir la raison, un sentiment d'affectueuse douceur. Cette voix avait la limpidité[7] naïve, l'ingénuité prenante qui font le charme des accents enfantins. Elle disait :

---

1. ***Tourangeau*** : originaire de la région de Touraine.
2. ***Lie-de-vin*** : rouge violet, proche du bordeaux.
3. ***Les palmes et les rubans*** : les décorations militaires.
4. ***Nickel*** : métal blanc argenté.
5. ***Liège*** : bois léger.
6. ***Inusitée*** : inhabituelle.
7. ***Limpidité*** : transparence.

«Pardonnez-moi, mon capitaine. J'ai complètement oublié l'heure. Dans la Tranchée des Cannibales il y avait un point blanc que je voulais définir à tout prix.

– Et alors ?

– Je n'y suis pas arrivé, mon capitaine, ce sera pour la prochaine fois.»

Marbot hocha gravement la tête.

«Pierre, Pierre, dit-il, tu me déshonores.

– Mais, gros, s'écria vivement Berthier, figure-toi…

– Non, non, cria Thélis. Vous ne finiriez pas votre discours avant la nuit. Nous avons faim, nous. Courez au secteur faire le rapport et préparez-vous à payer le retard.»

Deschamps, qui examinait soigneusement son appareil, passa sur son front un pouce informe et observa :

«C'est une sortie qui nous coûtera cher. Quatre accrocs aux ailes.

– Quatre bouteilles, dit Thélis. Vous vous êtes battus ?»

Jean eut un mouvement.

«Non, dit Deschamps. Ce doit être un gros noir[1].

– Vous voilà renseigné, Herbillon, cria le capitaine. Un flacon par trou rapporté des lignes[2].

– Et vous savez, grogna Marbot, ce mécréant[3] n'entend pas plaisanterie là-dessus. Quand toute votre solde y passerait !»

Le soir de ce premier jour d'escadrille, Herbillon regagna sa chambre, ivre de fatigue.

La conversation de la table bourdonnait à ses oreilles comme une volée de balles; dix visages, inconnus la veille, découpaient avec une obsédante précision leurs traits dans sa mémoire. Il

---

1. ***Gros noir*** : obus allemand de gros calibre (argot militaire).
2. ***Un flacon par trou rapporté des lignes*** : le pilote doit payer une bouteille pour chaque trou dans la carlingue.
3. ***Mécréant*** : ici, injure amicale. Au sens propre, incroyant, infidèle.

tâchait de mettre l'étiquette d'un nom sur chacun d'eux et n'y parvenait point. Pour ceux qu'il avait connus sur le terrain il pouvait encore le faire : le capitaine, le gros Marbot, Deschamps le mutilé, Berthier et sa voix puérile[1], son regard nuageux !

Il se souvenait également du *toubib*, médecin pilote qui portait ses ailes d'or sur des parements[2] de velours grenat[3]. Une figure le hanta longuement : bec d'aigle, moustaches tombantes, d'Artagnan[4] vieilli ; puis une autre, glabre[5], hautaine et pâle.

Un trait commun à tous pourtant le hantait : l'éclat un peu hagard[6] des yeux, lumière fiévreuse qui veillait dans tous les visages, qu'ils fussent placides ou nerveux, ardents ou tristes, sorte de prière qui s'élevait de ces hommes insouciants à la chance.

Regard brûlé chez Thélis, rêveur chez Berthier, terne chez Deschamps, vif sous la graisse chez Marbot ; ils portaient tous cette flamme trouble qui les embrumait et les attisait[7] tour à tour. Jean mira[8] son visage dans une glace et une grande fierté chauffa ses veines : il crut reconnaître en ses prunelles l'expression étrange et fraternelle. Du coup, il fut rassuré. Ce regard-là démentait les propos qui l'avaient décontenancé le jour durant. Ses camarades avaient beau ne parler que de solde, de vin, de permissions et de femmes, leurs yeux chantaient leur aventure. Blasés, ils l'étaient sans doute, mais par trop d'exploits. Lui, entrait seulement dans l'épopée[9]. Demain le capitaine l'emmè-

---

1. ***Puérile*** : d'enfant.
2. ***Parements*** : revers renforcés des cols ou des manches de vêtement.
3. ***Grenat*** : rouge sombre.
4. ***D'Artagnan*** (1611-1673) : mousquetaire, c'est-à-dire membre de la garde royale, sous Louis XIII et Louis XIV. L'écrivain Alexandre Dumas (1802-1870) en fit le héros de son roman *Les Trois Mousquetaires*.
5. ***Glabre*** : imberbe ou rasé.
6. ***Hagard*** : égaré.
7. ***Attisait*** : rendait plus vifs.
8. ***Mira*** : regarda avec attention.
9. ***Épopée*** : récit d'aventures héroïques, le plus souvent guerrières.

nerait, sûrement il y aurait combat, ils abattraient peut-être un ennemi.

Déjà, il ébauchait la lettre qu'il écrirait alors à Denise.

Le lit de camp, étroit et dur, fut délectable[1] à ses membres que des heures de station[2] sur le terrain et dans le mess avaient rompus. Tout ce que les autres faisaient avec naturel et simplicité, sans y prendre garde, exigeait de lui une tension de tout l'être. Il surveillait sa démarche, sa voix, redoutait de montrer aussi bien une excessive timidité qu'une déplaisante superbe[3]. De cet effort il était encore plus énervé que las et, malgré sa fatigue, il s'endormit très tard.

En rouvrant les yeux sur une clarté laiteuse, il crut que le jour n'était pas levé. La pensée qui, obscurément[4], avait habité son sommeil, lui revint avec un halo[5] de joie confuse : il volait ce matin. L'ordonnance Mathieu entra tenant un broc[6] fumant.

«Comment ? s'écria Herbillon, cherchant des yeux sa montre.

– Il est dix heures, dit le soldat. Je ne vous ai pas réveillé, vu le temps. Pleine mélasse, mon lieutenant.

– Mais il faisait si beau hier, murmura le jeune homme.

– Le ciel change vite par ici, mon lieutenant. Il vous enverra peut-être du soleil tout à l'heure. Et puis, allez, mon lieutenant, vous serez bientôt content d'avoir un peu de brouillard le matin, comme tout le monde.»

Sur ces mots Mathieu s'en alla, laissant Herbillon désespéré. Il avait mis tant d'espoir autour de ce vol qui devait être sa véritable entrée dans l'escadrille ! Après, il se fût considéré sinon comme l'égal des «anciens» qui l'entouraient, du moins comme

1. ***Délectable*** : très agréable, délicieux.
2. ***De station*** : à rester immobile.
3. ***Superbe*** : ici, orgueil qui se traduit par une allure pleine d'assurance.
4. ***Obscurément*** : vaguement.
5. ***Un halo*** : une auréole lumineuse. Ici, l'expression est employée au sens figuré.
6. ***Un broc*** : une carafe.

leur camarade plus jeune. Tandis que, maintenant, il allait rester le novice, le subalterne[1] moral.

Ses yeux errèrent à travers la chambre qu'il n'avait pas eu le loisir d'examiner la veille. Il frissonna : un véritable cercueil tendu de noir et rapiécé, à la fenêtre, par le chiffon blême[2] de la brume.

«Je ne pourrai pas vivre ainsi, songea-t-il. Il faudra que j'égaie les murs.»

Ce désir fixa un but à son désœuvrement et il se leva, moins triste.

En apportant un bol de café, Mathieu demanda :

«Mon lieutenant veut des sabots ?

– Ah ! non», s'écria Jean avec répugnance[3], au souvenir de la silhouette débraillée de Marbot.

Mais en même temps, il réfléchissait : à quoi bon lacer des bottes ? Le matin sale, la chambre désolante ne disposaient point à l'élégance.

«Tout le monde en porte ? fit-il en hésitant.

– Presque, mon lieutenant.

– Donnez-m'en une paire», dit Herbillon.

Il cherchait dans sa cantine des gravures et des photographies pour mettre quelques taches claires sur l'insupportable bitume[4] des murs, lorsqu'on frappa doucement à sa porte. Certain que c'était l'ordonnance, il ne se retourna point. Mais une voix, dont il reconnut au premier mot le timbre[5] charmant, demanda :

«Je ne vous gêne pas, monsieur ?»

Pour toute réponse, Jean serra fortement la main de Berthier. Le lieutenant était couvert d'une peau de bique[6] jetée sur un pyjama de toile grise.

---

1. ***Subalterne*** : subordonné, inférieur.
2. ***Blême*** : pâle.
3. ***Répugnance*** : dégoût.
4. ***Bitume*** : goudron, asphalte.
5. ***Timbre*** : son.
6. ***Peau de bique*** : cape en peau de chèvre.

«Vous devez vous ennuyer, dit-il. Les premiers jours sont difficiles.

– C'est vrai.»

La réponse était montée aux lèvres d'Herbillon sans qu'il eût songé à la retenir. Pourtant il y voyait un aveu de faiblesse qu'il n'eût fait à nul autre. Mais, sans le connaître, il savait avec certitude qu'à Berthier on pouvait ne cacher aucun sentiment, pourvu qu'il fût sincère. Il avait senti cela dès l'instant où il l'avait vu descendre de carlingue.

«Vous êtes déjà prêt, continua Berthier. On voit que vous arrivez. Vous prendrez vite nos habitudes de douce paresse. Pour l'instant, venez chez moi. Nous y serons mieux.»

Jean le suivit dans le corridor où s'affairaient les ordonnances et pénétra dans une chambre en tous points pareille à la sienne, sauf qu'un poêle[1] à pétrole l'emplissait d'une âcre[2] et chaude haleine. Aux murs, des vêtements pendaient en désordre et partout, sur la table grossière, sur les planches mal clouées, sur les tabourets, sur le lit même, s'amoncelaient des assemblages surprenants de métal et de bois, des fils de fer, des lambeaux de toile, des boulons, des vis, des pneumatiques éclatés.

Berthier, montrant ce chaos, eut le sourire d'un homme qui s'excuse d'une manie qu'il sait ridicule mais qui lui est très chère.

«Mon magasin, dit-il. Je rapporte ici tout ce que je trouve sur le terrain et m'en sers pour construire, pour inventer.»

Puis s'animant, malgré lui :

«On me plaisante, naturellement. Mais tenez, voici un tire-douilles[3] spécial pour mitrailleuse que toute l'escadrille a copié. Et cette combinaison de planchettes extensibles et repliables, pour les cartes, ils disent qu'elle est incommode, mais quand je

1. ***Poêle*** : appareil de chauffage.
2. ***Âcre*** : irritante.
3. ***Tire-douilles*** : appareil servant à enlever la charge de la cartouche de la mitrailleuse, une fois le coup parti.

l'aurai perfectionnée, ils la voudront tous. Évidemment je suis un peu à l'étroit dans ma carlingue avec tout ce que j'emporte, mais, en définitive, je vous assure, c'est très pratique.»

Il se mit à rire, en ajoutant :

«C'est Thélis qui se montre le plus féroce dans ses moqueries.

– Mais vous l'aimez bien ? demanda Herbillon, frappé par la tendresse dont la voix de Berthier avait enveloppé le nom du capitaine.

– Si je l'aime ! s'écria son camarade. Mais, mon ami, il n'est personne ici qui ne voudrait mourir pour lui. Je ne sais pas comment vous expliquer cela. Ce garçon de vingt-quatre ans est notre âme, la vie de l'escadrille. Sa joie, son courage, sa jeunesse ! Il a la croix[1] comme observateur, six palmes comme pilote, et n'en parle jamais. Il volerait dix heures par jour si nous le laissions faire. Et quel camarade, vous verrez !»

La louange se développait, comme une gloire, autour du visage hardi qui du premier regard avait ému le jeune homme.

«Et les autres ? demanda-t-il.

– Tous charmants, dit Berthier, mais Thélis est sur un autre plan. Et chacun de nous le sait.»

Ils conversèrent longuement. Jean apprit à connaître ses compagnons : le paysan Deschamps, engagé dans l'infanterie, réformé[2] pour blessures, engagé dans l'aviation, réformé une seconde fois après un capotage[3] dans la brume du soir qui lui avait brisé les côtes, arraché un pouce, déformé le visage, engagé encore et qui, depuis, avait abattu trois avions ; le capitaine Reuillard, observateur venu du train des équipages[4], vieux soldat naïf et coléreux ; André de Neuville, plein de morgue[5] et

1. ***Croix*** : décoration militaire.
2. ***Réformé*** : reconnu impropre au combat.
3. ***Capotage*** : accident d'avion.
4. ***Train des équipages*** : bataillon spécialisé dans le ravitaillement et le soutien de l'infanterie.
5. ***Morgue*** : allure méprisante et hautaine.

de bravoure, très froid, très dur, le moins aimé des camarades ; le gros Marbot, ancien adjudant de carrière[1], entré dans l'aviation simplement pour la prime de vol qui lui permettrait d'épouser plus vite une fermière de Normandie, homme paisible qui n'aimait pas le risque inutile et qui, à l'occasion, était le plus sûr et le plus courageux des observateurs.

De tous, Berthier parlait avec une bienveillance involontaire, confiante, et de minute en minute il devenait pour Herbillon plus proche et plus cher.

La cloche sonnant le déjeuner interrompit leur entretien.

« Il faut que je m'habille vite, s'écria Berthier. Le capitaine n'aime pas le retard. »

En pénétrant dans le mess où plusieurs officiers étaient déjà réunis, Herbillon fut salué par un cri unanime :

« Au bar, l'aspirant. »

Comme il ne comprenait point, on lui expliqua qu'étant le plus jeune il était chargé de verser à boire et de percevoir le prix des consommations. Bousculé, étourdi, heureux de cette familiarité naissante, il prit place derrière l'échafaudage couvert de bouteilles.

Les bouches buvaient sec et parlaient haut. Les journaux venaient d'arriver et les nouvelles de Paris nourrissaient la discussion, mais tout était noyé dans cette gaieté sonore et facile qui est le privilège des écoliers et des soldats. Elle s'enfla encore lorsque le capitaine parut.

« À la bonne heure, on respecte les coutumes, dit-il en apercevant Herbillon au comptoir. Un vermouth[2], le bleu, et faites bonne mesure aux anciens. »

À ce moment la silhouette de Marbot boucha l'entrée du couloir. Il était en chandail, Thélis se jeta vers lui en criant :

---

1. ***Adjudant de carrière*** : sous-officier professionnel, intermédiaire entre les soldats et les officiers.

2. ***Vermouth*** : mélange de vin et de plantes aromatiques.

«Pas de mécano ici.»

Marbot, sa pipe couleur d'encre aux lèvres, soupira :

«On est si bien sans vareuse.

– À l'amende[1], cria Deschamps.

– Non, fit avec une angoisse véritable le gros lieutenant. Vous n'allez pas me faire cela.

– Alors, habille-toi, obscène[2]», dit Thélis impitoyable.

Marbot revenu, Deschamps proposa :

«Dis donc, mon capitaine, on devrait montrer au bleu le quadrille[3] de l'escadrille.»

Et, soudain, Herbillon, saisi par des bras solides, hissé pardessus le bar, fut emporté dans une ronde sauvage et grossièrement rythmée qui ne cessa qu'à l'apparition du premier plat.

À table, il continua d'apprendre son métier de cadet[4]. Il dut lire le menu et Thélis le prévint, fort sérieusement, que, pour le suivant, il aurait à le versifier; tous les quolibets[5] furent pour lui, on le menaça de toutes les corvées. Sous cet orage de moqueries, il se sentait fier et joyeux, car elles formaient le premier lien avec ce groupe d'hommes unis et auquel il voulait tant appartenir.

À la fin du repas, Herbillon était si bien pénétré de son rôle que, la sonnerie du téléphone crépitant, il courut vers l'appareil. Le corps d'armée[6] demandait le chef d'escadrille.

Thélis obtint le silence d'un geste et prit l'écouteur[7].

Devant le front soucieux du capitaine, une attention inquiète remplaça la gaieté sur tous les visages. Soudain Thélis s'écria :

---

1. ***Amende*** : sanction. Marbot risque d'être mis à l'amende parce qu'il apparaît en simple chandail, comme un mécanicien et non comme un soldat, devant son capitaine.
2. ***Obscène*** : indécent, vulgaire.
3. ***Le quadrille*** : la danse rythmée.
4. ***Cadet*** : officier qui sort de formation.
5. ***Quolibets*** : moqueries, railleries.
6. ***Corps d'armée*** : commandement.
7. Les téléphones de cette époque se composent de deux blocs, un boîtier et un écouteur qui lui est relié par un fil. On parle devant un récepteur rattaché au boîtier et on entend la communication en portant l'écouteur à l'oreille.

«Mais c'est impossible, voyons, mon colonel, par ce brouillard.»

De nouveau s'établit un silence où l'on sentait que, par le sortilège d'un fil invisible, arrivaient de loin les décisions du sort. Thélis dit encore :

«Je vous assure, mon colonel, c'est pure folie.»

Puis :

«On essaiera, mon colonel, mais je ne réponds de rien et ne prends que des volontaires. Sinon il me faut un ordre écrit.»

Lourdement, il pendit le récepteur et Jean entendit courir des murmures dont il ne comprenait pas le sens.

«Naturellement, ces messieurs ne doutent de rien!

– Toujours pareils au corps d'armée!

– Qu'ils tiennent un seul jour le palonnier[1] entre les jambes!

– S'ils avaient des yeux au moins!»

Cependant le capitaine s'était approché d'une fenêtre, scrutait le ciel fangeux[2]. Une crispation de colère tirait sa bouche. Visiblement, il hésitait à parler. Enfin il marcha vers la table et dit brièvement :

«On croit à un rassemblement de l'autre côté. Le général veut qu'on aille voir.

– Il n'a qu'à s'y faire conduire par son chauffeur, grommela Marbot.

– Tais-toi, cria rudement Thélis. Tu as bien vu que j'ai protesté, il n'y a rien à faire.»

Il ajouta d'une voix plus basse et comme honteuse :

«Et l'on me défend de voler, de même qu'à Marbot, parce que… parce que…, c'est ainsi.»

Les derniers mots avaient été dits avec une sorte de fureur et chacun devina. Dans le brouillard, la mission était trop hasardeuse; le commandement n'y voulait point risquer les chefs.

---

1. ***Le palonnier*** : la barre transversale qui sert à diriger l'avion, actionnée avec les pieds.
2. ***Fangeux*** : sali, ici par la brume.

«Donc il me faut deux hommes et des meilleurs, continua Thélis. Je ne peux pas demander cela aux sous-officiers.»

Dans le mess il y avait trois pilotes : le *toubib*, récemment arrivé, André de Neuville et Deschamps. Jean était sûr que ce dernier allait immédiatement répondre à l'appel. Mais le mutilé, qui fixait obstinément la table, murmura comme à la torture :

«Je ne peux pas, mon capitaine. Vingt Boches[1] si tu veux, mais pas la bouillie.»

Herbillon se souvint de l'effroyable capotage dans la brume que lui avait raconté Berthier.

Alors Neuville, sans dire un mot, se dirigea vers les hangars dont la masse grise semblait une des excroissances difformes de la brume. Il fallait encore un observateur. Marbot sortit de la pièce en criant :

«Je ne veux pas voir ça. Le plafond est à trente mètres[2].»

Les yeux de Thélis rencontrèrent l'humble prière du regard d'Herbillon; il dit très doucement :

«Non, mon petit, vous ne serviriez à rien.»

Jean subissait son inexpérience comme une honte suprême, mais déjà Berthier se proposait :

«Mon capitaine, après Marbot, je suis le plus vieux ici.

– Non, pas vous, s'écria Thélis. Je...»

Il allait dire : «Je vous aime trop!» mais le sentiment profond qu'il avait de son métier de chef domina sa tendresse.

«Allez-y, mon vieux», dit-il fermement.

Dehors, un moteur bourdonnait.

L'escadrille entière assista au départ. Jusqu'aux hommes de corvée, tous étaient venus et les yeux se portaient, stupéfaits, incrédules[3], vers l'horizon si proche qu'il bornait la vue à l'extrémité du plateau et que le poids du brouillard accablait.

---

1. ***Boches*** : Allemands (familier et injurieux).
2. À cause du brouillard, le ciel («le plafond») paraît bas et la visibilité des pilotes est très réduite.
3. ***Incrédules*** : sans y croire, sceptiques.

Les mécaniciens qui, cambrés contre les ailes, retenaient l'élan de l'avion, allaient le lâcher quand Thélis se hissa d'un bond jusqu'à la carlingue de Berthier et cria :

«Si le plafond est le même sur les lignes, je vous défends d'aller plus loin. Vous m'entendez, hein ?»

Neuville fit un signe. L'appareil, libéré, se détacha du sol, la brume le dévora presque aussitôt. Les groupes se dispersèrent et il ne resta sur le terrain que Thélis, résolu à guetter le retour des camarades, et Jean qui ne voulait pas quitter le capitaine.

Neuville n'avait pu virer pour prendre de la hauteur. À peine séparé de la terre, il avait eu le goût fade du brouillard sur les lèvres. Tout de suite, le pare-brise fut couvert d'une buée si épaisse que, pour se diriger vaguement, il dut le baisser. Le vent qui flagellait[1] son front dispersait parfois la brume en nuées fines et les pourchassait comme un troupeau de cavales[2]. Alors Neuville apercevait en bas des plaques vertes ou grises que le rideau laiteux recouvrait vite.

Il remonta son passe-montagne jusqu'au nez, baissa son casque jusqu'aux sourcils et pensa tout à coup :

«Je dois avoir une belle figure de lâche sous ce masque.»

Il avait peur, mortellement peur. Tous ses camarades le croyaient intrépide; seul, il savait combien sa chair était accessible à l'épouvante.

Elle vivait à ses côtés perpétuellement. Il ne pouvait monter en avion sans angoisse, ni même songer à un vol sans que son cœur ne devînt plus lourd et plus lent à battre.

Mais n'admettant point qu'un homme de sa lignée et de son élégance pût vivre dans la boue des boyaux et des sapes[3], il avait demandé cet emploi de pilote, dangereux entre tous, et dont son

1. ***Flagellait*** : fouettait, giflait.
2. ***Cavales*** : juments.
3. ***Des boyaux et des sapes*** : des tranchées et des fossés.

orgueil le poussait encore à accroître les risques. La lutte poignante qu'il soutenait sans cesse contre son effroi lui avait façonné ce visage pétrifié qui écartait de lui toute amitié.

Les doigts crispés sur le gouvernail de profondeur, il allait droit vers les lignes. Il écoutait le moteur avec une attention nerveuse, hanté par l'idée qu'une panne était un arrêt de mort, car il faudrait atterrir au hasard et dans l'espace d'un instant. Aux approches de l'Aisne le brouillard se fit plus dense, plus bas, comme pressé contre le sol où affleurait le dessin pâle des tranchées.

Neuville se tourna vers Berthier, chef de l'équipage[1], qui sourit et pointa sa main vers l'avant.

Lui aussi tremblait, mais d'une autre crainte, celle de manquer sa mission. Bien qu'il fût à l'escadrille depuis deux ans, il avait à chaque vol l'émoi d'un novice. Disposé au songe[2] et le sachant, il redoutait de ne point saisir les choses dans leur pleine réalité et, descendant d'avion après avoir exténué son pilote, croyait toujours avoir laissé échapper un détail essentiel. L'idée du péril, de la mort, ne l'effleurait[3] même pas, tellement son esprit ingénu était incapable d'imaginer une fin précise à ses rêveries.

Ils étaient sur les lignes. Entre la brume et le sol il y avait une sorte de couloir fuligineux[4] où l'avion s'engouffra de plein jet. Il était si près de terre qu'on distinguait le creux des boyaux, le relief des parapets[5].

« Quinze mètres au plus ! songeait Neuville, les dents coincées. On doit tirer d'en bas. »

---

1. Dans l'équipage d'un avion de combat, c'est l'observateur, et non le pilote, qui prend les décisions.
2. ***Disposé au songe*** : rêveur.
3. ***Effleurait*** : touchait très légèrement, frôlait.
4. ***Fuligineux*** : noir comme la suie.
5. ***Parapets*** : murets.

Mais sa main de vieux et adroit pilote ne tremblait point et l'appareil s'enfonçait sûrement en terre ennemie. Ils battirent[1] ainsi tout le front entre Soissons et Reims[2], sans rien voir. Enfin, à regret, Berthier donna le signal du retour.

Sur le terrain, Thélis marchait à grands pas, suivi par Herbillon. Le capitaine mâchait des jurons refoulés lorsqu'une sorte de clarté joua sur son visage. Ouaté[3] par le brouillard, un faible murmure venait de la Vesle. L'aspirant ne le distinguait pas de la rumeur du vent, mais, à regarder Thélis, il comprit que l'avion rentrait.

Marbot, le *toubib*, tous les camarades couraient déjà sur le terrain. Le biplan jaillit de la brume.

« L'atterrissage ne sera pas commode », murmura Thélis encore soucieux.

Mais suivant du regard le virage doux et sensible de l'appareil, il dit, ému par l'art de la manœuvre :

« Décidément Neuville est un as. Et quel cran ! »

Maintenant l'avion roulait vers les hangars. Arrivé à la hauteur du groupe qui l'attendait, Neuville descendit de sa carlingue. Berthier, dans la sienne, demeurait immobile. Le capitaine le secoua en riant.

« Allons, rêveur. »

Il s'arrêta net, releva le visage de l'observateur. Les yeux étaient clos. Dans la combinaison, il y avait une déchirure, près de l'épaule.

« Neuville, cria Thélis, on a tiré sur vous d'en bas ?

– Je l'ignore, mon capitaine, le moteur parlait trop fort[4]. »

---

1. ***Battirent*** : parcoururent.
2. ***Soissons*** : sous-préfecture du département de l'Aisne. ***Reims*** : sous-préfecture du département de la Marne. Les deux villes sont distantes d'environ 58 kilomètres.
3. ***Ouaté*** : ici, affaibli comme s'il était étouffé dans du coton.
4. ***Parlait trop fort*** : faisait trop de bruit.

Sa voix était impassible, mais il gardait encore son passe-montagne pour laisser à ses traits qu'il savait décomposés le temps de remodeler leur froideur.

Avec précaution on retira Berthier de l'avion. Il respirait faiblement. À l'anxiété des visages tendus vers lui, Jean mesura toute l'affection qu'il avait inspirée. Le docteur pilote défit la combinaison, la vareuse du blessé, regarda la plaie, se redressa.

« Eh bien ? lui demanda Thélis.

– Ici, je ne suis pas médecin, mon capitaine, mais pilote, cria le docteur d'une voix dure. On vous renseignera à l'hôpital. »

Thélis ne répondit rien à ce refus trop vif.

Comme chacun, il avait compris...

Jean ne put s'empêcher de penser à la gaieté qui, moins d'une heure auparavant, coulait à pleins bords dans l'escadrille.

Tant que la brume persista, il n'y eut pas de rires au mess. À table, les couverts moins serrés dissimulaient mal une place vide, la pièce était trop sonore. Mais à force de tendre leur énergie pour oublier Berthier, ses camarades réussirent.

Seul, Jean, dont la sensibilité fraîche[1] gardait des événements un sillage[2] plus profond, ne voulait point chasser de sa mémoire l'unique entretien qu'il avait eu avec le mort, ni le visage aux paupières baissées, déjà raidi et doux encore. Il voulut en parler à Thélis, à Marbot. Les deux hommes l'arrêtèrent d'un ton qui n'admettait point qu'il insistât. Ce semblant d'indifférence eût choqué l'aspirant si le vieux capitaine Reuillard ne lui avait tout expliqué d'un mot.

« Il n'y faut point penser, petit, dit-il, ou l'on n'aurait plus de courage. »

Dans le silence qui effaçait volontairement le souvenir d'un camarade aimé il y avait un instinct de défense et une joie secrète de vivre encore.

---

1. ***Fraîche*** : ici, jeune.
2. ***Sillage*** : trace laissée par un bateau à la surface de l'eau (sens propre) ; trace laissée par un événement dans la mémoire (sens figuré).

Quand le vent d'ouest bouscula les nuages au-delà de Reims, laissant au-dessus du terrain un ciel propre et luisant, cette volonté d'oubli s'affirma. Bien qu'il n'y eût, en dehors des reconnaissances ordinaires, aucune mission à remplir, Thélis décida que toute l'escadrille prendrait l'air et Marbot lui-même, qui n'aimait point les vols inutiles, approuva la mesure, disant :

«Il faut laver les mauvais souvenirs.»

Le terrain bourdonna, ruche monstrueuse. Le capitaine surveillait tout : les essais des moteurs, les départs, les atterrissages, les gestes des mécaniciens. Il trouvait une plaisanterie pour chaque pilote. Sa voix qui mordait sur les nerfs comme une flamme résonnait partout. Il courait des hangars aux appareils, aidait à lancer une hélice, à vérifier un carburateur. Soudain, comme enivré par le mouvement impétueux qu'il avait déchaîné, il roulait sur l'herbe avec un bel épagneul[1] doré qui ne le quittait point, tous deux confondus dans la même allégresse[2] animale. Ainsi, d'un avion à l'autre, il transmettait le feu qui le brûlait et chacun des équipages qui s'envolaient, cellule perdue dans le vaste ciel, sentait entre lui et les camarades le lien que tressait le capitaine de tout son être ardent.

Ce jour-là, Herbillon fit son premier vol. Le soir approchait quand Thélis lui fit le signe qu'il guettait anxieusement. Dans la crainte de retarder le départ, Jean avait apporté dès le matin tout son équipement sur le terrain. Il fut prêt avec une rapidité qui fit sourire Thélis et bondit dans sa carlingue.

Jusque-là il n'était monté que sur des appareils d'école, de lentes machines d'où l'on voyait, comme d'un balcon, se dérouler le paysage. Maintenant vibrait sous lui un avion de guerre, solide et prompt[3], construit pour les combats, engin de meurtre qui avait un profil de requin. Mais comme l'ouverture où il insé-

1. ***Épagneul*** : chien de chasse.
2. ***Allégresse*** : gaieté pleine d'entrain.
3. ***Prompt*** : rapide.

rait son corps était étroite, encombrée d'un tabouret, des cartes qu'il emportait et de la crosse des mitrailleuses jumelées ! Comment s'y mouvoir pour observer à l'aise et pour se battre ?

Le capitaine lui demandant s'il était prêt, Herbillon baissa la tête, et aussitôt une anxiété voluptueuse[1] caressa tout son corps. L'avion roulait avec de rapides cahots, puis il n'y eut plus de secousses, mais un glissement doux. Ils avaient quitté le sol. Et le vent de la marche et le vent de l'hélice le baignèrent de cette ivresse du large qui grise les marins, au départ, sur la proue des navires.

Le capitaine prit de la hauteur au-dessus du terrain. À chaque virage, l'horizon reculait, le relief fondait et quand les hangars ne furent plus que des feuilles blanches, Thélis, montrant à Herbillon ses mitrailleuses, feignit d'appuyer sur la gâchette. L'aspirant comprit qu'il devait essayer les armes. Il appuya contre sa poitrine la plaque d'acier qui soudait les deux tubes et tira. Un crépitement net, joyeux, perça le rythme du moteur. Deux traînées rouges fusèrent vers le ciel. Il cria d'enthousiasme :

« Les balles lumineuses ! »

Une fusillade lui répondit, qui le dressa, prêt à tirer, mais dans le chant des balles il reconnut la mesure sur laquelle on l'avait fait danser au mess. Pour vérifier sa mitrailleuse, Thélis jouait le quadrille de l'escadrille. Il sourit à l'aspirant et une gaieté merveilleuse emplit celui-ci. Il eut envie de rire, de chanter, de pleurer. Il s'admirait prodigieusement, car il se voyait beau, ardent, grave et portant le feu dans l'espace infini. Il eût voulu que sa maîtresse et toutes les jeunes femmes de l'univers le vissent en cette splendeur d'archange[2], toutes celles vers qui allait son désir imprécis et poignant. Tout ce qu'il avait lu sur les aviateurs, toute la gloire dont son attente les avait nimbés[3], il le disposait autour de son front en une couronne d'orgueil.

1. ***Voluptueuse*** : sensuelle, agréable.
2. ***Archange*** : ange supérieur.
3. ***Nimbés*** : auréolés, entourés.

Sans discerner ce qui se mêlait d'artificiel à son exaltation[1], il s'accouda théâtralement à la tourelle[2] des mitrailleuses, caressa la gâchette de son gant fourré. Un regard vers le sol lui fit changer d'attitude. Le terrain avait disparu et il ne reconnaissait plus rien. Fiévreusement, il chercha les taches des hangars, sans les retrouver. Privé de son unique point de repère, il saisit sa carte que le vent faillit lui enlever aussitôt.

Il dut mettre sa tête à l'abri dans la carlingue pour consulter le plan, mais dès qu'il essayait de l'appliquer au paysage, il en perdait l'orientation. Comme pour chercher un appui, il regarda le capitaine, mais devant cette nuque enveloppée de fourrure et de cuir, il comprit qu'il était seul, que les deux mètres de fuselage[3] qui le séparaient du pilote étaient, en l'air, une infranchissable distance.

Alors il tâcha simplement de loger dans sa mémoire les formes des lieux qu'ils survolaient pour leur donner à son retour un nom et une figure.

Des routes, nettes comme une bande de peinture fraîche, se nouaient autour des figures géométriques des champs et des bois. Les villages semblaient des osselets groupés par un cornet[4] capricieux. Les rivières – couleuvres immobiles et bleues – dormaient entre des lignes vertes.

Et ce furent les tranchées, damier[5] gigantesque et fantaisiste, entrelacs de veines pâles dans un sol gris où s'enfonçait l'éperon de l'Aisne et de son canal. Thélis, inclinant l'avion, indiqua une sorte de cloque neigeuse, percée de lacs d'ombre, qui surgit entre

---

1. ***Sans discerner ce qui se mêlait d'artificiel à son exaltation*** : sans voir avec exactitude la part de fabrication qu'il y avait dans son enthousiasme.

2. ***La tourelle*** : l'abri blindé protégeant les pièces d'artillerie.

3. ***Fuselage*** : partie du corps de l'avion à laquelle sont fixées les ailes.

4. Les osselets sont un jeu d'adresse consistant à lancer puis à rattraper avec un cornet de petits objets ressemblant à des os.

5. ***Damier*** : surface divisée en carreaux.

les haubans[1]. Jean reconnut la cote 108[2], car il avait vu des clichés du monticule éventré par les ruines de deux entonnoirs[3], dans lesquels gîtaient[4] coude à coude Français et Allemands. L'avion était à la limite indéfinissable où commençait le ciel ennemi.

Ému, Herbillon songea :

«Nous allons chez *eux*.»

Aussitôt il se prépara au combat, et, croyant voir surgir, de tous les points de l'espace, des avions ennemis, il les défia mentalement.

Mais le vaste ciel était nu et, malgré le bruit du moteur, le jeune homme sentit le silence du crépuscule qui gonflait l'horizon. Le sol était rose et les tranchées devenaient des ruisseaux bleus. La cathédrale de Reims, parmi son peuple de maisons, ramassait sur sa détresse les derniers feux de ce soleil qu'Herbillon apercevait encore, alors qu'il avait disparu pour les regards terrestres.

Et Jean eut honte soudain du puéril orgueil qui l'avait agité. Il se trouva très faible, très humble et très petit. L'avion lui parut immobile, chétif, et il eut peur d'un châtiment terrible pour ceux qui osaient troubler l'agonie mystérieuse du jour.

Il ne sortit de cet enchantement que par un heurt[5] brusque. Thélis piquait[6] durement vers les tranchées; une gerbe sanglante

---

1. ***Haubans*** : câbles servant à assurer le maintien et la rigidité des deux ailes d'un biplan.

2. Sur une carte d'état-major, la cote indique l'altitude d'un lieu par rapport au niveau de la mer. La cote 108 désignait une colline située entre deux canaux de la vallée de l'Aisne, lieu hautement stratégique nécessitant une surveillance spéciale. Cette colline fut le théâtre d'une bataille féroce entre les Français et les Allemands en avril 1917.

3. ***Entonnoirs*** : ici, creux produits dans un terrain par l'explosion d'un obus.

4. ***Gîtaient*** : étaient établis.

5. ***Heurt*** : choc.

6. ***Piquait*** : descendait.

jaillit de sa mitrailleuse et s'enfonça dans les boyaux. Puis Herbillon fut de nouveau jeté contre la tourelle et, comme une fusée, l'avion monta.

Un bruit étouffé, dissous dans l'air, parvint alors aux oreilles du jeune homme qui se pencha. Sous le fuselage, une boule de fumée brune se balançait mollement. Une autre la doubla sur la gauche, une autre apparut au-dessus de l'appareil et toutes étaient denses et pommelées[1] comme de jeunes arbres au printemps.

Thélis se retourna vers Herbillon pour voir l'effet que produisaient sur lui les premiers obus. Eût-il tremblé d'effroi, l'aspirant eût trouvé dans son orgueil un sourire de défi, mais il n'avait pour cela aucun effort à fournir. Les éclatements, loin de l'effrayer, lui plaisaient par leur éclosion imprévue, leur épanouissement régulier, et leur languissante[2] ondulation qui en faisaient des ballonnets légers fondant en mèches grises.

Au geste insouciant du capitaine, il répondit par un geste joyeux, fier de sa bravoure. C'étaient là ces *gros noirs*, dont tant de vieux pilotes parlaient avec respect ? Une forme harmonieuse, un bruit très doux ! Y avait-il de quoi troubler un cœur de bonne trempe[3] ?

Maintenant, ils étaient partout, en haut, en bas, sous la queue et presque au bout des plans[4]. Dans cette floraison qui s'évanouissait pour renaître sans cesse, l'appareil manœuvrait. Cabré[5], à plat, jeté sur une aile, piquant, il glissait entre les étranges bouées, tandis que Jean cahoté, la main accrochée au rebord de la carlingue, suivait avec amusement ce qui lui semblait un jeu de Thélis, sans comprendre un instant que la vie et la mort en étaient les tableaux.]

---

1. ***Pommelées*** : en forme de petits nuages ronds.
2. ***Languissante*** : faible, mourante.
3. ***De bonne trempe*** : d'un caractère énergique.
4. ***Plans*** : ailes de l'avion.
5. ***Cabré*** : renversé vers l'arrière.

Soudain l'avion dansa brutalement. Malgré son inexpérience, l'aspirant sentit que cette fois ce n'était point par la volonté du capitaine. Il ne savait comment expliquer cette impression, mais il y avait eu dans l'appareil une manière d'abandon qui lui rappela qu'il était sur une machine inerte[1], assemblage de fer, de toile et de bois, et non sur une bête sensible et docile comme il lui avait semblé jusque-là.

En même temps le souvenir de la terre lui vint. Il la regarda, si lointaine et détachée de lui, perdue dans une brume ténue[2] qui commençait à s'épaissir. Et il éprouva le désir aigu d'y retourner.

---

1. ***Inerte*** : sans vie.
2. ***Ténue*** : très fine, subtile.

Chapitre III

À la même heure, Deschamps buvait chez les sous-officiers, en laissant tomber des paroles paresseuses que tous écoutaient avec respect.

Ce mess était, comme l'autre[1], garni d'une table et d'un bar. Mais tout y portait une marque plus simple, plus négligée[2]. La caserne s'y retrouvait[3] avec les planches disjointes, les bouts de cigarettes sur le sol, une haleine plus épaisse. Et les hommes, aux visages plus massifs, vêtus de drap plus rude, se laissaient aller davantage au flux de leurs sentiments qu'ils avaient moins de peine à démêler.

Il y avait là trois pilotes : Virense, gros garçon cramoisi[4] ; Brûlard, mécanicien passé au pilotage ; Laudet, dont les cheveux gris casquaient une figure jeune ; les deux mitrailleurs Gival et Malote, et Dufrêne le photographe. Ils avaient tous volé, poussés par la fièvre de Thélis, et en gardaient la trace dans leurs yeux plus brillants.

En leur compagnie, Deschamps s'épanouissait. Jusqu'à sa nomination de sous-lieutenant, qui était récente, il avait vécu dans cette baraque, mangé à cette table, bu de ce gros vin bleu qui maintenant emplissait son verre. Le jour où le tailleur de

---

1. L'autre mess est celui des officiers. Voir note 2, p. 71.
2. ***Négligée*** : manquant de soin, d'attention.
3. ***La caserne s'y retrouvait*** : il s'y trouvait une caserne identique à celle du mess des officiers.
4. ***Cramoisi*** : très rouge.

l'escadrille avait cousu le galon[1] d'officier sur sa vareuse de troupe avait été le plus glorieux de sa vie. C'était l'achèvement d'une ambition qu'il nourrissait secrètement, honteusement presque, et qui lui paraissait démesurée.

Mais, la première griserie[2] dissipée, sa nouvelle existence le gêna, comme un uniforme trop strictement coupé. À table, les voix étaient trop douces, les gestes trop réservés et il lui fallait surveiller les mouvements de ses mains épaisses, déformées par les travaux de la campagne et de la guerre. Ses plaisanteries sonnaient faux, il goûtait mal celles des autres. Et comme il manquait de simplicité, qu'il tirait de ses blessures et de ses exploits un juste orgueil, il souffrait d'une manière trouble et tenace.

Il ne retrouvait son équilibre que chez les caporaux et les sergents[3]. Pour eux il était le grand homme, le signe vivant des honneurs auxquels ils pouvaient prétendre, et, chacun connaissant la façon dont il les avait mérités, leur admiration était pure d'envie. De tous, Brûlard, qui avait été son mécanicien, se montrait le plus exalté.

Un pilote, entrant, interrompit la conversation. Avant de parler, il but une large rasade.

« C'est bon, fit-il, après trois heures de réglage. »

Virense demanda :

« Il y a encore quelqu'un en l'air, Verraux ?

– Le capitaine vole toujours. Je l'ai vu loin de l'autre côté, comme je m'en allais. »

Il enleva lentement ses fourrures, le bas de soie qui lui servait de passe-montagne et apparut mince, les cheveux lisses, les lèvres humides, avec des mouvements félins de rôdeur et d'amant. Puis il annonça :

---

1. ***Le galon*** : la décoration désignant le grade d'un militaire.
2. ***Griserie*** : excitation.
3. Les grades de caporal et de sergent sont les moins élevés dans la hiérarchie militaire.

«J'ai vu une tête nouvelle sur le terrain.»

Il avait appuyé sur ces mots de manière à fixer l'attention de chacun. Seul, Deschamps ne tourna pas la tête.

«C'est un lieutenant, reprit Virense. Il s'est mis à causer avec Marbot quand nous sommes descendus. Je crois qu'il vient chez nous.»

Virense regarda Deschamps qui demeurait immobile et lui demanda :

«Tu sais quelque chose, toi?»

Une contraction élargit la cicatrice du mutilé, mais il répondit froidement :

«J'en ai entendu parler. C'est le lieutenant Maury.

– Il paraît qu'il sera chef des pilotes», insista Verraux.

Cette fois, Deschamps ne put contenir sa colère.

«C'est vrai, cria-t-il, et c'est honteux. Il sort de l'école et parce qu'il a deux ficelles[1], on le met au-dessus de gars qui en ont vu d'autres.»

Il frappa sur sa poitrine, faisant résonner les décorations qui ne le quittaient jamais.

Brûlard s'était levé, tirant avec des mains tremblantes sa petite moustache rêche.

«On va te faire ça, Louis? s'écria-t-il.

– Le capitaine n'y peut rien, observa Verraux avec amertume[2]. C'est la nouvelle circulaire[3] : il faut un officier à deux galons pour commander les vieux pilotes.

– Qu'il essaie de me donner un ordre, dit Laudet paisiblement. J'aurai du sable dans le moulin[4].

– Et moi donc! cria Brûlard.

---

1. L'insigne du lieutenant est composé de deux galons (liserés dorés). Voir aussi note 3, p. 65.

2. ***Amertume*** : tristesse rancunière.

3. ***Circulaire*** : consigne donnée dans une lettre administrative.

4. ***J'aurai du sable dans le moulin*** : je prétexterai une panne et refuserai de faire décoller mon avion (argot).

– J'enraie[1] mes mitrailleuses, dit Gival.

– Et moi, mon magasin[2]», dit le photographe Dufrêne.

Deschamps écoutait avec bonheur cette révolte. Depuis deux jours qu'il connaissait la nomination du nouveau, il était ulcéré[3]. Confident du capitaine, pour lequel il avait un attachement de chien et une jalousie de femme, il avait été frappé cruellement par la nouvelle qu'un inconnu sans mérite allait rompre leur intimité.

«Allons voir sa tête», proposa-t-il.

Du terrain se levait en une poudre lumineuse la cendre bleutée du soir. Le champ était nu et le mécanicien qui attendait le retour de Thélis frissonnait sous la fraîcheur. Près des hangars, les pilotes aperçurent un homme qui, la tête baissée, se promenait à pas lents. Sa haute taille était voûtée, le manteau très collant dessinait avec une impitoyable précision la maigreur étriquée[4] du torse et l'asymétrie légère des épaules.

Entendant venir Deschamps et ses camarades, il marcha vers eux.

«Bonjour, messieurs, s'écria-t-il, je suis le lieutenant Claude Maury.»

Et il tendit ses deux mains.

Deschamps, imité par les autres, se contenta de porter les doigts à son képi, sans répondre.

Les bras de Maury retombèrent le long de son corps, inertes. En face du groupe d'où l'hostilité se dégageait comme une émanation sensible[5], il demeura hésitant, désemparé[6]. Il boutonnait fiévreusement son manteau, cherchait en vain un mot, une attitude qui répondît à la froideur de ces hommes. Mais un moteur

1. ***J'enraie*** : j'empêche de fonctionner.
2. ***Magasin*** : local de la pellicule dans un appareil photo.
3. ***Ulcéré*** : profondément blessé et furieux.
4. ***Étriquée*** : très étroite.
5. ***Comme une émanation sensible*** : comme s'il pouvait voir ou ressentir l'hostilité.
6. ***Désemparé*** : déconcerté.

murmura dans le ciel tendre et les regards se tournèrent vers l'orient brumeux où naissait la forme d'un avion…

Le capitaine sauta le premier sur le sol. Herbillon fut vite auprès de lui et la même animation marquait leurs visages.

«Eh bien, le bleu, fit Thélis, avez-vous repéré la batterie[1] qui nous a sonnés[2]?

– Pas du tout! avoua Jean avec bonne humeur.

– La garce tire bien, je te l'avais dit, mon capitaine!» s'écria Deschamps, fier d'étaler aux yeux de l'intrus son intimité avec le chef.

Thélis avait aperçu la silhouette nouvelle qui s'avançait et son visage s'était figé. Il ne voulait point, par des plaisanteries, diminuer son prestige devant cet officier dont il ne connaissait rien.

Herbillon ne sut point si Maury lui inspira de la sympathie ou du malaise. Était-ce la bouche mince, taillée douloureusement entre des joues glabres, qui l'attirait? Ou ce haut front couvert de fines veines bleues? Mais, comment aimer le teint grisâtre répandu sous la peau et la distance excessive entre le nez et la lèvre supérieure? Et ce corps gauche, cassé aux genoux, au bassin, aux épaules, prêtait-il à la pitié, à la répulsion[3] ou au rire?

Cependant, Maury renseignait le capitaine sur ses états de service. Jean se mêla aux pilotes qui, d'une attention aiguë et malveillante, suivaient la conversation. Sur leurs visages, il déchiffra facilement une animosité[4] primitive et que rien ne semblait pouvoir désarmer.

Quand Thélis emmena l'aspirant rédiger son rapport au secteur, l'ombre couvrait le terrain, mais assez légère encore pour qu'il y distinguât une haute silhouette qui restait immobile et abandonnée, comme une épave.

---

1. ***La batterie*** : les pièces d'artillerie.
2. ***Sonnés*** : atteints.
3. ***La répulsion*** : le dégoût.
4. ***Animosité*** : haine.

«Qu'y a-t-il de changé ici ?» pensa Herbillon en pénétrant dans le mess.

Neuville tambourinait contre une vitre, Marbot mordillait son éternelle pipe, Deschamps, le *toubib*, Reuillard et les observateurs Charensole et Baissier discutaient les mérites rivaux de deux avions. Tout semblait dans l'ordre accoutumé[1].

Mais, apercevant Maury qui se tenait dans un coin, Jean comprit que cette nouvelle présence, tant qu'elle ne serait point absorbée par leur groupe familier, en fausserait l'harmonie.

Il passa derrière le bar, demandant :

«Qui a soif, ce soir ?»

Maury eut un mouvement vers lui, s'arrêta, puis, s'adressant à tous :

«Messieurs, dit-il, voulez-vous baptiser mon entrée parmi vous ?»

La phrase était-elle trop recherchée, l'accent n'était-il pas assez direct ? Herbillon sentit chez tous une hésitation qui s'accrut, lorsque Deschamps déclara d'un ton brusque :

«Merci je ne bois pas.»

Les autres vinrent s'accoter au bar[2] comme à regret, et tout à coup Jean vit les lèvres étroites de Maury s'abaisser en un pli fugitif, mais si navré, qu'il sut que cet homme souffrait profondément de la gêne qu'il faisait naître.

Tout en préparant les mixtures demandées, il l'examina. Des plis aux tempes, des cheveux gris marquaient fortement les traits du nouveau camarade, mais il était surtout vieilli par une fatigue intérieure qui semblait frapper d'impuissance tous ses élans. Quand ils croisèrent leurs regards, celui de Maury ne se déroba point. Ce fut Jean qui, le premier, dégagea le sien, car ces yeux très doux, très légers, pénétraient trop avant dans son être intime, le dépouillaient trop vite de ces défenses que l'on oppose à l'étranger.

---

1. ***Accoutumé*** : habituel.
2. ***S'accoter au bar*** : s'appuyer sur le bar.

L'alcool, ce soir, ne chauffait point la gaieté ; la conversation traînait, insipide[1], et chacun attendait avec impatience Thélis pour qu'il dissipât le malaise.

Quand il parut, net, brillant, paré de cette joie qui le soulevait toujours en présence de ses compagnons, Maury lui-même eut un sourire de délivrance. Spontanément, il demanda :

« Quel âge avez-vous donc, mon capitaine ? »

De l'admiration et une sorte d'hommage douloureux s'exprimaient dans sa voix. Mais rien ne pouvait déplaire davantage à Thélis que le rappel, par un étranger, de cette jeunesse qu'il croyait sa faiblesse. Il répondit sèchement :

« Nous sommes rarement vieux dans l'aviation. »

À la façon brusque dont la tête de Maury s'affaissa, on l'eût pu croire frappée. Puis, machinalement, il promena son regard sur les officiers rassemblés. Thélis disait vrai : le plus âgé de ces hommes n'avait pas trente ans. Comme honteux, il effleura de la paume ses tempes grises.

Déjà, l'aspirant lisait le menu qu'il habillait de plaisanteries faciles et de rimes sans prétention. Le capitaine, dont l'humeur était mobile comme celle d'un enfant, louait en riant les efforts d'Herbillon et invita d'un geste affable Maury, lieutenant le plus ancien, à s'asseoir auprès de lui.

Avant que le dîner commençât, les serveurs disposèrent huit bouteilles cachetées[2] sur la table.

« Quel est le fou ? » demanda Thélis.

Voyant l'embarras d'Herbillon, il dit :

« C'est vous ?

– Je me suis permis, mon capitaine..., pour ma première sortie.

– Mais ne vous excusez pas, mon vieux. Ce serait le comble.

---

1. ***Insipide*** : sans saveur.
2. ***Cachetées*** : scellées à la cire, ce qui indique la présence d'un vin exceptionnel.

– Certes oui», grogna Marbot, tout en débouchant avec précaution la première bouteille.

Il trempa ses lèvres dans le vin sombre et soupira : «Dommage que ce soit si cher. J'en goûterais volontiers chaque jour.»

Un rire général commenta sa tristesse, le repas fut attaqué gaiement. Maury sentit circuler entre ses camarades et lui un peu de cette fraternité animale qui naît de la chaleur et des plaisirs de la table. Le vin aidant, ses pommettes grises rougirent, une lueur fragile estompa la détresse de ses yeux.

Thélis félicitait l'escadrille de l'entrain qu'elle avait montré dans la journée, mais Marbot s'écria :

«Laisse-nous donc tranquilles. Tu es le premier à partir, le dernier à rentrer.

– C'est bien vrai, mon capitaine, appuya Deschamps. Je n'aime pas te savoir dehors quand la brume vient. J'aurais peur à ta place.»

Maury, à ce mot, tourna la tête vers lui avec curiosité. Le mouvement fut pour le mutilé l'occasion de montrer la fureur dont il était plein.

«Oui, j'ai peur, vous entendez, vous là-bas, cria-t-il. Et j'attends que vous en ayez fait autant que moi pour me juger.»

Il y eut, chez tous les officiers présents, une gêne profonde.

«Voyons, murmura Claude, je ne vous ai rien dit.»

Mais Deschamps, enragé par le reproche qu'il sentait dans les yeux de tous, ivre de rancune et de vin, avait perdu la réserve qu'il s'imposait à la table du capitaine.

«Je tiens à vous le dire, cria-t-il. Ce ne sont pas les plus braves qui croient les autres lâches.»

Maury n'avait pas bougé; ses lèvres tremblaient un peu aux commissures.

«Je vous défends, dit-il à voix basse mais ferme, de me parler ainsi.

– Oh ! Monsieur le chef pilote… »

Un coup de poing, qui fit grelotter les verres, couvrit la voix de Deschamps. Le capitaine était debout, soulevé par une telle colère que tous baissèrent les yeux pour ne pas rencontrer les siens.

« Assez, cria-t-il. Je ne veux pas de ces querelles d'ivrognes. Deschamps, aux arrêts, tout de suite, dans ta chambre, jusqu'au matin. Et vous, Maury, vous… »

Il attendit que le mutilé fût dehors pour ajouter :

« Rien, vous avez eu raison. »

Claude se leva.

« Mon capitaine, dit-il, permettez-moi de me retirer. Je suis fatigué du voyage. »

Thélis ne le retint pas. Il lui en voulait secrètement de l'avoir obligé à punir le meilleur de ses pilotes.

Le repas terminé, Thélis, Neuville, le *toubib* et Charensole commencèrent leur bridge quotidien ; Marbot entreprit une réussite[1] ; Baissier, qui avait pour le lendemain un réglage difficile, étudiait des photographies.

À l'ordinaire, Herbillon se tenait derrière le capitaine qui lui enseignait les finesses du jeu. Mais ce soir, son attention était distraite, sa pensée accompagnait Maury.

Trop peu de jours s'étaient écoulés depuis son arrivée à l'escadrille pour qu'il pût songer sans émotion à la chambre dénudée où le nouveau camarade était allé terrer sa peine, chassé par une inexplicable animosité. Il éprouvait le besoin de lui porter secours. Mais ne blesserait-il point un homme plus âgé que lui et supérieur en grade ? Un souvenir le traversa, très doux et très cruel, qui fut décisif : celui de Berthier entrant dans sa chambre.

Il trouva Claude sur son lit, ployé, les mains lâches. Il avait dû s'y laisser tomber et rester sans mouvement. Lorsque l'aspi-

1. ***Bridge*** : jeu de cartes. ***Réussite*** : jeu de cartes qui se pratique seul.

rant entra, il ne bougea point. Il fallut que le jeune homme heurtât sa cantine pour lui faire lever la tête.

L'ampoule électrique, nue, blessait les yeux d'une lumière qui venait se casser net contre les murs qu'elle faisait plus noirs encore. Elle dévoila pleinement les traits de Maury, sans laisser à un pouce de chair la miséricorde[1] de l'ombre. Et ce visage apparut comme détrempé de lassitude.

Maury en eut conscience ; d'un rude effort, il ne laissa plus paraître qu'un intérêt poli. Herbillon, en hésitant, commença l'entretien.

« Excusez-moi de vous déranger, dit-il. Mais je sais combien on est désemparé en débarquant. »

Il ne savait pas qu'il avait mis dans cette phrase une sympathie profonde et s'étonna de l'effet qu'elle produisit. Maury s'était dressé, et, saisissant les mains du jeune homme, s'écria :

« Quel bien vous me faites, mon petit, quel bien ! »

L'aspirant ne sut que répondre. Cet homme semblait porter une plaie secrète que chaque parole imprudente pouvait enflammer.

Claude se mit à marcher à travers la pièce avec des gestes brusques d'automate déréglé, livrant ainsi au jeune homme tous les défauts de son corps. Il cherchait visiblement à se maîtriser, à engager une conversation paisible, mais sans y réussir. Enfin, il demanda, le dos tourné et d'une voix dont il ne parvenait point à vaincre la vibration :

« Que leur ai-je donc fait, à tous ?

– Mais rien, voyons. C'est un simple malentendu.

– Non ! Non ! cria Maury. Deschamps me hait, je gêne les autres et jusqu'au capitaine…

– Ne dites pas de mal du capitaine, dit vivement Herbillon. Vous l'aimerez demain, j'en suis sûr. »

Maury hocha la tête avec un sourire déchiré.

---

1. ***La miséricorde*** : le pardon, l'indulgence.

«Mais je l'aime déjà. Il porte une limpide noblesse qui ne peut tromper. Seulement, pourquoi…

– Vous a-t-il répondu sèchement ? interrompit Jean. Vous avez eu tort de lui parler de son âge.

– Et pourtant je ne pouvais lui faire plus belle louange», dit Maury.

Il reprit les mains de l'aspirant.

«Écoutez, je vous jure qu'il n'est rien pour moi de plus admirable que la jeunesse.»

Il ajouta, le visage envahi par cette singulière expression d'absence qui trahit les obsessions et comme si un doute redoutable entrait en lui :

«Ni de plus terrible.»

Son regard se posait, avec un mélange de joie et de crainte irraisonnée[1], sur les épaules harmonieuses d'Herbillon, sur son visage encore tendre.

«Ils vous ont aimé tout de suite ici ?» demanda-t-il.

Il devina la gêne du jeune homme, passa de longs doigts sur son front.

«Je suis, dit-il sourdement, d'une sensibilité stupide ce soir. Ne me jugez pas là-dessus. Il est des jours où, vraiment, on est à bout.»

Il reprit sa marche à travers la chambre, dont il parcourait en quelques enjambées l'espace exigu[2], de nouveau en quête d'une phrase propre à détourner cet étrange entretien vers un cours plus normal. L'aspirant ne pouvait le quitter du regard, comme fasciné par le mouvement mécanique.

Enfin, ne pouvant plus supporter un silence que rien ne semblait devoir briser, Herbillon proposa :

«Si nous buvions quelque chose ?»

Maury s'arrêta, ne comprenant point d'abord. Puis soudain :

1. ***Irraisonnée*** : sans raison précise.
2. ***Exigu*** : très étroit.

«Mais naturellement, s'écria-t-il. J'aurais dû vous demander cela tout de suite. Je vous demande pardon. Que préférez-vous ?»

Il s'agitait, tâchant de deviner, avant qu'il parlât, le désir de Jean. Mais sans le laisser répondre, il s'écria :

«Attendez ! peut-être aimez-vous le whisky ? J'en ai là ; on dit que c'est excellent.»

Comme le jeune homme approuvait, il se baissa vers l'une de ses cantines, l'ouvrit avec des mouvements précipités. Herbillon vit qu'elle était remplie de livres.

Claude surprit son regard et, pour la première fois, l'aspirant aperçut aux lèvres de son étrange camarade un sourire véritable et chaud.

«J'en ai beaucoup», dit-il très doucement, penché sur les reliures[1].

Et, aussitôt, fébrile[2] :

«Ils sont à votre disposition, vous savez. Quand l'envie vous en prendra, entrez ici, emportez ce qui vous plaira.»

Herbillon nourrissait pour les livres cette tendresse qui peuple la vie de compagnons éternels. Maury la devina dans les paroles que le jeune homme choisit pour le remercier. Alors, soudain apaisés et unis, ils examinèrent les volumes.

Beaucoup étaient neufs, attendant l'épreuve, mais il y en avait d'usés qui montraient une dilection[3] singulière. Claude expliquait ses préférences, citait des vers dont Herbillon disait la suite.

Une douceur profonde les rapprochait tandis que, dehors, le vent se levait avec des plaintes humaines.

Les yeux de Claude enveloppèrent Herbillon de reconnaissance et d'amitié. Puis, du fond de la cantine, il tira une bouteille intacte, la déboucha, emplit deux gobelets jusqu'au bord. L'aspirant suivait ses mouvements avec inquiétude.

---

1. ***Reliures*** : parties d'un livre où la couverture est cousue aux pages.
2. ***Fébrile*** : nerveux et excité.
3. ***Une dilection singulière*** : un amour particulier.

«Vous voulez que je sorte ivre ?» demanda-t-il.

Claude répondit avec une confusion naïve :

«Je vais vous faire un aveu. Je n'ai jamais goûté au whisky ; je ne sais pas la quantité qu'il faut. Mais je veux devenir un véritable aviateur, boire, jouer. Vous m'enseignerez tout cela.»

Une crispation déforma ses traits. Il ajouta sans qu'Herbillon pût définir si c'était avec ironie ou amertume :

«C'est ainsi qu'on plaît aux femmes, n'est-ce pas ?»

Chapitre IV

La brume habituait Herbillon aux matins nonchalants. De vagues remords luttaient contre un secret plaisir qui lui semblait voisin de la lâcheté. Mais que faire contre un ciel qui depuis deux semaines persistait à traîner au ras des hangars ?

Dans la chambre, l'ordonnance vaquait à sa besogne ; l'eau chantonnait sur le poêle à essence et le jeune homme écoutait ces bruits devenus si familiers qu'il croyait avoir vécu selon leur rythme pendant des années.

Il se leva très tard et, sommairement vêtu, alla vers le mess où le vaguemestre[1] avait dû déposer le courrier. Sur la table il ne restait que trois lettres, toutes à son adresse. Il s'étonna du mouvement avide avec lequel il les prit. C'étaient pourtant celles qu'il recevait chaque jour, les missives fidèles de ses parents, de son frère, de Denise, et dont il connaissait d'avance le ton affectueux, ardent ou puéril.

Pourtant, à la peine sournoise[2] que, ce matin, chacune de leurs lignes lui inspirait, il mesura tout à coup avec accablement quelle distance infinie représentaient les quelques heures de voyage qui le séparaient des êtres dont il tenait entre ses doigts la tendresse pour un instant fixée.

Se laissant aller à sa mélancolie, il vit sous son vrai jour une existence qu'il avait rêvée héroïque et tissée d'imprévu. Rien de

1. ***Vaguemestre*** : sous-officier chargé du service postal dans l'armée.
2. ***Sournoise*** : ici, insidieuse.

plus monotone, de plus vide que ces heures de paresse en sabots, écoulées en bavardages, en parties de cartes, en flâneries de la baraque au terrain, du terrain à la baraque. Les vols mêmes étaient réglés comme un travail de bureau et se passaient le plus souvent en tranquilles promenades. Il murmura :

«On dirait que nous sommes retirés à la campagne avant l'âge.»

Il entendit le pas d'un camarade et, comme s'il craignait de révéler sa faiblesse par son prétexte, glissa dans sa poche les lettres qu'il tenait encore. Puis, se redressant, il feignit de sourire.

Maury ne s'y laissa point tromper.

«Le cafard?» dit-il affectueusement.

Il avait une voix si attentive que Jean avoua sans réticence :

«Je me sens bien seul ce matin.

– Ce matin uniquement? Vous avez de la chance.»

Avant de répondre il avait jeté un regard sur la table vide.

Jean se souvint alors avec fierté des enveloppes qui gonflaient sa vareuse et son destin lui parut beaucoup plus doux. Comme, timidement, Maury demandait s'il n'avait point vu de lettres pour lui, il ne put s'empêcher de dire :

«J'ai trusté[1] les dernières.»

La souffrance qui marqua les traits de son camarade lui fit regretter ses paroles. Pour les effacer il proposa :

«Je vous emmène chez Florence, à Jonchery. Nous avons besoin de nous distraire.»

Ils allaient s'engager, à pied, dans la descente qui menait du plateau vers la Vesle lorsqu'une automobile les rejoignit. Le commandant Mercier, chef du secteur, qui s'y trouvait, leur offrit de les conduire. Cela dissipa complètement le malaise d'Herbillon. Un chef bienveillant le menait vers un cabaret tenu par une belle fille. N'était-ce point suffisant pour trouver la vie aimable?

---

1. ***Trusté*** : accaparé, monopolisé (terme anglais).

Le chauffeur freina devant une porte basse ; Claude et l'aspirant entrèrent dans le débit. Deux longues tables couvertes d'une toile cirée en guenille[1], des bancs boiteux en formaient, avec le comptoir, tout l'ameublement. Comme il y faisait obscur, ils ne distinguèrent pas, dès l'abord, les figures des deux hommes attablés dans le fond. Mais l'un d'eux se leva, salua, et ils reconnurent le sous-officier pilote Brûlard. Près de lui, Deschamps fumait.

Durant les deux semaines qui s'étaient écoulées depuis leur querelle, le mutilé avait eu le temps d'apprécier la réserve de Maury et son hostilité avait fondu. Jean voulut mettre à profit l'occasion de les réconcilier définitivement. Il prit Claude par le bras et l'entraîna vers les camarades.

Affable, Deschamps leur dit :

« Que buvez-vous ? Brûlard régale[2], il est nommé sergent. »

Herbillon aimait le charme vulgaire et triste de l'endroit, sa chaleur purement matérielle, le repos du corps affalé, de la pensée vide, et le geste de verser et de boire. Maury le regardait avec étonnement. Il ne pouvait comprendre que ce garçon, dont il avait pu juger la sensible finesse, prît plaisir à ce lieu grossier, malodorant, à ces entretiens communs[3]. Lui, s'y trouvait affreusement gêné. Tout lui paraissait répugnant et hostile, depuis les lithographies[4] gluantes jusqu'au vin rouge, avalé sans raison, par gorgées copieuses.

Un cri de Deschamps augmenta son malaise.

« Te voilà enfin, Florence ! »

Sur le seuil du cabaret venait d'apparaître, ses cheveux d'un blond fade défaits par une course rapide, une grande fille aux lèvres peintes. Des seins robustes et un peu haletants[5]

1. ***En guenille*** : en lambeaux.
2. ***Régale*** : paie la tournée d'alcool.
3. ***Communs*** : banals.
4. ***Lithographies*** : gravures (voir note 6, p. 54).
5. ***Haletants*** : essoufflés.

bosselaient son chandail bleu, la jupe très courte découvrait les jambes dont la chair apparaissait à travers les déchirures des bas de soie ravaudés[1]. Elle semblait connaître le mutilé de longue date et vint s'asseoir auprès de lui.

Deschamps, par la nuque, l'attira. La placidité rustique avait quitté son visage bouleversé par un désir primitif. La lueur des yeux, la torsion des lèvres le révélaient si crûment[2] que Maury se détourna, gêné comme devant une possession[3].

«J'ai un rapport à faire, dit-il. Il faut que je rentre.»

Se levant en même temps que lui, Herbillon enfouit ses lèvres dans la nuque chaude de la fille.

Ils marchèrent en silence à travers les rues de la petite cité, animées par les automobiles de l'état-major. Maury, sans regarder Herbillon, dit à mi-voix :

«Comment pouvez-vous embrasser une femme que tient un autre ?

– Deschamps n'est pas jaloux de Florence, voyons !

– Je le crois volontiers. Mais cela ne vous répugne point ?

– Pourquoi donc ? elle a une peau agréable.

– Et qui appartient à tous ?

– L'instant n'est qu'à moi, dit Herbillon.

– Mais enfin, il y a bien une femme que vous aimez ? demanda Maury.

– Certes.»

Et le fantôme charmant de Denise accompagna l'aspirant sur la route boueuse.

«Et cela ne vous gêne point, reprit Claude, de penser à elle, après en avoir caressé une autre ?»

Herbillon réfléchit et s'écria :

«Non, vraiment, pas du tout.»

---

1. ***Ravaudés*** : raccommodés à l'aiguille.
2. ***Crûment*** : brutalement.
3. ***Possession*** : ici, étreinte sexuelle.

Un souvenir le fit sourire. Autant pour montrer la sincérité de ses paroles que pour donner un exemple de ses succès, il raconta son aventure dans le train quelques minutes après qu'il eut quitté sa maîtresse.

Maury l'écoutait avec une stupeur nuancée de confuse envie. Comme il était sain ce garçon qui ne connaissait de l'amour que la joie physique et comme, dans l'orgueil naïf de sa bonne fortune[1], il gardait une candeur fière ! Cependant Herbillon voulut désarmer la réprobation[2] qu'il devinait chez son camarade.

« N'allez pas me croire, dit-il, capable seulement de sensualité[3]. Il est des femmes pour tout. Aux unes le désir, aux autres la tendresse.

– Oui, dit pensivement Maury. Le vieux mythe de Platon : l'Aphrodite vulgaire et l'Aphrodite céleste[4].

– Parfaitement et toutes deux règnent sur moi.

– Eh bien ! non, je ne peux pas admettre cela, s'écria Claude. À reproduire les mêmes gestes sans qu'ils soient embellis d'un sentiment profond, l'on use la richesse d'amour véritable qui nous fut donnée. »

Un frisson l'agita et il dit soudain, d'un accent pareil à celui des malades soumis à l'idée fixe et qu'Herbillon se souvint de lui avoir déjà entendu :

« Mais cet amour-là, croyez-vous qu'on le puisse discerner chez une femme ? »

---

1. ***Sa bonne fortune*** : ici, son succès auprès des femmes.
2. ***La réprobation*** : le blâme.
3. ***Sensualité*** : ici, désir physique.
4. Aphrodite est la déesse de l'amour et de la beauté dans la mythologie grecque. Dans l'ouvrage *Le Banquet*, le philosophe grec Platon (v. 428 av. J.-C.-v. 348 av. J.-C.) oppose deux formes d'amour : l'amour pour la beauté charnelle (« Aphrodite vulgaire »), qui est impur, inconstant et s'exprime par le désir physique, et l'amour pour la beauté spirituelle (« Aphrodite céleste »), qui est pur, incite à la vertu et élève l'âme de celui qui l'éprouve.

Sans attendre la réponse de l'aspirant interdit[1], il poursuivit à voix basse, monotone et dolente[2] :

« J'ai une femme, une jeune femme. Elle est mon livre le plus riche et le plus vaste, celui de mon bonheur. Elle est pour moi douce, amie. Mais j'ai toujours vécu en marge de mon désir. On dirait qu'une faculté d'adaptation, de réflexe que chacun possède naturellement me fait défaut. Je suis trop conscient et il en va de même pour mon amour. Je cherche désespérément dans les yeux que je chéris cette étincelle, cette vibration profonde qui rassure et je ne les trouve point. Pour l'éveiller tous les moyens me sont bons, jusqu'aux plus ridicules. »

Le chemin montait durement, le vent se ruait contre leurs poitrines. Il s'arrêta pour parler plus vite :

« Ne riez point ! C'est pour cela que je suis parmi vous. Un jour, dans la boue de ma sape, un pilote est venu. Il était propre, ses bottes brillaient et même à mes yeux désabusés, il avait le prestige mystérieux que les ailes donnent à l'homme. Et j'ai pensé qu'ainsi je plairais mieux. Mais regardez-moi. Cet uniforme, cette élégance que vous portez si facilement, sur mon corps, semblent une dérision. Voilà quinze jours que je suis ici, je n'ai pas volé. Les camarades me reçoivent mal. Et ce matin, je n'ai pas de lettre. »

Par cette phrase qu'il détacha violemment des autres, Maury livrait la raison profonde de ses confidences qui, malgré une intimité chaque jour plus étroite, avaient stupéfié Herbillon. Telle était donc la douleur banale que cachait ce front hautain et riche de subtiles pensées ! À la grande amitié du jeune homme, un peu de mépris se mêla. Il ne comprenait point encore qu'on pût souffrir pour une femme.

Ils s'étaient remis en marche. Le vent dépouillait le ciel de ses nuages qui fuyaient vers l'est en cohortes[3] massives.

---

1. ***Interdit*** : qui ne savait que répondre, déconcerté.
2. ***Dolente*** : plaintive.
3. ***Cohortes*** : troupes.

«Allons, répondez-moi, dit nerveusement Maury. Votre maîtresse est-elle mystérieuse ? A-t-elle des replis subits, des silences pires que des révoltes ? Son amour semble-t-il affaibli, tamisé[1] par des rêves obscurs ? Découvrez-vous parfois, dans ses yeux, du regret ou une intolérable pitié ? »

Alors, comme pour se venger de l'interrogatoire pressant, de la déception que Claude lui avait causée, et aussi dans le dessein confus de faire éclater devant un témoin attentif la plénitude de son bonheur, Herbillon, à l'image tracée par Maury, opposa, trait pour trait, celle qu'il se faisait de Denise.

Il dit la joie parfaite de leurs rencontres, sa gaieté légère, sa fraîcheur, la qualité ingénue et fière de son abandon, et cet élan enfin qui la livrait.

Chaque mot enfonçait Maury plus profondément dans sa détresse.

«Assez, murmura-t-il. Cela ne sert à rien. Vous êtes trop jeune. »

Une voiture de l'escadrille les croisa.

«Mon lieutenant, dit à Maury le chauffeur, vu l'éclaircie, le capitaine vous attend ainsi que le lieutenant Deschamps.

– Il est chez Florence, cria Herbillon.

– J'y allais», fit l'homme avec un sourire entendu[2].

Thélis avait déjà fait sortir les appareils des deux pilotes. Apercevant Claude, il cria de loin :

«Vous allez me promener sur les lignes, Maury. »

Une fois de plus Herbillon l'admira. Si le capitaine emmenait toujours les observateurs arrivés sur le front pour éviter le danger de leur inexpérience à ses camarades, il ne confiait jamais un observateur aux nouveaux pilotes sans avoir contrôlé lui-même leur science et leur courage. Ainsi, tous les dangers de ces pre-

1. ***Tamisé*** : filtré.
2. ***Entendu*** : ici, complice.

mières heures de vol où l'œil inhabile aperçoit trop tard l'ennemi meurtrier, où les mains gauches manœuvrent avec peine avion et mitrailleuses, étaient son privilège.

«Déjeunez sans nous, continua Thélis tourné vers Jean, et dites à Deschamps de nous rejoindre au-dessus du Chemin des Dames[1].

– Vous ne voulez pas que je monte avec lui, mon capitaine ?

– Non, monsieur l'aspirant, il fait équipage avec Gival. Vous ne méritez pas encore un autre pilote que moi.»

Le repas venait de commencer, lorsque Deschamps entra, portant sa fourrure.

«Mon moulin renâcle[2], dit-il furieux. Il ne sera prêt que dans une demi-heure.»

Il mangea peu, grommelant :

«Le Chemin des Dames est un mauvais coin. Le bleu ne saura pas se retourner.

– Allons, calme-toi, dit Marbot. Thélis en a vu de plus dures.

– Oui, mais c'est lui qui tenait le manche à balai[3].»

Impatient, il s'en alla sur le terrain. Un moteur grondant au-dessus de la baraque apprit aux camarades qu'il était parti.

Le déjeuner achevé, Marbot, comme à l'ordinaire, alla fumer sa pipe devant la porte. Le vieux capitaine Reuillard, qui ne pouvait pas plier sa mémoire aux fantaisies des signaux Morse, s'installa près du manipulateur de T.S.F[4]. Neuville, Charensole et le *toubib*, qui avaient l'habitude de jouer au bridge avec Thélis, demandèrent à l'aspirant de le remplacer pendant son absence.

---

1. ***Chemin des Dames*** : route de 30 kilomètres de long, théâtre de deux offensives en avril 1917 et en mai 1918, qui se soldèrent par des échecs français.

2. ***Renâcle*** : rechigne (l'avion de Deschamps rencontre des problèmes techniques).

3. ***Manche à balai*** : levier permettant de gouverner l'avion.

4. ***Manipulateur de T.S.F.*** : appareil permettant de transmettre des dépêches en alphabet Morse.

Marbot, à ce moment, les appela.

« Venez voir, Maury rentre.

– Il rentre même bizarrement, fit Neuville. Il a coupé trop tôt les gaz. »

L'appareil descendait lentement, insensiblement, comme si le pilote craignait de perdre trop vite sa hauteur.

« Il a sûrement une panne ou autre chose », dit Marbot.

Un cri joyeux leur échappa, lorsqu'ils virent sortir de l'appareil, enfin posé, Thélis et Maury. Le capitaine parlait avec animation.

« Très bien, l'atterrissage, mais là-bas, trop tard la spirale[1]. C'est pourquoi ils nous ont abîmés.

– Vous avez été sonnés ? demanda Marbot.

– De première, fit gaiement Thélis, quatre *Fokker*[2] sur nous. Ils nous ont crevé le radiateur[3]. Heureusement nous étions haut et Maury est rentré comme un fin voilier.

– Il a de la chance, fit Herbillon. Un combat au premier vol.

– Ne pleurez pas, jeune homme, dit Marbot. Vous aurez votre compte de coups durs et vous n'en serez pas plus fier, je vous le garantis.

– Allons manger, s'écria Thélis. Je meurs de faim et vous autres… »

Mais il s'arrêta,

« Et Deschamps ?

– Il est parti te rejoindre, voici un quart d'heure seulement, à cause de son moteur.

– Il va se cogner à la patrouille. Avec un autre je ne serais pas tranquille, mais il y voit clair. »

Dans le mess, il aperçut les cartes distribuées.

« Commencez la partie, fit-il. Herbillon, tenez mon jeu pour l'instant et ne me déshonorez pas. »

---

1. ***Spirale*** : courbe.
2. ***Fokker*** : avions de chasse allemands.
3. ***Radiateur*** : appareil de refroidissement du moteur de l'avion.

L'aspirant gagna et, très fier, en informa Thélis qui se levait.

«Parfait, mon garçon, dit celui-ci. Maintenant laissez-moi défendre ma chance.»

En tirant sa place, il dit :

«Deschamps doit encore me chercher là-bas.»

Tandis que le jeu continuait, Herbillon s'approcha de Maury.

«Quelles sont vos impressions de premier combat?» demanda-t-il.

Claude allait parler, mais un tendre sourire passa sur ses lèvres et il murmura :

«Excusez-moi de ne pas vous le dire. Il est quelqu'un à qui je les veux confier avant tous.»

Jean retourna vers le bridge. Thélis jouait avec cette fougue brûlante et enfantine qu'il apportait à toutes choses, qu'il s'agît de danser le quadrille de l'escadrille ou de se battre. Comme toujours, son ardeur donnait le ton aux autres et la partie, avec lui, semblait plus vivante et plus riche d'attraits.

Marbot, qui veillait à la porte, vint l'interrompre.

«Dis donc, Thélis, Deschamps ne rentre pas.»

Un pli rida le front du capitaine, mais il dit :

«Voilà une semaine qu'il n'est pas sorti, il a envie de se promener.»

Une chance insolente protégeait Neuville et Thélis s'acharnait à le vaincre. Une heure coula rapide dans cette lutte. Soudain, au lieu de la nappe couleur de miel que le soleil jetait sur la table, une teinte blafarde[1] se posa. Les yeux se portèrent vers le ciel. D'épaisses nuées le chargeaient de flocons livides[2].

«Deschamps ne va pas tarder», dit machinalement le capitaine.

Mais sa voix rendit un son étrange et qui l'étonna. Elle témoignait d'une inquiétude dont jusque-là il n'avait pas eu conscience

1. ***Blafarde*** : pâle et sans éclat.
2. ***Livides*** : sans couleur.

et qu'il sentit également vigilante chez les autres. Personne cependant ne la montra. On savait à l'escadrille qu'en évoquant le malheur on l'attire.

Le jeu les reprit, mais énervés et travaillés d'une crainte sourde. Les doigts se crispaient sur les cartes.

«On n'y voit guère, dit tout à coup le *toubib*.

– Le soir est venu rapidement, répondit Herbillon.

– C'est que nous avons déjeuné tard», observa Charensole.

Ils baissèrent la tête pour ne point échanger, fût-ce par le regard, une pensée qu'ils sentaient commune. Tous connaissaient l'invincible répugnance de Deschamps à voler dans les ombres crépusculaires et pourtant on n'entendait pas, même au loin, murmurer son avion.

Le silence ne fut rompu que par les exercices du capitaine Reuillard au manipulateur. Thélis, se tournant vers lui, dit très bas :

«Si vous cessiez, mon vieux. On croirait un appel de détresse.»

Puis aux joueurs, fébrilement :

«Qu'est-ce que vous avez à vous taire? Nous n'avons pas fini. Annoncez[1] donc, *toubib*!»

Sur les cartes en éventail les visages se penchèrent de nouveau. Cependant les dernières clartés faiblissaient. De grosses gouttes de pluie tombaient sur le toit de tôle comme sur un gong.

«Herbillon, venez ici», dit le capitaine.

Et, à son oreille, il murmura :

«Téléphonez – pas d'ici, du bureau – téléphonez aux batteries, aux observatoires, au corps d'armée, partout, pour avoir des nouvelles.»

---

1. Au bridge, chaque équipe annonce l'enchère qu'elle pense pouvoir réaliser, c'est-à-dire le nombre de cartes qu'elle va prendre. L'équipe qui annonce la plus forte enchère joue contre les autres. L'enchère détermine aussi une couleur d'atout (trèfle, carreau, cœur ou pique) : les cartes d'atout l'emportent sur les autres. On peut également jouer sans atout.

Quand le jeune homme revint, les ampoules éclairaient la pièce. Bien que Thélis n'eût rien dit, chacun tourna vers Jean un regard trop fixe.

«On ne sait rien, dit-il, avec un geste qu'il ne parvint pas à rendre insouciant.

– Ils étaient quatre, Thélis ?» demanda Marbot à mi-voix.

Le capitaine ne répondit pas. La mort entra dans le mess.

Mais Neuville, en qui se glissait l'épouvante, voulut une diversion.

«Sans atout», dit-il.

Et Charensole répliqua :

«Deux trèfles.»

Il parut à l'aspirant que l'air manquait à toutes les poitrines, mais on ne pouvait ouvrir la porte. L'orage frappait la nuit.

Comme ils ne trouvaient pas d'autre occupation, la partie continua.

Deux jours de suite, ils furent assiégés dans la baraque frémissante par une tempête qui, sur le plateau, traînait ses hurlements. Le vent déchira les toits des hangars. Pour marcher sur le terrain il fallait le combattre ainsi que le courant d'un fleuve.

Durant ces deux journées, Thélis attendit des nouvelles de Deschamps. Il l'aimait profondément, rudement, d'une tendresse moins délicate sans doute qu'il n'avait aimé Berthier, mais plus forte, car elle était faite de mille souvenirs communs de beuveries, de reconnaissances, de luttes, trame palpable et quotidienne de trois années d'escadrille.

Lorsqu'il n'espéra plus, il fit afficher au mess cette note :

> À la première éclaircie, patrouille de cinq avions. Rechercher le combat.

Marbot lut cet ordre le premier et s'en fut trouver Thélis.

«Tu veux, dit-il, venger Deschamps, n'est-ce pas ?»

Comme le capitaine se taisait, il poursuivit :

«Ce n'est pas notre métier. Nous ne sommes pas des chasseurs[1].

– Tu trembles, hein, Gélatine[2] ?» dit méchamment Thélis.

Le gros lieutenant haussa les épaules.

«Tu sais fort bien, répondit-il, que pour l'ouvrage utile je fais ce qu'il faut. Mais tu as tort de risquer ta peau et la nôtre par sentiment.»

Les sourcils du capitaine frémirent, mais il se contint.

«C'est juste, observa-t-il. Je prendrai les volontaires. Mais je te préviens que tu ne partiras point. J'emmènerai Herbillon qui n'est pas fatigué.

– Ce qui fera deux fous ensemble. Bonsoir.»

Thélis, voyant l'épaisse silhouette aborder avec précaution la porte étroite, cria :

«Marbot, écoute. Tu as raison et moi aussi. On ne s'en veut pas ?»

Le gros homme le considéra longuement de ses petits yeux vifs.

«Il faut, dit-il enfin, que tu sois bien remué, mon pauvre vieux, pour t'excuser devant moi.»

Il tapota l'épaule du capitaine, ce qui chez lui était la marque la plus forte d'émotion. Mais il ne proposa point de prendre part à la patrouille.

Le matin suivant, quand, à l'aube, son ordonnance vint le réveiller, Herbillon eut un sursaut de joie. Il allait, cette fois, voler pour se battre.

Dans sa hâte il ne s'habilla point et sur son pyjama passa directement la combinaison fourrée. Au mess, il trouva Thélis rasé, poudré, brillant comme pour une fête. Des tranches de viande froide, une bouteille de vin rosé attendaient sur la table.

1. ***Chasseurs*** : pilotes d'avions légers, destinés uniquement au combat.
2. ***Gélatine*** : substance molle. Thélis traite Marbot de lâche.

Une brise molle, nocturne encore par la fraîcheur et l'arôme, s'enroulait autour de leurs fronts. Dehors, la clarté première luttait contre l'ombre dans le grand silence de la terre mouillée. Et nul repas ne parut meilleur à Jean que ces bouchées frugales[1], ce vin rugueux, partagés avec son héros dans l'attente du jour, de la gloire.

Sur le terrain, cinq avions vibraient. La voix monstrueuse des moteurs effaroucha la douceur du matin naissant. Autour d'eux l'air palpitait. Le ciel avait cette tendresse de fleur qu'il a seulement aux minutes où le soleil le touche de ses plus jeunes rayons. Les mécaniciens chantaient, les hélices bourdonnaient comme ivres de leur puissance.

Herbillon oublia tout pour goûter le bonheur d'être sain, d'être fort et de s'élever dans l'azur en même temps que l'aurore.

L'appareil du capitaine prit le premier de la hauteur et Jean vit monter vers lui, comme des fusées brunes, les camarades. Puis le groupe, formé en triangle, se dirigea vers les lignes.

L'ivresse du vol était encore neuve pour Herbillon. La respiration géante du moteur, le tourbillon de l'hélice, le vent furieux, tout cela l'étourdissait d'une vaste et brutale symphonie dont il commençait seulement à pénétrer[2] les voix diverses.

Une indicible fierté gonflait sa poitrine de planer ainsi dans la solitude du ciel, de voir le bloc rouge du soleil bondir à l'horizon et d'aller en chasseur vers les lignes ennemies.

Pour achever son bonheur il aurait fallu ce combat que cherchait le capitaine, le crépitement des mitrailleuses, et, il en avait la certitude, l'orgueil de la victoire. Anxieusement, il scruta l'espace dans l'espoir d'y voir surgir des ailes aux croix noires[3].

---

1. ***Frugales*** : simples et peu abondantes.
2. ***Pénétrer*** : comprendre.
3. Jusqu'en 1918, tous les avions allemands portent l'insigne de la Croix de fer, croix noire aux pointes élargies. C'est le symbole de la bravoure militaire.

Ce fut en vain. Ils croisaient[1] depuis longtemps et le ciel d'une pureté de pierre précieuse était toujours vide. Sans doute cette reconnaissance se terminerait aussi paisiblement, aussi platement que ses autres missions.

Pour oublier son dépit il s'absorba dans la contemplation du paysage, essayant de démêler dans le lacis[2] des boyaux, où les rayons obliques du soleil montant commençaient à verser des coulées mauves, ceux que le capitaine lui avait dit de retenir pour de futurs réglages. Mais ses yeux encore mal exercés n'arrivaient point à établir entre les lignes adverses une frontière fixe.

Il y travaillait avec ardeur lorsqu'une dure secousse le jeta contre le bord de sa carlingue. L'avion piquait, précédé d'une traînée rouge.

«Le capitaine fait un carton sur les tranchées allemandes», pensa Herbillon.

Maintenant l'appareil virait perpendiculairement, se redressait, montait d'un élan brutal, piquait encore, ballottait furieusement Herbillon en tous sens, meurtrissait ses épaules contre la tourelle.

L'aspirant, habitué à ce que Thélis jouât ainsi avec lui, supportait d'un cœur paisible cette voltige aérienne.

Enfin l'appareil reprit son équilibre et le capitaine, tournant vers Herbillon un visage joyeux, lui montra un point derrière la queue du biplan.

Jean ne remarqua rien sauf que tous les avions d'accompagnement s'étaient évanouis. Il crut que le capitaine lui demandait s'il n'avait pas peur de continuer la reconnaissance sans escorte et fit un geste d'insouciance.

Cependant cette disparition subite le laissa pensif.

«Il est peut-être arrivé quelque chose aux camarades, songea-t-il, tandis que le capitaine s'amusait à me faire danser.»

---

1. ***Croisaient*** : volaient.
2. ***Lacis*** : réseau de lignes entrelacées.

Et il conclut :

« Il faudra que je lui demande de ne plus plaisanter de la sorte. Il m'empêche d'observer. »

À ce moment précis, Thélis inclina fortement l'appareil et Jean aperçut, beaucoup plus bas, un avion qui semblait glisser vers l'arrière-front allemand. Son cœur battit.

« Un *Fokker* ! »

D'un vigoureux[1] élan il fit basculer sa tourelle et, ses mitrailleuses pointées sur l'ennemi, tira. Les balles encadrèrent d'assez près l'avion, mais un nouveau virage de Thélis le mit hors de vue.

« S'il m'avait laissé continuer, pensa Herbillon avec désespoir, je l'aurais descendu. »

Quand le capitaine atterrit, trois appareils étaient déjà sur le terrain. Aussitôt qu'ils furent hors de leurs carlingues, Thélis dit à Herbillon :

« Eh bien, vous êtes content, vous l'avez, votre combat ? »

L'aspirant, songeant aux quelques rafales qu'il avait lâchées, répondit :

« Ce n'est pas un combat, ce n'est rien du tout. »

Le capitaine le contempla avec une sincère admiration.

« Compliments, le bleu ! Sept avions à nos trousses et un descendu, cela ne vous suffit point ! »

Une vague inquiétude s'insinua dans l'esprit de Jean, qui l'empêcha de répondre.

Le capitaine, vraiment, ne paraissait pas plaisanter. D'ailleurs, les autres équipages s'approchaient et l'aspirant entendit Brûlard crier :

« On l'a eu, n'est-ce pas, mon capitaine ?

– Oui, dit Thélis. C'est Neuville et Virense qui l'ont abattu. »

Herbillon, frappé de stupeur, n'arrivait point à comprendre son infortune[2]. Ainsi les acrobaties du capitaine, loin d'être une

1. ***Vigoureux*** : énergique et fort.
2. ***Infortune*** : malchance.

brimade[1], avaient été des mouvements de lutte, ainsi les camarades égaillés[2] sous l'attaque brusque avaient fait un travail glorieux et lui, absorbé par le paysage, incapable d'observer dans la danse des appareils, il n'avait rien vu.

Une bouffée de honte lui rougit le visage, mais comme il n'avait pas encore enlevé son passe-montagne, on ne s'aperçut de rien.

Surmontant son malaise, il allait se mêler à la conversation quand le dernier appareil du groupe vint rouler sur le terrain. Le *toubib* en jaillit et courut vers les officiers assemblés près des hangars. Une fureur comique tordait ses lèvres. Dès qu'il fut auprès d'eux, il cria :

«Quel est l'animal parmi vous qui a failli me descendre?»

Personne ne répondit, mais Herbillon se sentit près de défaillir[3]. Il ne lui restait même plus la consolation d'avoir effrayé un ennemi; il avait tiré sur un camarade.

Cependant, le capitaine le montrait à tous en disant :

«Un fier cran, notre Herbillon. Le coup était dur, il n'a pas bronché[4].»

---

1. ***Une brimade*** : une épreuve humiliante, un bizutage.
2. ***Égaillés*** : dispersés.
3. ***Défaillir*** : s'évanouir.
4. ***Il n'a pas bronché*** : il est resté impassible.

Chapitre V

Le soir, lorsque, selon son habitude, Maury se fut retiré de bonne heure après le dîner, Thélis réunit tous les observateurs.

«Il faut, leur dit-il, remplacer l'équipage Deschamps-Gival. Vous êtes trois observateurs disponibles : Reuillard, Charensole, Herbillon. Comme nouveaux pilotes, le sergent Duchêne et le caporal Boschot ne sont pas au point. Par contre Maury vaut un vieux routier[1]. Qui veut monter avec lui ? Les anciens, naturellement, choisissent d'abord.»

Il regardait Reuillard, certain que le vieux soldat allait demander la préférence, mais celui-ci se bornait à tirer sur sa moustache, à l'arracher. Les yeux étonnés de Thélis glissèrent de son visage osseux vers les autres. Sur tous il perçut la même hésitation.

Marbot, qui suivait la scène avec intérêt, murmura :

«Ils n'en veulent pas, c'est clair. Il a une tête de guigne[2].»

Le capitaine poussa un juron furieux, mais il était trop tard. Le gros lieutenant avait donné une figure précise à la répugnance instinctive de chacun et Thélis, qui connaissait la force de la superstition sur des hommes qui jouaient chaque jour leur vie, comprit qu'il lui serait difficile de trouver un volontaire pour partager la chance de Maury[3]. Il essaya pourtant.

---

1. ***Vieux routier*** : homme expérimenté.
2. ***Guigne*** : malchance.
3. ***Pour partager la chance*** : pour suivre le sort, quel qu'il soit.

«Tu es un imbécile, dit-il froidement à Marbot. Maury pilote aussi bien que moi et je voudrais avoir son calme.»

Il n'y eut pas de réponse et Jean sentit que, dans l'esprit de ses camarades et dans le sien propre, se liait le même faisceau[1] d'idées, grossières mais invincibles : à sa première sortie, Maury avait eu un combat malheureux et Deschamps était mort en essayant de le rejoindre.

Contre cela nul raisonnement ne tenait, mais personne n'osait en faire l'aveu.

«Je préfère un gars plus jeune, murmura Reuillard. Quatre-vingt-dix-ans à deux, c'est trop lourd pour un seul coucou[2].

– Pour moi, dit Charensole, j'ai promis à Boschot, nous sommes du même régiment.»

Il allait continuer lorsque Claude parut.

Aussi maître qu'il fût de lui-même, Thélis ne put retenir un geste vers ses camarades. Il ne fallait point la sensibilité de Maury pour deviner l'embarras que son entrée faisait naître. Pour lui, ce fut une oppression physique. Il murmura précipitamment, comme pour s'excuser :

«J'avais oublié mon livre sur la table.»

Gauchement, cible des regards, il traversa la pièce et se retira, plus voûté et plus pâle qu'à l'ordinaire.

L'apparition n'était point faite pour rassurer. Comment lier son destin à celui de ce corps qui semblait d'avance accepter le malheur ? Thélis, frappé lui-même, ne savait par quel argument renouer l'entretien.

C'est alors qu'Herbillon se décida. Le passage de Maury qui, chez les autres, avait simplement confirmé une inquiétude ranima chez le jeune homme le sentiment de respect et de pitié qu'il éprouvait pour Claude. Son imagination se représenta, trop vivement pour qu'il la pût tolérer, la détresse de son ami rejeté

1. ***Faisceau*** : assemblage.
2. ***Coucou*** : avion (argot).

encore, et de la plus cruelle façon, de cette fraternité morale qu'il recherchait désespérément.

Certes, ce n'était point là le pilote qu'il avait rêvé pour le conduire aux luttes mémorables. Mais son aventure du matin lui conseillait la modestie et, de plus, n'était-ce point une occasion éclatante de montrer à Thélis son courage en lui demandant ce que refusaient les camarades ? Sans distinguer ce qui, de la vanité ou de la compassion, le poussait davantage, il déclara :

« Je ferai équipage avec Maury, mon capitaine. »

À partir de ce moment Thélis tutoya Herbillon.

Claude se jeta vers l'aspirant qui entrait dans sa chambre.

« Cela continue donc ? s'écria-t-il, cette hostilité, ce malaise… »

Herbillon dit, en riant :

« Le malaise viendra plus tard. Pour l'instant, il s'agit de finir votre whisky. Je deviens votre passager perpétuel.

– Comment ? murmura Claude, interdit.

– C'est bien simple, dit Herbillon. Nous formons équipage. »

Des yeux trop pénétrants se posèrent sur ceux du jeune homme, et plein d'une amertume infinie, Maury demanda :

« Les autres ont bien voulu vous livrer à mes soins ? »

Puis il dit avec douceur et gravité, comme pour un serment :

« Ils ont eu raison. »

Le printemps triomphait. L'air était vibrant, la lumière dansante et, du haut des avions, la cathédrale de Reims semblait moins meurtrie[1]. Claude et l'aspirant volaient beaucoup.

Ils connurent ensemble les départs de l'aube où la voix sauvage des appareils éveille le jour ; les retours au crépuscule quand, moteur calé, ils descendaient lentement avec la

1. La cathédrale de Reims est en partie détruite par les bombardements allemands dès 1914.

lumière; les surveillances paisibles, simples promenades attentives; les combats où la même inquiétude et la même espérance faisaient bruire[1] leurs tempes. Ils partagèrent l'émotion physique des chutes brusques et la joie mathématique des acrobaties. Ils apprirent à sentir en même temps, sans la voir et par une singulière divination[2], l'approche de l'ennemi. Dans la furie de l'hélice et du vent qui étouffait la voix humaine, ils pouvaient se comprendre d'un signe et souvent Maury, se tournant vers son compagnon, trouvait en ses yeux la réplique de sa pensée.

Alors ils surent ce que les camarades entendaient par équipage. Ils n'étaient pas simplement deux hommes accomplissant les mêmes missions, soumis aux mêmes dangers et recueillant les mêmes récompenses. Ils étaient une entité[3] morale, une cellule à deux cœurs, deux instincts que gouvernait un rythme pareil. La cohésion ne cessait point hors des carlingues. Elle se prolongeait en subtiles antennes, par la vertu d'une accoutumance indélébile[4] à se mieux observer et se mieux connaître. Ils n'avaient fait que s'aimer; ils se complétèrent.

Leurs habitudes et leurs goûts n'en furent point changés. Ils étaient pour cela de natures trop différentes. Mais entre eux circula dès lors, invisible et sans défaillance, l'accord mystérieux qui, là-haut, dans l'air vif, chargé d'ivresse et de péril, modelait en même temps le sourire ou l'angoisse de leurs bouches.

Quand l'aspirant partit en permission, Maury le chargea de porter une lettre à sa femme.

---

1. ***Bruire*** : résonner.
2. ***Divination*** : intuition, forme de connaissance magique.
3. ***Une entité*** : un ensemble formant une unité.
4. ***Indélébile*** : qui ne s'efface pas.

DEUXIÈME PARTIE

Chapitre I

La journée qui suivit l'arrivée d'Herbillon à Paris fut étrange. Au milieu de la joie des siens, dans les rues fidèles à leurs images et rumeurs familières, les visages de l'escadrille le poursuivaient. Thélis donnait des ordres, Marbot fumait sa pipe, la nuque étroite de Maury se penchait sur un livre. Le fragile soleil le faisait songer à la brume qui devait flotter au ras du sol et gêner l'observation. L'odeur des automobiles lui rappelait celle des avions.

Cependant il parlait beaucoup et fiévreusement, pour répondre à l'admirative curiosité qui le cernait. Mais une secrète dissonance[1] lui gâtait le plaisir de ses discours.

On attendait de lui des récits, arrangés à la manière des livres et comme son imagination s'en forgeait[2] elle-même avant qu'il partît pour le front. Il s'irritait obscurément de céder à cet espoir de merveilleux qui agitait ses auditeurs et de fausser, malgré lui, la peinture de sa vie d'escadrille. L'aurait-on cru d'ailleurs s'il l'avait retracée fidèlement, avec sa paresse et ses vols pour la plupart paisibles ? Le pathétique[3] grossier des journaux avait trop nourri les imaginations pour qu'elles pussent accepter une si étonnante simplicité.

Mais tandis qu'il liait et dénouait dramatiquement les épisodes, une phrase de Maury sans rapport apparent avec ses paroles l'obsédait :

---

1. ***Dissonance*** : absence d'harmonie et de justesse.
2. ***Forgeait*** : créait.
3. ***Pathétique*** : style destiné à émouvoir.

« Savez-vous ce qu'est une attaque à la baïonnette[1] ? des clameurs, des corps portés par une force étrangère, une sécheresse atroce dans la gorge. Voilà tout. »

Cependant, à mesure que déclinait ce premier jour et que Jean prenait un contact plus étroit avec ses habitudes anciennes, les lignes dédoublées de ses sensations se confondaient. Et le lendemain, lorsque dans sa garçonnière[2] il enveloppa Denise de ses bras avides, il fut en permission, véritablement.

Sa maîtresse, en le revoyant, n'avait pas eu de cri, mais elle tremblait d'un si puissant émoi que Jean n'avait point reconnu le visage léger. Au bondissement de son cœur, il avait compris combien ce corps lui était doux et chère cette tête ardente.

Ils s'étaient longuement écrit, mais se retrouvaient changés. Lui, s'étonnait de découvrir sur les lèvres de Denise un goût si profond. Elle, ne pouvait croire que trois mois de vie nouvelle eussent gravé tant de décision sur un front encore tendre et donné une étrange expression, plus perçante et plus vague, à des yeux naguère[3] enfantins.

Elle releva ses cheveux défaits pour le mieux contempler. Sous ce regard, Herbillon se sentit enfin tel qu'il s'était vu quand Denise l'avait accompagné à la gare, image de lui-même que son expérience avait lentement fanée. Auprès de son amie, une gloire naïve étendit à nouveau sur lui ses ailes. Et quand, parmi les caresses, il raconta sur le mode épique[4], et plus faussement que jamais, ses vols et ses combats, le récit lui en parut véridique.

Les entrevues suivantes atténuèrent cette gravité. Retombant dans le ton qui leur avait été coutumier[5], leur amour reprit son cours de jeu impudique et allègre.

---

1. ***Attaque à la baïonnette*** : sortie des poilus hors des tranchées pour charger l'ennemi, la baïonnette à la main. La baïonnette est une lame pointue ajustée au fusil.

2. ***Garçonnière*** : petit appartement pour une personne seule.

3. ***Naguère*** : récemment.

4. ***Épique*** : digne d'une épopée.

5. ***Coutumier*** : habituel.

Toutes ses heures disponibles, Herbillon les passait auprès de Denise. Elle était toujours prête à le rejoindre. Il montrait parfois la surprise heureuse que lui donnait cette parfaite liberté, mais, fidèle au mystère dont elle entendait envelopper sa vie, elle ne répondait que par un rire dont l'orgueilleuse insouciance disait l'exclusif empire[1] que sa tendresse exerçait sur elle. Pourtant, Jean croyait alors saisir en ses yeux une inquiétude qu'il n'y connaissait point et comme une question qu'elle n'osait formuler…

Un matin, en s'éveillant, Herbillon eut un sentiment de regret. De son esprit confus, l'idée émergea que sa permission s'achevait le lendemain. À cette constatation pénible se mêlait le souvenir d'un devoir qu'il avait encore négligé de remplir. Il avait remis de jour en jour le soin de porter la lettre que Maury lui avait confiée et qui, depuis une semaine, attendait dans la poche de sa vareuse de voyage.

Il se jugea sévèrement et, comme son après-midi était occupé par Denise, il résolut de se rendre sans délai à l'appartement de son ami.

Aussitôt, une curiosité impatiente s'empara de lui. Il allait voir la femme qui avait chargé de passion et de souffrance l'existence de Claude. D'après le portrait qu'il en avait tracé, Herbillon imagina un visage grave et pâle, un front net et, sur tous les traits, une expression de mystère.

« Il serait drôle que j'en devienne amoureux », se dit-il avec un sourire incrédule.

Il apporta le soin le plus attentif à son habillement, passa un vernis spécial sur ses bottes qu'il entretenait lui-même, coiffa son képi avec une minutieuse négligence et sortit, assez vain de sa personne[2].

La femme de chambre, en le priant d'attendre, le fit pénétrer dans un petit salon. La pièce, tendue de soie dorée très claire, res-

---

1. ***Empire*** : domination.
2. ***Vain de sa personne*** : fier de soi pour des raisons frivoles.

pirait une accueillante gaieté. De grands vases blancs portaient une couronne ardente et rousse de soucis[1]. Des coussins tendus d'étoffes précieuses et fanées[2] couvraient un divan bas.

Herbillon s'admirait dans la glace ovale, galonnée[3] de vieil argent, lorsque le rythme d'un pas vif lui serra le cœur. Avant qu'il ait eu le temps de comprendre pourquoi, une jeune femme parut sur le seuil.

Jean poussa un cri qu'il ne put achever :

« Den... »

Il venait de reconnaître sa maîtresse. Et la rencontre lui parut tellement inadmissible qu'il douta. Il subissait l'effet de quelque prodigieuse ressemblance ou bien ses yeux trop accoutumés à l'image de Denise l'apercevaient partout.

Mais la jeune femme demeurait dans l'embrasure[4] de la porte et sa voix – quoique à peine perceptible – était bien celle qu'il craignait d'entendre lorsqu'elle dit faiblement :

« Je t'attendais. »

Herbillon reculait lentement sans pouvoir arracher d'elle un regard égaré. Il cherchait un mot, un geste qui le pût tirer de la stupeur qui l'étourdissait. Elle cependant, toujours immobile, continuait.

« Claude m'a déjà demandé si tu étais venu. »

Le nom de son ami sur les lèvres de sa maîtresse. La lettre qu'il avait dans sa poche... Les aveux sur la route de Jonchery. Les caresses dans sa garçonnière...

Tout ondoyait[5] dans le cerveau du jeune homme, une lourde torpeur liait ses membres et le salon était plein de brume. Il balbutia, comme pour se convaincre de l'incroyable :

« Ainsi... Hélène Maury. »

---

1. ***Soucis*** : fleurs orangées.
2. ***Fanées*** : défraîchies, qui ont perdu leur éclat.
3. ***Galonnée*** : ornée.
4. ***Embrasure*** : encadrement.
5. ***Ondoyait*** : flottait, se troublait.

Elle baissa la tête. Jean essuya son front moite.

« Allons, explique », dit-il sourdement.

La jeune femme eut un geste d'impuissance : tout n'était que trop clair. Elle dit cependant :

« J'ai appris, par l'adresse d'abord, par ses lettres ensuite, que vous étiez à la même escadrille. Je croyais que tu n'ignorais plus rien.

– Quoi ? tu supposais que, sachant, je me tairais ?

– Je l'ai bien fait, moi », s'écria Denise.

Une fierté obscure l'animait ; tout à son anxiété de comprendre, Jean n'y prit garde… Il raisonnait pour lui seul.

« Comment pouvais-je deviner ? Tu m'as tout caché : jusqu'à ton vrai prénom ! Jusqu'au détail le plus infime[1] !

– Mais il t'a parlé de moi, j'en suis sûre ! » s'écria-t-elle.

Le regard de son amant se posa sur la jeune femme comme si jamais encore il n'avait scruté ses traits. Un murmure stupéfait coula de ses lèvres.

« De quels yeux t'a-t-il donc vue ? Il t'a décrite dix fois sans que jamais le moindre soupçon me vînt. »

Accablé, il songeait à la méprise monstrueuse de son ami, ignorant encore qu'une femme a cent visages tous aussi véritables, car ce n'est pas elle qui les façonne mais ceux qui la regardent en la chérissant.

Profitant de son silence, elle se jeta soudain vers lui, l'entoura de ses bras nus :

« Embrasse-moi, Jean », supplia-t-elle.

Chaque nerf d'Herbillon tressaillit de révolte. Denise imaginait donc que, la première surprise dissipée, il allait la reprendre comme avant. Il défit brutalement les mains caressantes et, d'une voix dure :

« Écoute, dit-il, tu ne sais donc pas combien il t'aime ? »

---

1. *Infime* : minime.

L'humiliation assombrit les traits de la jeune femme, mais elle voulut trouver une raison flatteuse à ce refus.

«Tu es jaloux?» demanda-t-elle.

Un sourire insultant crispa le visage d'Herbillon. Denise ne voulait donc pas comprendre qu'une honte atroce, pareille à celle d'un inceste brusquement révélé, qu'un sentiment unique fait de respect et de pitié, de fraternité d'armes, se trouvait à jamais souillé[1], corrompu! Et à l'instant même où il l'apprenait, elle osait le venir tenter de son corps dont il retrouvait avec une étrange haine la forme émouvante sous l'étoffe entrouverte.

Il lui sembla que le fantôme pitoyable de Maury était là qui suivait leur dialogue et tout frémit en lui de fureur indignée : sa jeune loyauté pure encore de compromis, son instinct de camaraderie, exalté par la vie d'escadrille, la fierté qu'il avait des confidences d'un homme supérieur à lui par le raffinement spirituel, sa nature fougueuse qui n'admettait point d'accommodement avec le destin.

«Il s'agit bien de jalousie, cria-t-il. Mais j'aimerais mieux cela, mille fois mieux, tu entends. Comment vais-je retourner là-bas, maintenant?

– Ah! c'est à lui que tu penses! cria Denise. Je ne suis plus rien pour toi! Ignorais-tu, par hasard, que j'avais un mari?»

Herbillon répondit avec sincérité :

«Je le croyais à l'arrière.

– Pourquoi?

– Son âge.

– Qui te l'avait dit?»

Il ne trouva point de parade[2]. Triomphante, elle reprit :

«Alors, sur une simple supposition que tu n'as même pas contrôlée et qui d'ailleurs n'excuse rien, tu t'absous[3], et moi, tu me condamnes parce que le hasard t'a jeté sur Claude.»

1. ***Souillé*** : sali.
2. ***Parade*** : défense, riposte.
3. ***Tu t'absous*** : tu te pardonnes, tu te trouves des excuses.

Un élan de rancune sourde lui fit négliger de poursuivre son avantage[1].

« Pourquoi est-il entré dans l'aviation ? s'écria-t-elle.

– Tais-toi ! dit Jean. C'est pour te plaire.

– La belle trouvaille ! »

Jean ne devina point que seul un amour primitif, éperdu[2] et dont il était l'objet pouvait expliquer chez Denise cette révolte contre une décision qui menaçait de l'éloigner d'elle. Il y vit une cruauté qui l'exaspéra.

« Vraiment, je ne te connaissais pas, dit-il avec froideur.

– Oui, parce que je riais pour te faire rire, parce que je ne voulais pas qu'une ombre t'effleurât, tu t'es imaginé que, comme toi, je jouais à l'amour.

– Mais comprends donc enfin ! Ton mari me chérit comme un frère.

– Tu n'y penserais pas si tu m'aimais », dit-elle très bas, en se laissant tomber sur le divan.

Sa colère s'était dissipée. Des larmes embuaient ses yeux. Jamais Herbillon ne l'avait vue pleurant. Il se sentit soudain désemparé, vide. N'avait-il pas été inutilement brutal ? De quoi était-elle coupable ? Il ne savait plus rien, sauf que sa nuque était douloureuse et qu'il ne pouvait pas laisser pleurer cette femme.

Il lui baisa doucement les cheveux puis, sans forces, s'assit auprès d'elle. Ils demeurèrent longuement silencieux. Avec gaucherie Denise referma le peignoir qui glissait, découvrant sa gorge. Ce mouvement de pudeur timide, qui s'alliait si mal à ce que Jean connaissait de sa maîtresse, le bouleversa de pitié pour elle, pour lui et aussi pour Claude.

Lisant dans ses yeux une peine poignante, elle dit, pleine d'un étonnement pensif :

---

1. ***Poursuivre son avantage*** : profiter de sa position de force pour continuer à argumenter.
2. ***Éperdu*** : passionné, exalté.

« Tu l'aimes donc tant ? »

Il hocha douloureusement la tête, voyant qu'elle subissait à son tour l'invisible présence de Claude.

Mais que répondre ? Certes le sentiment qu'il avait maintenant pour Maury ne ressemblait en rien à l'amitié si fière qu'il nourrissait avant de franchir le seuil de ce salon. Il s'y mêlait une répugnance qui la faisait grotesque, difforme. C'était si lourd, si intolérable, qu'il se leva. Denise n'eut pas un geste pour le retenir.

« Tu pars, Jean ? » dit-elle.

Et après une longue pause :

« Pour toujours ? »

Il l'enveloppa d'un regard sans vie, murmurant :

« Je ne sais plus rien. »

Il se retrouva dans la rue. Les passants avaient des visages translucides, les voitures roulaient sans bruit ; il n'entendait que le bourdonnement de ses oreilles. Il allait au hasard parmi des ombres dont il faisait lui-même partie.

Cependant, un vague souvenir lui faisait presser le pas. Il devait déjeuner tôt, il avait un rendez-vous ensuite. Mais avec qui ? Une pensée aiguë le traversa : Denise l'attendait.

Aussitôt la rumeur de l'avenue, suspendue jusque-là par il ne savait quel sortilège, se déversa dans sa tête. En même temps les hommes et les femmes qu'il croisait reprirent une consistance et une couleur charnelle. De se retrouver parmi les vivants il éprouva un allégement si vif, un si complet oubli, que l'idée de rencontrer bientôt sa maîtresse lui fut agréable. Il l'imagina telle qu'elle était hier encore, se complut à ses mouvements harmonieux et faciles, la vit sourire, s'étirer avec une langueur[1] ardente, admira l'insouciance de ses yeux gris.

Cette image lui parut tout à coup très ancienne, la pièce dont il sortait lui revint à la mémoire. Et, au lieu du visage qu'il évo-

1. ***Langueur*** : paresse, indolence.

quait, un autre surgit, anxieux, trouble, qui n'avait avec le précédent qu'une parenté toute formelle. Il voulut l'anéantir. En vain. La vision neuve effaçait la première, s'appliquait sur elle ainsi qu'un masque, immobile d'abord, bientôt vivant. Il sut que jamais plus il ne retrouverait la figure qu'il avait si longtemps vue indélébile et sienne et songea qu'un matin suffit à tuer un visage dont aucune ligne pourtant n'a bougé.

Ses parents lui trouvant un air défait crurent que son départ imminent était la cause de sa tristesse. Pour la dissiper ils simulèrent une gaieté qui n'éclaircissait point leurs regards et lui, pour les rassurer, usa de la même feinte.

Cependant, la pensée de son après-midi vide le terrifiait. Il se sentait incapable de lire. L'heure hypnotique des bars était encore loin. Ses yeux croisèrent ceux de son frère qui suivait tous ses gestes avec admiration.

« Que fais-tu après le déjeuner, Georges ? lui demanda-t-il brusquement.

– Je vais au lycée, tu le sais bien.

– Non, tu restes avec moi. Nous n'avons pas eu le temps de causer et je pars demain. »

Il savait que ce congé imprévu ne pouvait être refusé s'il le demandait et, pour remplacer une présence qui peuplait ses jours, il avait besoin de la tendresse de l'enfant, à lui entièrement dévouée et comme amoureuse.

Malgré les protestations de son père, il emmena Georges au café, lui fit servir des liqueurs, le traita en égal. Il lui parla de Thélis ainsi que d'une légende, sûr que le jeune garçon le comprendrait mieux que personne. Il l'interrogea sur ses professeurs, ses camarades. De tout ce qui faisait la vie de son frère, il était encore si près lui-même que son intérêt n'était point factice[1] et qu'ils riaient des mêmes plaisanteries, avaient les mêmes indignations.

---

1. ***Factice*** : fabriqué, faux.

Quand il ramena Georges, il souffrait moins. Ce commerce enfantin avait allégé le fardeau trop lourd pour lui de sa peine d'homme.

Durant toute la soirée, Herbillon réussit à ne point songer à Denise. Il avait un dîner avec des camarades permissionnaires de sa promotion de Fontainebleau[1]. Venant de leurs batteries camouflées, de leurs abris enterrés, ils écoutaient avec admiration les récits que leur faisait Jean de sa vie libre, pleine de confort et de risque, à l'escadrille. Mille commodités qui, là-bas, lui paraissaient insignifiantes prenaient, comparées au sort de ses anciens camarades, figure de privilèges. Et le danger quotidien et mortel qui en était la rançon lui faisait considérer avec un dédain secret et ravi ces garçons rivés à la terre, ces comptables de tir, comme il les appelait intérieurement et pour qui les hommes de l'air avaient trouvé l'expression générique et hautaine de rampants.

Comme il était naturel, le dîner, malgré les ordonnances de police[2], ne se termina qu'à l'aube et dans l'ivresse.

Pourtant la première image qui passa, au réveil, dans la pensée encore fumeuse d'Herbillon, fut celle de Denise. Le débat qu'il avait réussi la veille à différer s'imposait à lui. Il lui fallait arrêter définitivement sa conduite envers sa maîtresse et envers Claude. Pour celui-ci il avait le temps de réfléchir encore, mais pour Denise il devait agir sans retard.

Ils ne s'étaient pas expliqués ; leur dernière entrevue s'était déroulée en paroles incohérentes, en mouvements instinctifs. Pouvait-il rompre ainsi une liaison dont il subissait toujours le charme empoisonné ? Pourquoi ne point la revoir, et, tendrement, lui dire l'impossibilité de leur amour ?

1. ***Fontainebleau*** : ville du département de Seine-et-Marne, en région parisienne.
2. ***Ordonnances de police*** : décrets du préfet de police. En temps de guerre, un couvre-feu imposait la fermeture des débits de boisson passé une certaine heure.

Mais, par un étrange revirement, les raisons que naguère il estimait irréfutables lui semblèrent sans force, et prévoyant les réponses de Denise il se trouvait, d'avance, désarmé. La situation lui apparaissait sous une face nouvelle, non plus sur le plan de ses rapports avec Maury, mais sous l'aspect où sa maîtresse devait l'envisager.

À ses yeux à elle, en vérité, rien n'était changé. Ce qui pour lui avait été une révélation déchirante servait depuis de longs mois de base à l'existence de Denise. Que son amant et son mari se fussent rencontrés dans la même escadrille, qu'une affection profonde les eût liés, que la pratique de l'équipage eût soudé leurs nerfs en un même faisceau, qu'y pouvait-elle et en quoi cela devrait-il l'éloigner de Jean ? Et comment pouvait-elle partager l'horreur d'une situation qu'elle avait acceptée dès le début et dont lui avait profité sans remords, lorsqu'il n'en connaissait point la victime ? Puisqu'il n'avait pas essayé de pénétrer en sa vie, puisqu'il s'était contenté de son corps et de son rire, qui donc lui donnait le droit d'insulter à un sentiment qu'il venait de voir si vif et douloureux ?

Et pourtant il ne pouvait plus s'y prêter. Cela, il le savait par une conviction intime, plus forte que tous les arguments. Mais dans l'impuissance où il était de la faire prévaloir devant sa maîtresse, et redoutant la souffrance qui l'accueillerait, il résolut de partir sans revoir Denise. Il ne restait d'ailleurs qu'à remplir quelques heures, puis l'escadrille l'absorberait.

Il passa cette dernière journée en compagnie des siens, tout imprégné de la tristesse languide[1] qui suit les renoncements. Mais tandis qu'ils conversaient à mi-voix, parmi les ombres descendantes, celle de la mort se glissa vers Herbillon. Des phrases de camarades résonnaient dans sa mémoire :

« Une escadrille se renouvelle vite. »

« Plus on vole et plus on réduit sa chance. »

---

1. ***Languide*** : mélancolique, faible.

Il avait, en quelques semaines et par une accalmie du front[1], vu disparaître Berthier, Deschamps, Gival. Rien ne justifiait la foi qu'il avait en son corps invulnérable. Un éclat de ces obus qui mouchetaient chaque fois sa route aérienne suffisait pour lui fermer les yeux. Son destin dépendait de l'adresse d'un chasseur allemand, d'une inclinaison – juste par hasard – de mitrailleuse, d'un caprice de moteur.

Combien fragile était sa vie et vaine l'angoisse qui l'étreignait depuis deux jours ! Combien faible était sa chance, jumelée à celle de Maury, d'échapper aux embûches de l'air ! Et leur anéantissement simultané ne viendrait-il point tout résoudre bientôt ?

Alors, un désir profond comme l'instinct de vivre le dressa. Puisqu'il en était ainsi, que rien ne comptait auprès de la mort sans cesse aux aguets, n'avait-il point droit à tout, lui, qui retournait vers elle, et pourquoi refuser du destin une offrande sans doute suprême ?

La nuit venait qui allume, plus vifs et plus rudes, les feux du désir. Elle le ravit vers cette maison que la veille seulement il avait appris à connaître, et hanté par la seule crainte de n'y point trouver Denise.

Lorsqu'elle aperçut sa bouche tremblante, ses fiévreuses paupières, elle se jeta vers lui plus emportée et plus belle que jamais.

1. ***Par une accalmie du front*** : alors que les batailles étaient moins nombreuses qu'à l'ordinaire.

Chapitre II

De nouveau le train roulait[1] Herbillon vers la ligne de combat. Mais il songeait à celui qui s'était embarqué trois mois plus tôt avec un peu d'attendrissement et de dédain comme à quelque frère beaucoup plus jeune et très ignorant.

L'impatience d'arriver ne serrait plus sa gorge d'une angoisse enivrante. Les questions qui lors de son premier départ semblaient essentielles n'existaient plus pour lui. Il savait maintenant que l'on n'étonnait personne à l'escadrille par le courage, car, brave ou non, chacun faisait honnêtement la même tâche périlleuse ; il savait que l'art de regarder valait plus que la témérité[2], que les fantaisies d'une balle folle faisaient un victorieux aussi bien qu'une victime et que la chance régissait les exploits. Le hasard dont il était le sujet passif lui inspirait une crainte dont il n'avait plus honte, sûr de ressaisir dans sa carlingue le sang-froid nécessaire et toute sa volonté de réussir.

Il se laissait cahoter sans mélancolie. Si l'expérience l'avait dépouillé de ses illusions héroïques, elle les avait remplacées par un sentiment de commodité qui n'allait point sans douceur. À la gare de Jonchery l'attendait la voiture marquée du lapin blanc[3], totem de l'escadrille. Dans sa chambre familière, où les murs avaient, par ses soins, perdu leur maussaderie[4], Mathieu l'ordon-

---

1. ***Roulait*** : menait.
2. ***La témérité*** : le courage imprudent, excessif.
3. C'est le même emblème que celui de l'escadrille où Kessel était engagé (voir cahier photos, p. 1).
4. ***Maussaderie*** : mauvaise humeur, mélancolie.

nance aurait allumé la chanson crépitante du poêle à essence. Au réveil, il retrouverait les camarades. Le rire de Thélis animerait le mess ; la face réjouie de Marbot s'étonnerait des dépenses qu'il avait faites en permission ; le capitaine Reuillard, de sa moustache grise, tirerait des réflexions obscènes.

Il retournait dans une famille accueillante et nombreuse, la saine et rude famille des hommes seuls, où des lois élémentaires gouvernaient l'existence sans les charger d'inutiles soucis.

À mesure qu'il approchait du terme de son voyage, les images de Paris dont il vivait si fortement quelques heures plus tôt pâlissaient jusqu'à devenir indistinctes.

Il lui avait fallu un jour pour s'adapter à la permission, le front le reprenait avant qu'il y fût.

Le lendemain, alors que les premiers instants qui suivent le sommeil gardaient encore l'aspirant dans le réseau[1] de leurs songes, Maury pénétra dans sa chambre avec précaution. Par une défense inconsciente, Herbillon referma les yeux, mais à travers les cils mi-clos il observa.

Claude s'était arrêté sur le seuil. De la robe de chambre qui cachait les défauts de son corps émergeait sa tête pensive, ennoblie par la lumière du matin. Il contempla longuement Herbillon. Et ce visage, qui ne se savait pas surveillé, était plein d'une amitié si profonde et si généreuse que son expression fut insoutenable pour l'aspirant. Son remords, abîmé[2] dans les dernières caresses de son amie, ressuscita plus aigu. Il eut envie de crier :

« Vous ne pouvez plus me regarder ainsi. »

Mais, timidement, Maury ferma la porte.

Aussitôt, Jean rouvrit des yeux lucides sur la réalité. Il n'avait même plus pour se défendre l'excuse de l'ignorance, puisque, avant de partir, il avait commis une consciente et suprême trahi-

1. ***Réseau*** : filet.
2. ***Abîmé*** : ici, enfoui.

son. Les sophismes[1] dont il s'était alors étourdi tombaient dans cette chambre aux lignes froides, aux tons sévères de cellule. Ici tout était net, comme la vie de l'escadrille, et cela forçait à juger avec précision et clarté. La situation qui, à Paris, semblait si complexe se réduisait ici à des lignes nues.

Le jeune homme résolut fermement de prier le capitaine de mettre fin à leur équipage et, s'il le fallait, de tout dire à Maury. C'était le seul parti auquel il pût s'arrêter dignement et peut-être même Claude pardonnerait-il.

Il imagina complaisamment[2] cette scène faite de franchise et de noblesse réciproques et pensa qu'elle convenait à la vie qu'il reprenait. N'en voyant pas le côté puéril, livresque et cruel, mais seulement pathétique[3], il se leva délivré et plein de joie de revoir les camarades.

La réception fut celle qu'il avait prévue. Il était désormais celui qui revient occuper sa place à la table et aux luttes communes. On lui présenta les nouveaux arrivés : Narbonne, qui remplaçait Deschamps, et l'aspirant observateur Michel. Il apprit que Neuville avait reçu la croix et qu'aussitôt il avait été réclamé au ministère[4], que Brûlard avait été blessé, qu'à Jonchery Florence était soupçonnée d'espionnage.

Et la journée coula rapidement, dissipée en des habitudes où il s'encastrait[5] avec un automatisme satisfait. Dans sa chambre il disposa des étoffes nouvelles rapportées de permission, rangea des livres, se rendit au terrain, visita les sous-officiers, s'installa dans l'existence qui pour quatre mois allait être sienne, à moins qu'un accident – probable, mais que son instinct n'admettait point – n'y vînt mettre fin.

---

1. ***Sophismes*** : arguments faux ou de mauvaise foi, qui ont l'apparence de vérité mais qui reposent sur une logique erronée.
2. ***Complaisamment*** : avec un plaisir mêlé de faiblesse et de vanité.
3. ***Pathétique*** : ici, émouvant.
4. ***Réclamé au ministère*** : appelé pour occuper un poste au ministère de la Guerre.
5. ***S'encastrait*** : s'insérait, s'emboîtait exactement.

Et quand, en sabots, une vieille vareuse couvrant mal son chandail râpé, il vint s'accouder au bar où le nouvel aspirant officiait, sa première conversation avec Marbot lui revenant à la mémoire, il s'avoua que le gros observateur avait eu raison, que l'essentiel, à l'escadrille, n'était ni les vols, ni les bravoures, ni la peur, ni même la mort, mais le confort et l'art de l'organiser.

Tandis qu'il fumait devant un verre de porto[1], une main, dont il reconnut la pression nerveuse, le toucha.

«Vous buvez seul, mauvais camarade, s'écria Maury. Vous n'avez pas trouvé un instant pour causer avec moi.»

Herbillon esquissa un geste vague, mais le reproche de son ami le pénétra de honte. Il avait en effet évité de se trouver seul avec Maury et cela lui parut d'une insigne[2] lâcheté. Puisqu'il devait avoir avec lui une explication nette, pourquoi user d'aussi pauvres moyens?

Il répondit :

«Je remettais à ce soir notre entretien.»

Sa voix porta la trace de l'effort qu'il faisait pour supporter le regard de Claude et du défi qu'il s'adressait à lui-même. Maury le remarqua mais, connaissant l'acuité[3] maladive et parfois trompeuse de sa sensibilité, n'y voulut point prêter attention.

Des camarades entraient, apportant cette gaieté sans apprêts[4] qui était comme la tonalité de cette grande pièce où vivait l'âme sonore de l'escadrille. Le jeune homme, assailli de plaisanteries, se détourna de Maury.

La table desservie, Thélis demanda :

«Herbillon, tu reprends le bridge?»

L'aspirant hésita. Claude fixait sur lui un regard suppliant. Allait-il différer encore la minute de l'aveu? Il ne voulut point céder à sa faiblesse qui déjà se réjouissait de ce répit.

---

1. ***Porto*** : vin portugais.
2. ***Insigne*** : remarquable.
3. ***Acuité*** : caractère aigu, intensité.
4. ***Sans apprêts*** : sans préparatifs, naturelle.

« Pas ce soir, mon capitaine, dit-il, je vais me coucher tôt. »

Des railleries flatteuses sur l'emploi de sa permission commentèrent cette réponse tandis qu'il s'engageait dans le couloir.

Jusqu'à ce qu'ils fussent dans sa chambre, Claude, malgré l'impatience dont Herbillon le devinait tremblant, ne dit pas un mot, comme s'il n'osait point confier son émotion à des murs étrangers. Mais à peine la porte fut-elle refermée sur eux, avant que l'aspirant ait pu se composer un visage ni affermir sa résolution, Maury demanda :

« Comment trouvez-vous Hélène ? Comment vous a-t-elle parlé de moi ? »

Devant ces yeux agrandis, devant ce corps tendu au point qu'un mot imprudent pouvait, semblait-il, le briser, le jeune homme sentit que jamais il n'aurait la force inhumaine de parler. Les phrases qui, lorsqu'il était seul, lui avaient paru si nobles, si aisées, sa voix maintenant se refusait à les dire. Non, à un amour pareil mieux valait mentir, mentir avec ténacité, ruse et patience, mentir comme une femme éperdue, plutôt que de laisser filtrer, fût-ce goutte à goutte, la vérité.

D'un coup il perçut de quelle impalpable[1] matière étaient faits tant de silences qu'il avait jusque-là estimés ignominieux[2]. Un immense mépris, une tristesse amère de la vie emplirent son cœur, cependant qu'avec prolixité[3], avec une manière de rage et d'enivrement dans le dégoût qu'il prenait de lui-même, il disait à Maury les vertus de sa femme et l'amour qu'elle avait pour lui.

Lorsqu'il eut terminé, le regard attentif de Claude était nuancé de surprise.

« Elle m'aime tellement ? demanda-t-il.

– Puisque je vous l'affirme », cria Herbillon.

La dureté de l'intonation frappa Maury. Et il se rendit compte que les paroles de l'aspirant ne lui donnaient point la joie qu'il

---

1. ***Impalpable*** : immatérielle, qu'on ne peut pas toucher.
2. ***Ignominieux*** : déshonorant, honteux.
3. ***Prolixité*** : abondance verbale.

était en droit d'attendre d'elles et Jean devina chez Claude une étrange incrédulité.

Ils n'auraient su préciser la nature de leurs sentiments mais ce n'était pas en vain que des heures de vol partagées leur avaient communiqué un secret pouvoir de pénétration mutuelle.

Inconsciemment presque, Maury murmura :

« Vous ne me cachez rien ? »

Une envie furieuse de sincérité s'empara d'Herbillon. Trop tard : la certitude de son impuissance à parler s'était trop fortement fixée en lui.

« Votre maladie de douter s'étend donc jusqu'à moi ? » demanda-t-il avec un sourire forcé.

De tout autre l'argument n'aurait point porté[1]. Mais Claude avait de la franchise d'Herbillon et de son amitié une idée si haute que la sérénité lui revint.

« Maintenant, dit-il affectueusement, parlez-moi de votre amie. »

Jean se leva d'un bloc. Il avait pu, en ses propos, construire d'Hélène Maury une image abstraite et vide. La mêler à celle de Denise, qui pour lui demeurait vivante, chaude encore de trahison et de volupté, dépassait ses forces.

« Excusez-moi, dit-il, je suis vraiment exténué. »

Il sortit brusquement et Maury soudain eut très froid.

---

1. ***De tout autre l'argument n'aurait point porté*** : si une autre personne avait utilisé cet argument, Maury ne l'aurait pas pris au sérieux.

Chapitre III

«Un couvert supplémentaire!» s'écria Herbillon.

L'aspirant Michel, son cadet, qui surveillait l'ordonnance de la table continua, sans répondre, à mettre en place des coupes de champagne.

«Un invité de marque? demanda Herbillon.

– Je ne sais rien. Ordre du capitaine.

– Alors, prenons un verre, en attendant.»

Ils burent et Michel demanda :

«Tu voudrais bien connaître la raison de ces apprêts?

– Tu l'ignores toi-même.

– Pas tout à fait, seulement Thélis m'a défendu de parler.

– Une surprise?

– Pour quelques-uns.»

Une timide silhouette s'encadra dans la porte; une voix méridionale salua les jeunes gens. C'était Virense.

«Le capitaine m'a fait demander, dit-il.

– Vous déjeunez avec nous», répondit Michel.

Herbillon et le pilote le regardèrent avec le même étonnement : les sous-officiers mangeaient toujours à leur mess particulier. Michel, cependant, continuait, impassible :

«Le capitaine m'a recommandé de forcer les portions[1]. Il paraît, mon vieux, que vous avez un rude estomac.»

Thélis qui entrait entendit la phrase.

---

1. ***Forcer les portions*** : verser de plus grandes doses qu'à l'ordinaire.

«Ne troublez pas ce garçon, cria-t-il. Virense est comme une fille rougissante. Servez-nous du porto dans les grands verres. Herbillon paiera.

– Tu carbures du mystère ce matin, mon capitaine», dit le jeune homme.

Thélis ne répondit qu'en lui meurtrissant l'épaule. La pièce peu à peu s'emplit et Jean crut voir sur tous les visages, sauf sur celui de Claude, un air de conspiration joyeuse.

«Allons, un quadrille de luxe», cria Thélis.

Tandis qu'emportés par un rythme burlesque[1] bottes et sabots martelaient les planches, Herbillon songeait à la danse qui l'avait accueilli. La moitié de ceux qui l'exécutèrent avaient déjà disparu. Il le constata sans mélancolie; au contraire, cette pensée lui fit goûter plus âprement[2] l'allégresse qui animait tous les corps, et comme, à bout de souffle, Marbot implorait grâce, il réclama une nouvelle mesure.

Puis le repas commença. C'était l'heure qu'ils aimaient entre toutes. Appétits sains, dents brillantes, gaietés sonores, ils rapportaient du ciel périlleux une faim de nourriture et de rire, une amitié rude, un besoin de vivre chaudement que contentait la table autour de laquelle, coude à coude, ils dévoraient et criaient en même temps.

Le capitaine fit asseoir près de lui Virense et plaça Herbillon près de Maury, maintenant pilote le plus ancien. La cave de l'escadrille contenait quelques vins de choix. Thélis ordonna de les faire monter tour à tour.

«Quel est donc le mécène[3]? demanda Jean.

– Bois!» fut la seule réponse qu'il obtint.

Les verres se vidaient dans le bruit; la boisson attisait la joie coutumière. Il semblait à Herbillon que les regards se posaient

---

1. *Burlesque* : comique et déroutant.
2. *Âprement* : ici, brutalement.
3. *Mécène* : bienfaiteur. Au sens propre, un mécène est une personne riche et généreuse qui finance des artistes.

sur lui, Claude et Virense avec un attendrissement narquois[1]. Cela ne laissait point de l'intriguer, car il pensait que Thélis ménageait à ses dépens quelque énorme plaisanterie[2] ; mais les cris, le vin et cette gaieté plus exaltée encore qu'à l'ordinaire ne lui laissaient ni le temps ni le moyen de deviner.

Quand le champagne, en bouillonnant, s'étala dans les coupes, le tumulte, d'un coup, tomba ; les regards se portèrent sur le capitaine qui, debout, appelait :

« Maury, Herbillon, Virense, approchez, verre en main. »

Ils obéirent.

« Trinquons », dit Thélis.

Posant sur la table sa coupe épuisée[3], il tira de sa poche trois feuilles, en prit une au hasard et lut : « Citation à l'ordre de l'armée[4] : Herbillon Jean Pierre, aspirant observateur à l'escadrille 39. Le 15 mars, sous un feu violent des batteries antiaériennes, mène à bonne fin un réglage difficile. Le 26, de concert avec son pilote, abat un *Drachen*[5]. Le 2 avril, assailli par deux avions, repousse l'attaque et termine sa mission. »

Thélis avait à peine achevé que Marbot clama :

« Allons, vous autres, un ban[6] à faire trembler la baraque. »

Pendant que la vaisselle résonnait, le capitaine fixait maladroitement une croix sur la vareuse d'Herbillon. Il lui piqua fortement la poitrine, et, tout à coup, Jean pensa :

« Je n'ai jamais eu si mal pour l'obtenir. »

---

1. ***Narquois*** : moqueur.
2. ***Ménageait à ses dépens quelque énorme plaisanterie*** : préparait une mise en scène pour se moquer de lui.
3. ***Épuisée*** : vide.
4. ***Citation à l'ordre de l'armée*** : honneur rendu à un militaire ou à une unité qui se sont distingués par une action courageuse.
5. ***Drachen*** : ballon allemand de forme allongée, appelé plus grossièrement « saucisse », déployé au-dessus des lignes de front pour surveiller les mouvements de l'ennemi et régler les tirs d'artillerie.
6. ***Un ban*** : des applaudissements ou bruits rythmés précédant la remise d'une décoration.

Maintenant Thélis lisait la citation de Virense et l'aspirant regagna sa place. Dans une sorte d'engourdissement il vit tous les camarades venir heurter leurs coupes contre la sienne. Il répondit machinalement aux félicitations, comme détaché du groupe amical qui l'entourait et avec un sentiment étrange de solitude.

C'était donc là ce dont il avait rêvé ainsi que d'une merveilleuse récompense ! Ce qu'il avait considéré avec un désir religieux sur l'uniforme des autres ! Thélis, son chef et son camarade adulé, le décorait de sa main et aucune fierté ne lui venait, pas même une émotion ! Était-ce la surprise qui tuait la joie lorsqu'elle aurait dû l'accroître ?

Un instant d'examen loyal[1] suffit à lui donner la raison de son étonnante indifférence : il ne méritait point cette croix ou, du moins, il n'avait, pour la conquérir, rien accompli de rare. Il se rappela les termes de la citation. Certes, ils exprimaient des faits réels, mais ils supposaient un effort décisif, une intervention active du courage qui n'avaient point joué. En les pesant, il eut l'impression d'une tricherie de sa part.

Il avait bien achevé un réglage alors que les flocons noirs[2] le serraient de si près qu'il lui avait semblé pouvoir les cueillir ; mais ils lui paraissaient tellement inoffensifs qu'ils ne le troublaient point. Il avait bien, avec Maury, mis le feu à un ballon captif, mais le ciel était alors net de tout ennemi et cela ne fut qu'un exercice de tir à la cible. Il avait bien été mitraillé par deux chasseurs allemands, mais d'une maladresse surprenante et ils avaient sans raison abandonné le combat, lui laissant le champ libre pour finir sa reconnaissance.

En ces occasions il avait eu la chance d'être inaccessible à la peur comme aux éclats et aux balles, mais chacun de ses camarades sur le vaste front en faisait autant à chaque sortie. À ce

---

1. ***Instant d'examen loyal*** : moment passé à réfléchir sincèrement.
2. ***Flocons noirs*** : fumées noires formées par les tirs d'obus ennemis.

compte ne devait-on pas les décorer tous et tous les jours ? Où était le mérite singulier, l'acte éclatant qui le désignait ? Il tourna des yeux chargés d'inquiétude vers les visages familiers, pour y trouver une explication, et n'y découvrit qu'une affection paisible.

À ce moment, Claude revenait avec sa décoration. Et Jean découvrit sur ce visage sensible l'indifférence douloureuse qui était la sienne. Il pensa : « Lui, saurait me dire. »

Jamais depuis son retour il ne s'était senti si près de Claude, ni aussi privé de ne pouvoir se confier à lui. Percevant cet élan confus, Maury espéra que l'incompréhensible malaise, qui s'épaississait entre eux chaque jour davantage, allait fondre enfin en cette heure qui, aux yeux de l'escadrille réunie, donnait ses lettres de noblesse à leur équipage.

« Cette croix, dit-il à mi-voix, n'a pour moi que la valeur d'avoir été reçue en même temps que la vôtre. »

Avant que le jeune homme pût répondre, Thélis cria :

« Maury, Herbillon, vous n'avez pas honte ? Vous avez oublié de trinquer. Et puis, lorsqu'on décroche une palme ensemble, il est d'usage ici de s'embrasser ! »

Claude se pencha vers l'aspirant. Toute la tendresse qu'il nourrissait pour Herbillon était dans l'inflexion[1] de son grand corps malingre. Mais le jeune homme ne bougeait pas.

L'eût-il voulu, que le geste demandé par Thélis eût été pour ses forces impossible. Ses membres refusaient d'obéir. Il ne donnerait point sous le regard du capitaine, en face de ses camarades, ce baiser de Judas[2]. Jusque-là sa lâcheté ne s'abaisserait point.

« Tu dors ? » cria Thélis.

---

1. ***Inflexion*** : attitude penchée.
2. ***Baiser de Judas*** : baiser de traître. Dans le Nouveau Testament, Judas trahit le Christ contre un peu d'argent. Il désigne Jésus aux soldats venus l'arrêter en lui donnant un baiser.

Herbillon, obstinément, regardait la table.

«L'animal est ivre! dit le capitaine stupéfait. Secouez-le.»

Mais Claude s'était rejeté en arrière, évitant de frôler le jeune homme. Il dit dans un sourire contraint[1] :

«N'insistez pas, je vous en prie, mon capitaine. Je sais qu'Herbillon n'aime pas les tendresses publiques.

– L'enfant est fou, ma parole», grommela Thélis.

Puis, remarquant la gêne qui avait suivi l'incident, il cria :

«La séance est levée. Qui m'accompagne à la nouvelle batterie de 105[2] ?

– Moi, fit Jean, arraché à sa torpeur affreuse par la crainte de se retrouver seul avec Maury.

– Bébé se réveille, dit le capitaine. Bébé veut montrer sa croix aux artilleurs! Enfin, comme je n'ai rien à te refuser aujourd'hui, je t'emmène.»

Jean jeta sur ses épaules une peau de bique, s'assit à côté de Thélis :

«Ramasse tes esprits, lui dit le capitaine. Je suis plus dangereux en voiture qu'en avion.»

L'air brutal se refermait sur leurs visages, l'automobile dansait sur la route défoncée. La vitesse qui, toujours, enivrait Herbillon chassa les troubles souvenirs, les remords. Thélis irradiait vers lui sa joie de vivre.

Par un bizarre changement d'humeur il goûta enfin le plaisir de sa décoration. Son imagination qui se plaisait aux visions théâtrales lui peignit sous les plus glorieuses couleurs cette course démente, où, jeunes, braves, élégants, deux aviateurs roulaient vers les lignes. Et pour qu'on la vît, il dégagea sa poitrine à la place où pendait la croix.

Sans souci des trous d'obus, des ponts branlants, des virages meurtriers, le capitaine poussait la voiture à la limite de sa puis-

1. ***Contraint*** : forcé.
2. ***Batterie de 105*** : canon qui tire des obus de 105 millimètres de diamètre.

sance. Jonchery, encore vivant, Cormicy[1], ravagé, s'évanouirent à leurs yeux. Mais à un croisement de routes, Herbillon heurta du front le pare-brise. Thélis freinait furieusement.

Un piétinement sans cadence animait le chemin camouflé qui venait des tranchées toutes proches.

«Une relève[2]», dit le capitaine.

Les soldats passaient lentement. Leurs souliers difformes se posaient avec peine sur la terre dure. Le chargement pliait les dos. Toutes les faces, si disparates fussent-elles, portaient la même empreinte, on eût dit le même maquillage atroce et fraternel. Parmi la barbe qui rongeait la peau, les mêmes yeux s'ouvraient, immenses.

Et il parut à Herbillon que ces yeux touchaient d'une haine jalouse leur automobile, leurs fourrures, leurs visages nets, bien nourris et tranquilles. Il songea brusquement au repas dont il sortait, au champagne… De sa main crispée, insensiblement, de peur que Thélis le remarquât, il cacha sa croix toute neuve.

---

1. *Cormicy* : village de la Marne, en partie détruit pendant la Grande Guerre.

2. *Relève* : unité qui vient remplacer une troupe de poilus dans les tranchées.

Chapitre IV

Ils sautèrent en même temps de l'avion posé près des hangars. À voir la vibration qui parcourait leurs corps que la sécurité ne réussissait pas à détendre, Marbot comprit tout de suite.

«Un coup dur? demanda-t-il.

– Cette fois, dit Herbillon, je crois bien que j'ai eu peur.

– Il n'y a pas de quoi te vanter», fit paisiblement le gros homme.

Jean et Maury parlèrent en même temps. Ils avaient été surpris par deux chasseurs, singulièrement habiles et tenaces. La mitrailleuse de Claude avait été faussée par une balle; celles de l'aspirant n'avaient pu servir, les ennemis se tenaient toujours sous l'appareil. Ils avaient entendu siffler les balles incandescentes[1] et c'était pur miracle qu'ils n'eussent point brûlé en l'air.

Marbot s'approcha de leur avion.

«Belle écumoire, remarqua-t-il. Vingt-huit trous dans le fuselage.

– J'ai mal au bras», dit soudain Maury.

Herbillon voulut défaire la combinaison de son pilote, mais s'arrêta. La manche était déchirée à la place que montrait Claude et la fourrure roussie.

«C'est le vent de la balle qui vous a meurtri, dit Jean.

– Et toi-même, ton chandail est à jour», remarqua Marbot.

Jean regarda son torse. À sept endroits différents chandail et vareuse étaient percés.

---

1. ***Incandescentes*** : chauffées à blanc, brûlantes.

Il aspira l'air avidement. Claude avait eu le même réflexe. Ils se regardèrent avec une impression hallucinante d'identité. La tension terrible qui venait de fondre comme en un alliage[1] leurs craintes et leurs espérances persistait en eux. Il leur semblait qu'au geste de l'un devait continuer à répondre le mouvement complémentaire de l'autre. Le danger dont ils sortaient, plus pressant que tous ceux qu'ils avaient jusque-là courus ensemble, rendait plus étroite encore qu'à l'ordinaire la communauté de leur instinct de vivre.

«Mais comment vous êtes-vous endormis ? s'écria Marbot. Vous avez pourtant bon œil tous les deux, il me semble.»

De nouveau, ils croisèrent leurs regards, mais pour les détourner aussitôt, cette fois. Le songe qu'ils poursuivaient, là-haut, sous le ciel pâle, au moment où crépitèrent les premiers coups de feu, revint les visiter.

Maury pensa :

«Pourquoi les lettres d'Hélène cachent-elles une anxiété depuis le retour d'Herbillon, changé ?»

Et Jean :

«Claude me soupçonne-t-il déjà ?»

C'était la hantise qui souvent assoupissait aux heures de vol l'acuité de leur attention et de leurs sens. Mais comment l'avouer à Marbot ? Tous deux répondirent par une vague défaite[2].

Ils se dirigèrent vers leur baraque, échangeant quelques machinales réflexions sur leur combat. L'émotion pareille dont il avait chargé leur corps se dissipait difficilement. Mais cette communion d'espèce mécanique, loin d'apporter un apaisement au malaise qui s'emparait d'eux lorsqu'ils se trouvaient ensemble, ne faisait que l'accroître, car elle les rendait plus pénétrants pour des mouvements de leurs âmes qu'ils auraient voulu tenir secrets.

---

1. ***Alliage*** : mélange de métaux.

2. ***Une vague défaite*** : un air un peu abattu, las.

Un écrivain dans la Grande Guerre : les sources biographiques

Avec *L'Équipage*, Kessel puise largement dans son expérience personnelle. L'écrivain a dix-neuf ans lorsqu'il est affecté comme observateur à l'escadrille SOP 39, basée à Jonchery, près de Reims. C'est alors qu'il se noue d'amitié avec le capitaine Jean Joseph Thélis Vachon et qu'il apprend que sa maîtresse de l'époque, déjà fiancée à un soldat qui risque sa vie en première ligne, le trompe avec son frère adoré, Lazare. Le front de la Marne, l'armée de l'air, l'amitié virile, la trahison amoureuse : tous les sujets traités dans *L'Équipage* ont une origine autobiographique qui confère au roman sa valeur documentaire et réaliste.

◀ Portrait de Joseph Kessel en juillet 1918. Il vient d'être décoré de la Croix de guerre, pour les mêmes raisons qu'Herbillon dans *L'Équipage*. Kessel a-t-il ressenti alors l'« étonnante indifférence » (p. 154) de son personnage au moment de recevoir sa récompense ?

▼ **Le capitaine Jean Joseph Thélis Vachon, commandant l'escadrille SOP 39.**
Le capitaine Thélis Vachon devient Gabriel Thélis dans le roman. Sa jeunesse, son élégance, son tempérament et sa destinée tragique se prêtent à merveille à l'idéalisation héroïque. Comme le personnage du roman, le véritable Thélis est mort au combat. Kessel veillera son corps et s'occupera de son cercueil.

Combattre dans l'armée de l'air pendant la Première Guerre Mondiale

Les tranchées, les longues heures de veille dans la boue, la vermine, les paysages dévastés : telles sont les représentations communes de la Première Guerre mondiale. La réalité décrite par *L'Équipage* semble bien loin de ces images cauchemardesques. De fait, le quotidien des aviateurs n'a rien de commun avec celui des fantassins, et les avantages matériels des pilotes étaient réels.

▲ Carte postale de guerre : « Védrines sur son Blériot descend un *Taube* à coups de mitrailleuse ». Les *Taube*, « pigeons », ainsi nommés à cause de la forme de leurs ailes et de leur queue, sont les premiers avions militaires allemands ; ils faisaient face aux *Blériot*, monoplans français. Jules Védrines (1881-1919), aviateur français, s'est distingué dans des missions extrêmement périlleuses pendant la guerre. Cette illustration assez peu réaliste donne une idée du culte dont les aviateurs pouvaient faire l'objet.

◀ Illustration de *L'Équipage* par Constant Le Breton, Gallimard, coll. « NRF », 1925. L'atmosphère du mess décrite par Kessel est chaleureuse et fraternelle. S'ils mènent une vie risquée, les pilotes ont aussi le privilège de vivre des moments agréables.

Un pilote français abattu. La mort menace sans cesse les aviateurs tout autant que les fantassins : lorsque la guerre commence, l'armée de l'air n'en est encore qu'à ses balbutiements, les avions sont fragiles, le risque d'accident est très important et les pilotes sont extrêmement exposés.

« Les Alliés », carte postale de propagande de la Première Guerre mondiale. Les avions nous sont présentés comme des gardiens efficaces veillant sur les forces alliées, mais on peut noter le contraste entre l'imposant zeppelin allemand et le biplan qui le met en échec, fragile et dérisoire.

L'as de l'aviation, un chevalier moderne

Entre les deux guerres, l'aviation prend son essor à la faveur de progrès technologiques spectaculaires. C'est l'époque des premières traversées de l'Atlantique et de l'aventure de la Compagnie générale aéropostale, qui assure la livraison du courrier par avion entre Europe et Amérique. Les pilotes prennent alors la dimension de héros nationaux. L'iconographie qui les célèbre présente une grande homogénéité : le blouson et le casque de cuir ainsi que les lunettes de vol font de l'aviateur une figure archétypale, qui rappelle celle du chevalier en armure ; le regard d'aigle suggère la vaillance et le sens de l'honneur ; l'avion, comme le cheval, apparaît comme un compagnon que l'on a dû apprendre à maîtriser pour dominer les éléments.

◀ Timbre-poste américain de 1998, représentant Charles Lindbergh (1902-1974). Surnommé « l'aigle solitaire », Lindbergh est le premier à relier New York à Paris en solitaire et sans escale. Il réalise ce trajet en 33 heures et 30 minutes, entre le 20 et le 21 mai 1927, à bord de son avion, le *Spirit of Saint Louis*. Figure controversée en raison de ses prises de position pendant la Seconde Guerre mondiale, il est finalement réhabilité dans la légende nationale de l'aviation américaine.

▶ Timbre français de 2000 à l'effigie d'Antoine de Saint-Exupéry (1900-1944), héros de l'aéropostale.
Dès 1940, Saint-Exupéry œuvre pour la Résistance ; il meurt en 1944 lors d'une mission de reconnaissance en vue du débarquement allié en Provence (août 1944). Les causes de sa disparition n'ont jamais été élucidées.

◀ Couverture de Saint-Exupéry, *Vol de nuit*, LGF, coll. « Le Livre de poche », 1953.
Également écrivain, le pilote raconte dans *Vol de nuit* la vie d'un chef d'une compagnie aéropostale. Dès sa sortie en 1931, ce roman connaît un succès considérable et sera l'un des premiers à paraître au format poche, en 1953.

▼ Extrait de la bande dessinée *Mermoz*, de Micheluzzi, éditions Mosquito, 2013, adaptée de la biographie que Joseph Kessel a écrite peu après la mort du célèbre pilote, autre légende française de l'aéropostale.
Kessel a noué une grande amitié avec Jean Mermoz (1901-1936) et retrace son existence à partir de ses propres souvenirs. Il décrit un homme et un ami hors normes, passionné, toujours en quête d'aventure et de dépassement de soi.

Du roman au film

L'Équipage a inspiré trois films : l'adaptation de Maurice Tourneur, en 1928, à l'époque du muet ; celle d'Anatole Litvak, sortie en 1935, et dont Joseph Kessel a rédigé en partie le scénario ; enfin, le remake américain qu'Anatole Litvak fait de son propre film en 1937, intitulé *The Woman I love*.

◀ Affiche du film de Maurice Tourneur par Bernard Becan, 1928.
Le piano, le gramophone, la posture de l'aviateur au premier plan, la gaieté apparente des personnages au second plan évoquent le fameux « quadrille de l'escadrille » qui accueille Herbillon à son arrivée et qui, plus tard, salue son obtention de la Croix de guerre. La tête de mort qui plane au-dessus de l'assemblée suggère l'aspect à la fois éphémère et cathartique de cette danse : les pilotes savent qu'ils peuvent mourir le lendemain.

▶ Affiche du film d'Anatole Litvak, 1935, par Jean-Adrien Mercier.
Annabella (dans le rôle d'Hélène Maury), Jean Pierre Aumont (dans le rôle de Jean Herbillon) et Charles Vanel (dans le rôle du lieutenant Claude Maury) sont des acteurs très populaires.

▲ Extrait du film de Litvak (1935), avec Annabella dans le rôle d'Hélène Maury et Charles Vanel dans le rôle du lieutenant Maury. L'absence de réciprocité des sentiments est évidente : Hélène tourne le dos à son mari ; son visage est fermé, son regard est fixe et froid, tandis que celui de Maury, observant la jeune femme avec insistance, exprime à la fois le doute et la sollicitude.

▼ Extrait du film de Litvak (1935). Hélène Maury (Annabella) patiente dans le couloir pendant que les hommes évoquent leur prochain départ au front.

Échos mythologiques et légendaires

Deux thèmes importants de *L'Équipage* évoquent certains textes fondateurs de la culture occidentale. L'ivresse du vol et le désir d'héroïsme qui lui est associé fait écho à un épisode de la mythologie grecque, celui de la chute d'Icare. Quant au thème de la double trahison, amoureuse et amicale, il rappelle un volet célèbre de la légende arthurienne : l'amour sans bornes que voue Lancelot, ami et champion du roi Arthur, à Guenièvre, la femme du souverain.

◀ Carlo Saraceni (1579-1620), *La Chute d'Icare*, 1607, huile sur toile, musée national de Capodimonte, Naples. La fascination pour l'inconnu et le désir de transcendance précipitent le jeune héros vers la mort.

▼ Dante Gabriel Rossetti (1828-1882), *La Tombe d'Arthur*, 1855, aquarelle, British Museum, Londres. Ce tableau illustre un passage du livre XXI de *Le Morte d'Arthur* de Thomas Malory (v. 1405-1471) : la reine Guenièvre s'est retirée dans un couvent après la révélation de ses amours adultères avec Lancelot, lorsqu'elle reçoit la visite de ce dernier. Quand il la prie de l'embrasser, Guenièvre refuse. Le peintre a choisi de placer cette scène sur le tombeau d'Arthur pour en souligner le caractère dramatique et illicite.

C'était l'heure des lettres. Au mess les enveloppes décoraient la table de leurs couleurs vives. Dès la porte, ils distinguèrent celles qui leur appartenaient, et Herbillon serra ses mâchoires pour ne rien laisser transparaître du trouble qui l'agitait; il y avait – et presque côte à côte – deux lettres de Denise, l'une pour Claude, l'autre pour lui. La sienne avait beau être d'une écriture déformée et d'un papier différent, il pensa que Maury ne s'y tromperait point. Un mouvement rapide le porta vers la table avant son compagnon. Il saisit sa lettre, s'écriant :

«Cela fait plaisir en venant du danger.»

Puis, pour se débarrasser de cette enveloppe qui crispait ses doigts, il l'ouvrit, la froissa brutalement, la jeta sous la table.

Il allait passer dans sa chambre lorsque Maury le retint.

«Vous n'avez pas envie de vous réchauffer un peu?» dit-il en montrant le bar.

Puis, avec une ironie triste :

«Vous devenez bien sobre en ma compagnie.»

Une mélancolie profonde s'empara du jeune homme. Il fallait que son compagnon désespérât vraiment de leur amitié pour vouloir la ranimer par des moyens si grossiers et qui lui répugnaient naguère, mais il n'eut pas la force de repousser ce misérable appel.

Cependant leur joie de la mort évitée, devenue inconsciente, accordait quelque répit à leur gêne mutuelle. Le vin qu'ils burent avait une saveur plus vivante que de coutume; les meubles primitifs du mess leur donnaient une singulière sécurité domestique.

Maury, qui avait jusque-là retardé la lecture qui suffisait à changer pour lui la tonalité de la lumière, ouvrit la lettre de sa femme. Herbillon, noyé d'un bien-être animal, rêvait.

Sentant le regard de Claude appuyé sur son visage, il releva le front, et ne put réprimer un tressaillement. Les traits de Maury portaient un tel effroi mêlé à tant de désir de savoir, qu'il dit malgré lui :

« Vous avez de mauvaises nouvelles ?

– Pourquoi me demandez-vous cela ? cria presque Maury.

– Vous avez l'air si défait. »

Claude sauta de l'escabeau qui le soutenait et se mit à marcher à travers le mess. Jean connaissait bien ces promenades d'automate mal construit et qui avaient pour but de dompter une émotion trop vive. Lorsque Maury s'arrêta, il avait réussi à tendre de calme son visage.

« Vous vous trompez, dit-il. Simplement, les balles m'ont énervé. »

Il reprit la lecture de sa lettre mais artificiellement et trop vite, ainsi qu'on le voit faire au théâtre par de mauvais acteurs qui feignent trop grossièrement de découvrir une phrase qu'ils connaissent déjà. Et, brusquement, il dit :

« Hélène me demande de vos nouvelles. »

Herbillon mit très longtemps à faire glisser la gorgée de vin qu'il avait dans la bouche.

« Votre femme est très aimable, murmura-t-il enfin.

– Le mérite vous en revient tout entier. À l'ordinaire mes amis ne comptent guère pour Hélène.

– Oh ! c'est pure politesse, dit le jeune homme en serrant son verre à le briser.

– Non, je vous assure, insista Claude. Elle met à ses questions un intérêt dont je suis ravi puisque vous en êtes l'objet. »

Il avait appuyé sur les dernières paroles avec tant d'amertume que Jean sortit sans répondre. Les yeux de Maury erraient comme hébétés[1] à travers la pièce.

Absorbé par les travaux et les jeux quotidiens, Herbillon ne put, jusqu'au soir, réfléchir comme il l'eût désiré à cette conversation. Sa valeur tragique lui apparut seulement lorsqu'il fut seul dans sa chambre et que la nuit profonde isola la baraque. Depuis son retour il n'écrivait plus à Denise bien qu'elle continuât à lui

1. ***Hébétés*** : abrutis, sonnés.

adresser des lettres pleines d'une fervente soumission. À bout de patience elle avait voulu recevoir de ses nouvelles par Claude.

Était-ce un calcul de sa part pour l'obliger à répondre ou simplement la marque d'une intolérable anxiété ? Herbillon haussa les épaules. Que lui importait de savoir ce qui avait gouverné ce mouvement ? Il n'avait pas à s'en indigner, à s'en irriter même, alors qu'il persistait à partager le sort de Maury, accepter son amitié agonisante et qu'il n'avait même pas cette audace en sa lâcheté de rassurer complètement la confiance de son camarade.

Ce qui comptait maintenant, c'était le soupçon qu'il avait surpris ce matin dans le regard de Claude. Jusque-là ses réticences et sa froideur, son refus surtout d'étreindre Maury le jour de leur décoration les avaient enveloppés d'une sourde et perfide[1] méfiance. Mais désormais elle allait cerner dans l'esprit de Claude un doute précis et se résorber[2] en lui comme en un dur noyau.

Son silence n'avait servi de rien. La logique des passions dont sa jeune tête ignorait encore et la force et le poids l'entraînait vers le point fatal[3] qu'il voulait éviter. Une révolte le saisit contre le pas inflexible[4] d'une démarche qu'il se croyait encore maître de mener à sa guise.

Claude ne saurait que si lui, Jean Herbillon, le permettait. Maury pouvait soupçonner, suivre la piste juste, – privé de ses paroles, il ne trouverait rien !

Mais alors, il fallait joindre la simulation au silence. Il fallait vaincre le malaise né de son revirement, capter de nouveau, insensiblement, la tendresse effarouchée de Claude, reprendre les longues causeries, écouter les confidences, en inventer. Il fallait renouer la correspondance avec Denise, disposer artificiel-

1. ***Perfide*** : sournoise.
2. ***Se résorber*** : se réduire.
3. ***Fatal*** : marqué par le destin.
4. ***Inflexible*** : ferme, implacable.

lement les rets de la duperie[1] pour endormir une douleur près de se connaître. La trahison devait être parfaite en son ignominie.

Mais était-il capable de cette feinte incessante, odieuse ? Et l'essayât-il[2], Claude sans doute ne s'y laisserait pas prendre. Ils s'étaient livrés trop entièrement l'un à l'autre, leur équipage avait fait de leurs réactions un alliage trop sûr pour qu'un mensonge aussi lourd ne fût pas dépisté. Cette cohésion maudite ne permettait certes pas à Claude d'apprendre un fait matériel, mais sur une vérité intérieure, il ne pouvait se tromper.

Alors, que faire ? Le jeune homme enfouit sa tête dans ses paumes, cherchant un compromis inaccessible entre la dissimulation complète et l'aveu.

Soudain il fut atteint de l'étrange et nette sensation qu'il éprouvait lorsque, dans sa carlingue, il savait que Maury se tournait vers lui.

« Voilà que je rêve, murmura-t-il. Il faut dormir. »

Il se leva, mais sans parvenir à étouffer en lui cet appel singulier. Il était comme physiquement tiré par Claude et si fort qu'il fit sans en avoir conscience un pas vers la porte. Se reprenant, il commença lentement à se déshabiller. Les gestes machinaux l'engourdirent encore et de nouveau le sentiment obscur contre lequel il se débattait revint avec tant de puissance qu'il ne douta plus. La chambre de Maury exigeait sa présence.

Il traversa le couloir, tourna sans bruit le loquet[3]. Claude penché sur sa table confrontait de ses doigts frémissants deux enveloppes. Dans l'une d'elles, Herbillon reconnut aussitôt celle que, le matin, il avait jetée sous une banquette du mess.

Maury l'accueillit sans étonnement.

« Je pensais que vous viendriez », dit-il.

---

1. ***Rets de la duperie*** : pièges, filets de la tromperie.
2. ***L'essayât-il*** : s'il essayait de jouer cette comédie.
3. ***Le loquet*** : la poignée.

La nuit était fort avancée. Dans l'ombre ne passait aucun souffle. Ils conversèrent très bas, s'attachant davantage aux regards qu'aux paroles.

«Vous avez ramassé mon enveloppe, dit Jean. Pourquoi?

– J'ai cru reconnaître une écriture.

– Celle de votre femme?»

Claude, sans répondre, attendit et l'aspirant était si las qu'il eut la tentation de ne plus se défendre. Mais devant son silence, Maury avec une prière honteuse, qui dégradait[1] son visage, demanda :

«Ce n'est pas vrai, dites?»

Alors Herbillon mentit; avec art, avec douceur, il montra la folie, la puérilité des soupçons. Il n'avait vu Hélène qu'une fois et si peu. Comment Maury pouvait-il admettre qu'une correspondance fût née d'un bref entretien et qui n'avait roulé[2] que sur lui? Et comment soutenir l'hypothèse qu'elle écrivait à un homme dont elle demandait des nouvelles à son mari?

Claude écoutait avec une attention qui gonflait les filets bleus de son front. Il demanda :

«D'où vient alors cet éloignement pour moi que vous avez rapporté de Paris?»

Jean répondit alors, en scandant chaque mot :

«Il y a en vous quelque chose qui repousse. Ne me l'avez-vous pas vous-même avoué?»

Quand Herbillon fut sorti, Claude eut un instant de paix, de délivrance. Ensuite il murmura :

«Il a été trop cruel pour être vrai.»

Cependant les arguments de l'aspirant étaient valables, irréfutables. Jean ne s'était rendu chez Hélène que la veille de son départ. Rien ne pouvait les avoir liés en un temps si court.

Mais avec détresse Claude pensa que ce n'était là que du raisonnement.

1. ***Dégradait*** : enlaidissait.
2. ***Qui n'avait roulé que sur lui*** : où ils n'avaient parlé que de lui.

Pour ne pas briser un équipage qui avait fait ses preuves, Thélis refusa, à Jean qui l'en priait, de lui donner un autre pilote. Et l'aspirant n'ayant pas voulu que le capitaine apaisât le différend que celui-ci supposait entre Claude et lui, Thélis ajouta :

«Vous aurez le temps de vous réconcilier. Nous allons au repos à la fin de la semaine.»

Chapitre V

Les filles du village de Baïes[1] étaient venues, parées, voir arriver les aviateurs. Et chacun d'eux en sautant de carlingue aperçut avec joie leur troupe bariolée, image des jours qui allaient se suivre dans la paresse et la sécurité.

Le village était charmant, fait de maisons basses aux toits économes et penchées ainsi que des petites vieilles.

L'église ancienne s'habillait de lierre. Tout près, un noble parc enveloppait un château dont les fenêtres étaient closes.

Le hasard des billets de logement[2] mena Herbillon dans une grande chambre tapissée de papier à humbles fleurettes ; le bois lourd et poli des meubles sentait la cire fraîche. Abandonnant à Mathieu le soin de défaire sa cantine, l'aspirant s'en fut prendre les instructions de Thélis :

« Vous êtes en vacances, dit le capitaine aux camarades assemblés. J'en profite pour aller en permission. Maury prendra la sinécure[3] du commandement. Amusez-vous et ne faites pas trop de bruit. »

Les soldats emmenèrent des filles dans le grand parc où la chaleur de juillet tenait chaque feuille étalée et immobile. Les avions restèrent enfermés dans les hangars et seuls, les très

---

1. ***Baïes*** : village fictif.
2. ***Billets de logement*** : documents administratifs enjoignant les habitants à loger des militaires.
3. ***Sinécure*** : fonction rétribuée mais qui ne nécessite aucun travail. Maury doit remplacer le capitaine Thélis pendant sa permission.

jeunes pilotes, pour séduire un cœur difficile, exécutaient parfois au-dessus du terrain des acrobaties propres à leur rompre le cou.

Herbillon découvrit vite que Baïes offrait des ressources médiocres à son agrément[1]. Quand il eut traîné ses bottes sur les herbes fléchissantes qui dormaient sous les arbres et qu'il eut essayé en vain de nouer une aventure avec les beautés assez malpropres du village, il se trouva devant la face odieuse de l'ennui. Il tenta de lire, mais s'aperçut que les mois qu'il avait passés dans le désœuvrement lui rendaient fatigant tout livre qui ne fût pas stupide, et regretta la vie mécanique de l'escadrille où les jours se dissolvaient en un cours monotone et rapide.

Maury habitait la maison où s'étaient installés les bureaux. Il signait des papiers, assurait l'ordinaire[2] de la troupe et se promenait longuement dans les allées solitaires du parc. Sa faculté de rêve, de réflexion et le doute qui l'absorbait lui rendaient insensible la fuite du temps. Mais, à force d'examiner sous tous les aspects ses rapports nouveaux avec Jean, il s'arrêta à une explication qui calmait son inquiétude : l'aspirant avait été sensible au charme de sa femme et, intransigeant jusqu'à l'extrême, jugeait qu'un tel penchant ne se pouvait concilier avec les exigences d'une entière amitié.

Maury admettait même qu'Hélène avait, de son côté, subi la séduction de l'aspirant. Mais il n'y avait pas eu de suite à leur rencontre, et ce trouble ne pouvait être que passager. Maury se rassura peu à peu et découvrit aux lettres de sa femme, empreintes[3] pourtant d'une tendresse égale, un accent plus profond.

Le repos imposé à leur équipage rendait Herbillon et Maury moins perméables l'un à l'autre et contribuait à cet apaisement. Une sorte de trêve s'était établie entre eux.

1. ***Médiocres à son agrément*** : peu satisfaisantes, qui ne lui permettent pas de se distraire.
2. ***L'ordinaire*** : les besoins quotidiens.
3. ***Empreintes*** : pleines.

Lorsque l'aspirant, qui traînait son désœuvrement accablé, rencontrait la haute silhouette de Claude, il éprouvait le besoin de lui parler. Ils échangeaient quelques propos, mais vagues et neutres. Comme ils étaient loin ces entretiens où fondaient les heures.

Après quoi Herbillon retrouvait un ennui d'autant plus intolérable qu'il emplissait un loisir qu'il avait imaginé riche de fêtes.

Aussi connut-il une vraie joie lorsque le sous-lieutenant pilote Narbonne vint lui proposer d'établir une partie régulière de poker.

Ce camarade occupait dans le seul hôtel-café du village une chambre basse encombrée de photographies sous verre, de fleurs artificielles et d'images de piété. Le soir, Herbillon y trouva Charensole, Michel, Virense et le *toubib*. On lui raconta en riant que Marbot, pressenti, avait refusé avec une farouche véhémence[1]. Une bouteille de cognac[2], une boîte de cigares, des paquets de cartes chargeaient la table. Déjà, la fumée changeait la couleur de la lumière des lampes. Herbillon la respirait avec délices.

Il échappait aux soirs mornes[3], aux rues du village qu'il avait en deux soirs appris à connaître jusqu'à l'écœurement, à l'alcool solitaire absorbé sur une table poisseuse. Cette évasion lui donnait un tel plaisir qu'il joua sans même s'enquérir de ce que valaient les jetons alignés devant lui. Narbonne, qui était riche, montrait une égale insouciance. Leurs camarades en profitèrent. Se levant de table au moment où l'aube lavait la tache d'encre que la nuit mettait aux vitres, Jean constata qu'il avait perdu toute sa solde. Comme ses parents lui envoyaient le double de son montant chaque mois, il ne regretta rien.

Il fut plus attentif le lendemain, mais sa nature impétueuse l'empêchait de lutter à chances égales contre des hommes pour

1. ***Farouche véhémence*** : ardeur sauvage, violence.
2. ***Cognac*** : eau-de-vie.
3. ***Mornes*** : tristes, moroses.

qui le jeu n'était qu'un divertissement passager. Lui, aimait le risque pour le risque même, incapable de prendre de l'intérêt à un coup sans y engager plus qu'il ne pouvait raisonnablement le faire. Il était pris de vertige devant cette quintessence[1] d'aventure brutale et rapide qu'est une combinaison de cartes.

Le sachant, il s'abstenait, à l'ordinaire, de jouer, mais une fois engagé il n'y pouvait plus rien.

De la salle du bas, montaient des refrains ivres et l'écho de querelles sans acrimonie[2]. Le sang circulait plus abondant, plus nourri dans ses veines. Un coup hasardeux réussi le soulevait d'un orgueil immense, d'un sentiment de victoire auprès duquel pâlissait tout autre triomphe. Un bourdon fiévreux battait à ses oreilles et par tout son corps circulait cette béatitude spéciale, artificielle, que versent les stupéfiants[3].

Dès lors, il fut la proie du jeu. Sa vie entière, cadre vide, oscillait autour de l'axe que formaient les heures qu'il passait chez Narbonne. Il se levait très tard; l'après-midi coulait, incolore, sous ses yeux rougis par les veillées. La fatigue imbibait son corps, trompait l'ennui. À mesure que s'épaississait le crépuscule, l'appétit du risque le ranimait et, plein d'une joie frelatée[4], mais puissante, il gravissait les marches qui menaient à la chambre où les cartes l'attendaient. Là il n'avait qu'une crainte, voir la partie cesser. Tant qu'il se trouvait à la table magique, un enchantement le tenait.

Cependant, il perdait avec régularité et bientôt n'eut plus d'argent. Narbonne lui fit une avance accompagnée de conseils de prudence. Herbillon les écouta distraitement, mais il lui fut assez pénible de demander à son père de nouveaux subsides[5].

---

1. ***Cette quintessence*** : ce principe essentiel, cette qualité la plus pure.
2. ***Acrimonie*** : mauvaise humeur, hargne.
3. ***Stupéfiants*** : drogues.
4. ***Frelatée*** : impure, dénaturée.
5. ***Nouveaux subsides*** : nouvelles aides financières.

En trois parties ils furent épuisés et Jean dut encore s'adresser à son camarade. Et ce soir-là, avant que la partie commençât, le *toubib* dit à Narbonne :

«Mercier m'a demandé d'être des nôtres.»

Narbonne hésita. Le commandant Mercier, chef du secteur, entrant dans leur équipe, n'allait-il point par ses galons et son âge introduire une contrainte ? De plus, il était connu dans toute l'aviation pour un partenaire dangereux, lucide, hardi, aimant les enjeux considérables, très large mais gagnant toujours. Il pouvait déséquilibrer une partie qui, pour être assez chère, évitait les enjeux excessifs.

«Il y tient beaucoup ? demanda Narbonne.

– Beaucoup», répondit le *toubib*.

Le lendemain, Mercier s'asseyait à leur table. C'était un homme carré d'épaules, de front, de mâchoires. Son visage semblait un masque de bois avec des yeux très clairs, comme dépolis par une fureur sombre et mal contenue, un désir inapaisable du risque. Bien que, par ses fonctions, il dût ne jamais voler, il partait souvent, sur un appareil de chasse, patrouiller seul. On admirait son courage indomptable, mais personne ne l'aimait.

Il sut pourtant dissiper rapidement la gêne qui suivit son entrée et parut se prêter de bonne grâce à un jeu pour lui trop modeste. Au bout d'une heure, voyant qu'Herbillon et Narbonne perdaient, selon leur coutume, il s'écria :

«Vous jouez vraiment trop mal. On vous dépouille.

– Nous avons de l'entraînement, mon commandant, fit Narbonne.

– Non, je vous assure, j'ai honte, insista Mercier. Faisons plutôt un chemin de fer[1]. Là, chacun peut se défendre.

– C'est un peu dangereux, dit avec timidité le *toubib*. On se laisse entraîner.

---

1. *Chemin de fer* : jeu de cartes qui oppose un «banquier» aux autres joueurs appelés «pontes». Le banquier mise une somme d'argent que les autres joueurs décident ou non de couvrir.

– Allons donc ! Commençons petitement. À un louis[1] la banque. »

Les officiers s'inclinèrent. Narbonne ouvrit le jeu. Sa banque sauta, du premier coup. Avec des fortunes diverses, elle passa de main en main et l'on put noter que Mercier se bornait à suivre le jeu sans y prendre part.

Quand ce fut son tour d'être banquier, il déplia négligemment un billet de cent francs et dit :

« Je n'ai pas de monnaie, messieurs, mais vous n'êtes pas forcés de couvrir ma mise[2]. »

Les joueurs étant nombreux, elle le fut facilement. Mercier gagna. Ses deux cents francs furent également tenus. Il gagna encore.

« Vingt louis en banque », dit-il paisiblement. Quelques mains posèrent de faibles enjeux. Narbonne, pour faire plaisir au commandant, déclara :

« Je tiens le reste. »

Mercier eut encore le meilleur jeu.

Il regarda la somme, doublée, réfléchit.

« Je donne encore une fois, dit-il enfin.

– Je tiens », dit Narbonne.

Il perdit. Alors le commandant ramassa les billets, repoussa les cartes et demanda en plaisantant :

« Qui rachète la banque ? »

Narbonne crut-il distinguer un défi dans la phrase, cherchait-il une revanche ou était-il simplement à cet instant inéluctable[3] du jeu où s'oublie la valeur de l'argent ? Jamais il ne le sut, mais ses camarades, étonnés, l'entendirent s'écrier :

« Moi, mon commandant. »

Et il étala seize billets de cent francs.

---

1. ***Un louis*** : une pièce de vingt francs en or.
2. ***Couvrir ma mise*** : proposer autant ou plus d'argent que la somme misée.
3. ***Inéluctable*** : inévitable.

« Je ne joue jamais le premier coup contre ma banque, dit Mercier. À vous, messieurs ! »

On ponta[1] faiblement. Les cartes données, Narbonne abattit : il avait neuf[2].

« Allons, tant mieux ! » dit Mercier.

Et les officiers virent passer dans ses yeux l'éclat avide et cruel qu'ils avaient quand il partait en vol de chasse.

« Banco[3] », dit-il.

Il regarda son jeu et déclara :

« Servi. »

Narbonne avait trois.

« Je crois que j'ai fait une mauvaise affaire », dit-il en prenant une carte.

Il retourna un cinq.

« Beau tirage, fit le commandant. Il me coûte cent louis. Vous arrêtez ?

– Je continue.

– Alors, banco ! »

Narbonne abattit neuf. Mercier lui tendit quatre mille francs.

Un grand silence se fit dans la pièce, car on savait le commandant riche seulement de sa solde. Mais son visage carré ne bougea point et sa voix était très calme lorsqu'il dit :

« Cette main passe sept fois[4]. C'est rare. »

Narbonne, embarrassé, tambourinait sur la table. Il ne voulait point se retirer avec un gain si fort et, d'autre part, comment continuer une telle partie ? Il rencontra les yeux du commandant et crut discerner dans leur dureté une sorte d'imploration qui lui fit mal. Il proposa :

« Encore, mon commandant ?

---

1. ***Ponta*** : joua contre le « banquier ».
2. ***Neuf*** : nombre de points maximal qu'un joueur peut avoir.
3. Quand un joueur annonce « banco », il s'engage à jouer seul contre le banquier et à miser une somme plus importante que la sienne.
4. Sept fois de suite, le hasard favorise le même joueur.

– Volontiers.»

Tous les regards se portèrent sur eux. L'enjeu était de huit mille francs et l'attrait morbide du gain brusque, de la fortune hasardeuse, de la somme engagée, semblait monter de la table en exhalaisons[1] malsaines.

«Je veux bien une carte», dit Mercier.

Mais en voyant le roi que Narbonne lui tendit, il eut une crispation dans les mâchoires.

Le lieutenant avait six et partie gagnée, quand, à la surprise générale, il prit une carte.

«Il est fou, pensa Herbillon, ou bien il veut perdre.»

Narbonne tira un trois. Il avait encore amélioré son jeu.

«Je vous dois huit mille francs, mon cher, dit Mercier, et il fit mine de se lever.

– Mais non, mon commandant, je ne peux pas vous laisser ainsi, murmura Narbonne. Voulez-vous jouer votre dette ?

– Tout ou rien !» dit Mercier, d'une voix qui résonna trop fort dans la petite pièce.

Le *toubib* murmura à l'oreille d'Herbillon :

«À la rigueur, il aurait pu payer les huit mille. Les seize, jamais.

– Mais il est forcé de gagner, voyons, chuchota l'aspirant. C'est mathématique.»

Cette fois, les doigts de Mercier frémissaient légèrement en prenant les cartes. Il abattit huit. Narbonne avait neuf.

Le malaise fut tel que les jeunes gens baissèrent la tête pour ne pas voir la figure du commandant. Mercier dit sans attendre :

«Banco des trente-deux mille.»

L'eût-il voulu, Narbonne ne pouvait se dérober. Et il gagna encore.

---

1. ***Exhalaisons*** : odeurs, effluves.

Et trois fois de suite, Mercier doubla la somme et perdit. Il devait un demi-million. Il semblait à tous le voir s'enfoncer dans un gouffre.

Que Narbonne persistât à accepter les mises, c'était une aumône[1] évidente du subordonné au chef. Et nul n'aurait pu dire qui était le plus torturé : du commandant qui la recevait, malgré tous les usages, ou du lieutenant qui aurait été jusqu'à tricher pour perdre, s'il avait été sûr de ne pas être vu.

Et pourtant, il fallait continuer.

Mercier ne disait même plus : «Banco!» Narbonne ne l'interrogeait même pas du regard. Il se bornait à donner les cartes, à les regarder, à faire des tirages insensés et à gagner.

Car il gagnait toujours, poursuivi par une chance maudite, par un acharnement des cartes à se disposer de manière à lui donner la supériorité. C'était un défi à tous les calculs, à toutes les probabilités, à toutes les vraisemblances et il semblait que, la nuit entière, il en irait de même.

Enfin – après avoir passé dix-huit fois – Narbonne eut le dessous.

Mercier se leva et sortit, sans un mot, sans toucher à l'argent qui traînait sur la table et qui, de droit strict, lui appartenait.

On n'ébaucha pour le retenir ni une parole ni un geste.

Le matin même, l'escadrille apprit que le chef du secteur, ayant voulu essayer son nouveau moteur, s'était tué au départ. Et, craignant de livrer leurs pensées, les camarades, réunis au mess, dirent :

«Encore une perte de vitesse.»

Quand ils se retrouvèrent chez Narbonne, les voix furent étouffées, les paroles rares, mais le jeu fut mené avec furie[2]. Il

---

1. ***Aumône*** : don. Par respect pour son supérieur hiérarchique, le lieutenant Narbonne accepte de continuer à jouer pour ne pas l'humilier en gagnant la partie, ni ruiner cet homme plus pauvre que lui.
2. ***Furie*** : rage, passion.

semblait que l'aventure de Mercier, loin de servir d'avertissement, attisât les passions. Les sommes qui, la veille, s'étaient jouées à cette même table y avaient laissé une sorte d'envoûtement. La notion des valeurs en était faussée. Les visages durcis, l'accent plus bref trahissaient l'instinct primitif de la victoire qui faisait oublier leur amitié à ces hommes unis par tant de liens. On eût dit que le mort les surveillait de ses yeux pâles. Narbonne, à qui sa fortune laissait une indifférence relative, avait parfois, en regardant ses camarades, un sentiment d'effroi.

Plus sensible encore que les autres à cette étrange influence du disparu, croyant étreindre en ses cartes l'essence même de sa vie soumise au hasard, Herbillon dépassa chacun en audace insensée.

Quand il rentra dans sa chambre où les fleurettes des murs émergeaient déjà de l'ombre, il se jeta sur son lit sans même enlever ses bottes et voulut s'endormir pour tout oublier. Il avait perdu, sur parole, huit mille francs. Mais le sommeil ne venait pas.

Cœurs saignants, carreaux plats, trèfles mouchetés[1], piques dardant leurs pointes funèbres, visages impassibles et mystérieux des rois, des valets et des dames, ils défilaient sous les paupières brûlantes, sous le front douloureux, cortège maudit, ronde ensorcelée.

Renonçant à lutter contre cette possession, le jeune homme alla vers la fenêtre ouverte sur l'aube d'été. Du jardin monta comme une vague l'arôme des œillets[2] poivrés. À l'horizon une bande rose rongeait doucement le ciel obscur. Devant l'éveil du matin virginal[3], Herbillon se sentit misérable et marqué de souillure.

La mort de Mercier avait attiré l'attention de toute l'escadrille sur les soirées de Narbonne et Claude n'eut point de peine à

1. ***Mouchetés*** : tachetés.
2. ***Œillets*** : fleurs.
3. ***Virginal*** : pur.

deviner pourquoi une expression hagarde habitait le visage d'Herbillon. À la tendresse qui survivait chez lui pour le jeune homme, s'ajouta un sentiment de responsabilité. Le capitaine ne lui avait-il pas laissé la charge morale de ses camarades ?

Il prit le bras de l'aspirant et ce geste pénétra Jean de reconnaissance. Il avait en ce jour tellement besoin de secours et d'appui ! Et l'image de Denise se trouvait comme effacée par le sentiment de son désastre.

Ils cheminèrent en silence jusqu'au vaste parc où la chaleur et la lumière coulaient en ondes atténuées.

« Vous avez beaucoup perdu ? demanda Maury avec bonté.

– Trop !

– Il n'y a pas de quoi désespérer. Vous êtes jeune, désœuvré… »

Il ajouta d'un ton qui enlevait tout reproche à sa remarque :

« Et vous vous sentez tout permis parce que la mort est pour nous le plus proche avenir. »

Ses paroles agissaient comme un onguent[1] sur les souffrances d'Herbillon. Elles offraient l'excuse dont il n'osait plus se couvrir, en ayant trop usé. Et il pensait amèrement que cette même excuse l'avait poussé une dernière fois vers la femme de celui qui maintenant le consolait.

Affaibli par son anxiété, ses insomnies, il murmura :

« Ah ! si nous étions restés les mêmes, je ne serais pas allé jusque-là. »

Une émotion que l'aspirant connaissait trop bien rendit lumineux le regard de Maury.

« Jean, dit-il, rien sur terre ne meurt tout à fait. Pour l'instant, promettez-moi de ne plus retourner chez Narbonne. »

Il avait mis tant d'affection dans sa voix que le jeune homme, un instant, eut l'illusion que leur amitié était prête à renaître.

---

1. ***Un onguent*** : une pommade réparatrice.

«Laissez-moi regagner, s'écria-t-il, et je vous jure que je m'arrête.

– Résignez-vous, cela vaut mieux.

– Je ne peux pas. Je dois trop.

– Combien ?

– Huit mille, dit Jean, à voix basse.

– Écoutez, fit Claude résolument. Je vous les prête. Vous me les rendrez peu à peu.»

Aussitôt, il pâlit. D'un geste brutal, inconscient, Herbillon l'avait repoussé. La répulsion, qui fit crier au jeune homme son refus, réveilla chez Maury, plus âpre et plus certaine, une épouvante qu'il croyait à jamais endormie.

Chapitre VI

Une grande pancarte s'étalait à la devanture du café de la Poste sur la grand-place. Elle annonçait en lettres énormes et malhabiles que la direction allait être désormais assurée par «Mademoiselle Paméla, du Casino Saint-Martin».

La fille était grande, vulgaire et assez belle, avec d'épais cheveux cuivrés, une peau généreuse, des lèvres animales. Elle chantait infatigablement des romances langoureuses et des couplets grivois[1], buvait beaucoup et faisait boire davantage.

Ce fut là que Marbot entraîna Herbillon le soir suivant.

Dès le seuil du cabaret, le tumulte, la tabagie pesante, les figures brutalement animées, tout fut odieux à l'aspirant.

«Qu'est-ce qui t'arrive?

– Tu vois qu'il n'y a pas de place, dit Herbillon.

– Pas de place! s'écria Marbot, ça m'étonnerait qu'il n'y eût pas de place pour des anciens de la 39! Patronne!»

Sa voix puissante domina le bruit, attira l'attention de Paméla qui se préparait à chanter. Elle fronça lentement ses sourcils drus[2], qui se rejoignaient presque. Le succès avait développé son penchant à l'impatience et à l'autorité. Les hommes de la carrure de Marbot ne lui en imposaient guère.

Une injure allait s'échapper de sa lourde bouche lorsqu'elle aperçut le regard d'Herbillon. Il était si beau, si triste (et de cette

---

1. ***Grivois*** : comportant des sous-entendus sexuels.
2. ***Drus*** : épais.

tristesse charnelle qui toujours agit sur les femmes) que Paméla hésita, puis descendit de l'estrade boiteuse qui lui servait de scène.

« Faut pas s'incruster quand on ne boit que du vin rouge, déclara-t-elle à deux maréchaux des logis d'artillerie. Laissez votre table.

– Mais on veut écouter, protesta l'un d'eux.

– On m'entend aussi bien debout. »

Ils obéirent à la voix, aux lèvres surtout, rouges, brutales.

« Par ici, le petit aviateur ! cria Paméla.

– Tu vois, dit Marbot, satisfait, je n'ai eu qu'à vouloir… »

Une servante s'approcha d'eux. Ils commandèrent de l'alcool.

Paméla se dirigea vers son tréteau[1].

Elle chantait avec une dure et entière conviction, une gravité âpre qui donnait un grand pouvoir à sa voix commune, à ses gestes d'une force brute.

La salle suivait docilement ses invitations à l'attendrissement ou à la sensualité. À travers la fumée épaisse, aux ondulations lentes, son visage bestial et serein apparaissait déformé, élargi et gonflé, tel un masque.

Seul, peut-être, dans tout l'auditoire, Herbillon évitait de regarder Paméla. Il éprouvait pour cette animalité une répulsion qui allait jusqu'à la haine. Trop jeune pour démêler la part de lui-même qu'il détestait dans cette fille, l'aspirant sentait croître en lui une irritation sourde, une colère de mauvais aloi[2] qui n'avait pas d'objet.

Il essaya de la calmer en buvant. Mais son malaise, n'étant pas de ceux que l'on assomme par l'alcool, ne pouvait qu'y gagner en sombre impatience.

Quand Paméla eut achevé, des cris s'élevèrent :

---

1. ***Tréteau*** : estrade.
2. ***De mauvais aloi*** : qui ne mérite pas d'estime.

« Encore !

– Une autre !

– Quelle femme ! »

Elle secoua ses cheveux riches et cuivrés, d'un mouvement impérieux[1], et répondit :

« Je me crèverais que vous en voudriez encore ! J'ai la gueule en feu. »

Elle alla s'asseoir auprès d'un officier de gendarmerie au teint coloré, aux moustaches vaniteuses, qui l'attendait devant une bouteille de champagne avec une assurance de propriétaire. Tout en lui laissant toucher ses belles épaules grasses, Paméla chercha le regard d'Herbillon.

« Une sacrée jument, dit Marbot. Et que je prendrais bien sans selle !

– Chacun ses goûts, » répliqua Herbillon d'un ton presque blessant.

Son compagnon observa :

« Je t'ai connu moins difficile...

– Cela m'étonnerait ! »

Marbot déclara, en posant ses gros poings sur la table :

« En tout cas, je te préviens, qu'elle te plaise ou non, je vais l'inviter à prendre un verre.

– Tu le feras seul.

– À ton aise. Je ne retiens personne. »

Le seul désir que croyait avoir Herbillon – celui de s'en aller – se trouva démenti par ces mots. Ils lui firent sentir que, dehors, l'attendaient la nuit, le silence et ses propres pensées.

« Je ne veux pas perdre le spectacle, répondit-il avec sarcasme[2]. Mais de loin... »

Une table s'était libérée à l'autre bout de la salle, et il abandonna Marbot qui grommela :

---

1. ***Impérieux*** : autoritaire.
2. ***Sarcasme*** : ironie provocatrice.

« Tu as des vapeurs, l'aspi… »

Cette querelle n'avait pas échappé à Paméla qui, sans cesse, surveillait son domaine.

« Il faut que j'aille par là, dit-elle à l'officier de gendarmerie. Les deux nouveaux clients n'ont pas l'air content. »

Elle se dégagea du bras qui entourait sa taille et s'approcha de Marbot.

« Vous vous êtes disputés, avec ton copain ? » demanda-t-elle.

Et son regard, à la dérobée, caressa Herbillon qui, la tête penchée, ne voyant et n'entendant rien, poursuivait devant un verre déjà vide sa triste rêverie.

« Entre lui et moi, ce n'est jamais grave, ma beauté ! répondit gaiement Marbot. Je ne lui en veux pas. Depuis qu'il est revenu de permission, le petit est tout changé. Il doit avoir des chagrins d'amour. »

Une pénétrante mollesse affaiblit les muscles de Paméla, et qui ressemblait à celle qui l'envahissait lorsqu'elle écoutait, dans les rues d'un quartier populaire, sourdre[1] une romance[2] plaintive.

« Des chagrins d'amour… Un si beau garçon…, dit-elle.

– Ça n'arrive qu'à eux, voyons ! Puisqu'ils se prennent au sérieux, remarqua Marbot. Tu bois un verre ?

– Je ne refuserai pas une autre fois, mais, ce soir, mon gendarme est jaloux.

– Et lui, il est à demeure ici… Je comprends… »

Marbot hocha la tête et ajouta avec une conviction profonde :

« Les gendarmes, c'est pire que les *Fokker.* »

Paméla fit quelques pas dans la direction de sa table, hésita, se tourna vers Herbillon, ne put résister à l'attrait de ce front si lisse, que deux mains pressaient étroitement. Paméla ne savait guère vaincre ses désirs.

---

1. *Sourdre* : jaillir.
2. *Romance* : chanson sentimentale.

L'aspirant entendit soudain, toute proche de lui, une voix basse et timide :

« Vous ne vous sentez pas bien ? Vous avez trop bu, peut-être ? »

Il tressaillit, considéra un instant la chanteuse, sans comprendre, puis répondit brutalement :

« Trop ? Vous voulez dire pas assez. Mais ici, il n'y a rien de fort. Faites-moi donner quelque chose de sérieux. »

Une grande pitié passa sur la figure chaude et généreuse qui se penchait sur Herbillon.

« Vous allez vous faire du mal...

– C'est une pension de jeunes filles, ici ? »

La chanteuse appela une servante :

« Marthe, apportez mon marc[1] ! » ordonna-t-elle.

Et, lui faisant un signe d'intelligence, elle chuchota rapidement :

« Au prix de l'ordinaire. »

L'aspirant, de nouveau, ne faisait plus attention à ce qui l'entourait. Pourtant la chanteuse ne se décidait pas à l'abandonner à lui-même. Elle éprouvait le besoin de lui parler et ne savait que dire. Enfin elle demanda :

« Vous êtes aviateur ? »

Une crispation serra les mâchoires d'Herbillon :

« Vous le voyez bien, dit-il.

– Si jeune, et déjà décoré ?

– Ce n'est pas ma faute ! »

Au lieu de blesser, de chasser Paméla par sa mauvaise humeur, Herbillon ne réussit qu'à l'émouvoir davantage. Ce ton de maître chez un adolescent... Cette colère contenue... Cette peine rude et belle... La fille, apitoyée, soumise, était prête à aimer.

« Puis-je m'asseoir un peu ? pria-t-elle.

1. ***Marc*** : alcool de raisin.

– Pourquoi ?»

Elle répondit humblement :

«J'aurais plaisir à vous offrir quelque chose.

– Ah ! non, souffrez[1] au moins que ce soit moi.

– Si vous y tenez.

– Oh ! vous savez...»

Herbillon n'eut pas le temps d'achever. L'officier de gendarmerie criait :

«Paméla !»

Sans répondre, et comme si elle n'avait pas entendu, Paméla couvrit tranquillement sa bouche d'un fard[2] épais.

«Paméla ! répéta le gendarme en élevant la voix. Faut-il que je te cherche ?»

Une sorte de volupté morbide passa dans les nerfs d'Herbillon. La rage sans objet qui s'amassait en lui depuis qu'il avait pénétré dans le cabaret, il trouvait enfin un prétexte à la faire éclater. C'était une explosion nécessaire, une délivrance.

«Du calme, l'embusqué[3] ! dit-il en se soulevant à demi. Paméla est à ma table et elle y restera tout le temps qui lui conviendra.

– Oh ! mon petit, murmura la chanteuse d'une voix reconnaissante, bienheureuse, tu veux me défendre...»

Herbillon repoussa l'épaule nue qui se collait à lui et marcha vers son adversaire.

Dans le silence qui s'était établi, celui-ci balbutia :

«Un aspirant... Un morveux... Un blanc-bec...»

Ses invectives[4] furent brisées par le cri de douleur qu'il poussa.

---

1. ***Souffrez*** : acceptez.
2. ***Fard*** : maquillage.
3. ***Embusqué*** : affecté par faveur à un poste sans danger. Le terme constitue une insulte.
4. ***Invectives*** : paroles agressives.

Herbillon avait saisi ses moustaches et tirait sur elles à les arracher. Le gendarme leva la main. De toutes les tables, des officiers se levèrent pour arrêter la bagarre. Ils n'eurent pas à intervenir. Marbot, déjà, avait séparé les deux hommes et, secouant le gendarme de toute sa force redoutable, grondait :

« Va-t'en, *Fokker*. Le petit est mon copain. Va-t'en, ça vaudra mieux ! »

La salle entière était hostile à l'officier de police. Il dut se retirer.

Malgré les protestations de Paméla, Herbillon et Marbot le suivirent de près.

Herbillon se réveilla avec un sentiment de paix qu'il n'avait pas éprouvé depuis longtemps.

« Le repos, le vrai repos... », murmura-t-il en sautant de son lit.

Dehors, le soleil brillait sur les ardoises des toits. Des poussières dansaient qui semblaient naître de ses rayons. Herbillon se fit doucher dans la cour par son ordonnance borgne, s'habilla rapidement.

« Mon lieutenant a enfin bonne mine ce matin, remarqua le soldat.

– Parce que je me suis mal conduit, Mathieu.

– Faut ça quand on est jeune, mon lieutenant ! »

Herbillon, dans la rue, sifflait le quadrille de l'escadrille lorsqu'un planton[1] le rattrapa.

« Le lieutenant Maury vous demande, dit-il, tout essoufflé. Affaire urgente. »

Le chemin n'était pas long jusqu'au bureau où Claude attendait l'aspirant. Mais il parut plus pénible à Herbillon qu'une dure étape. Il savait pourquoi Maury l'appelait et n'en ressentait aucune inquiétude. Ce qui l'accablait, qui lui enlevait le goût de vivre dont il venait, pour quelques instants, de réapprendre la

1. ***Planton*** : soldat de service auprès d'un officier supérieur.

vigueur merveilleuse, c'était la nécessité de l'entrevue à laquelle il allait.

Il y voyait un signe fatal, un sceau[1] impossible à rompre. La corde qui les liait l'un à l'autre, et qu'il avait crue relâchée, se nouait autour d'eux, rapprochait sans merci leurs destinées. Herbillon le sentit avec une terreur secrète lorsqu'il reconnut, dans le regard de Maury, non plus les soupçons des jours derniers, mais cette bonté, cette sollicitude[2] particulières qui le bouleversaient de honte, de remords et d'une tendresse plus douloureuse à supporter que le sentiment d'une faute inexpiable[3].

«Vous avez besoin de moi pour le service?» dit-il du ton le plus dégagé, le plus officiel qu'il pût prendre.

Claude ne se laissa pas gagner par cette affectation[4]. Il était, pour l'instant, le chef de l'escadrille et voulait la diriger comme Thélis, en frère aîné.

«Herbillon, dit-il doucement, pourquoi n'êtes-vous pas venu me parler vous-même de cette stupide affaire?

– Quelle affaire?

– Vous savez bien, voyons!... Votre querelle avec l'officier de gendarmerie. J'ai sa plainte. Faut-il vous la lire?

– Cela ne m'intéresse pas. Donnez à l'histoire la suite que vous jugerez la meilleure.»

Un pli triste, que l'aspirant connaissait trop, creusa davantage les profondes commissures autour des lèvres de Maury. Il sourit et continua :

«Naturellement, j'arrangerai la chose. Mais, pour me rendre service, ne recommencez plus. Vous ne voulez tout de même pas me mettre dans une position difficile en l'absence de Thélis... Cela vous ressemble si peu de vous enivrer à ce point.

1. ***Sceau*** : lien inviolable.
2. ***Sollicitude*** : bienveillance.
3. ***Inexpiable*** : impardonnable, impossible à expier.
4. ***Cette affectation*** : ce manque de naturel, cette pose.

– Je n'étais pas ivre», dit Herbillon.

Il était à bout de résistance. Le ton affectueux de Claude, les mots qu'il employait, le désir de le protéger, de le servir, il ne pouvait les affronter davantage… Accepter son secours… Atteindre ce comble d'humiliation, de fourberie…

«Vous n'allez pas me faire croire que c'était vraiment pour une fille ?» s'écria Claude.

Herbillon eut peur de ce regard trop pénétrant. Il fallait achever au plus vite l'entretien.

«Là-dessus, au moins, dit-il, je n'ai pas de comptes à vous rendre. Si vous avez à me punir, faites-le. Je ne mendie rien. Mais, hors du service, je suis libre.»

Quand Herbillon fut sorti, Maury demeura quelques instants pensif.

Puis il relut pour la centième fois la dépêche[1] de sa femme. Elle venait le rejoindre. Dans une heure le train la déposerait à la gare. Que l'attente serait longue !

1. ***La dépêche*** : le télégramme.

Chapitre VII

Les quais étaient à peu près vides. Quelques gendarmes et le sergent à jugulaire[1] qui commandait un piquet de fantassins[2] vérifiaient les papiers des rares permissionnaires. Dès que le train commença de ralentir, la jeune femme reconnut sans peine la haute et fragile silhouette de son mari. Elle éprouva pour lui le sentiment habituel fait d'amitié, de sécurité et de lassitude.

Mais quel tumulte s'éleva dans son sang lorsque son désir lui fit croire, contre toute vraisemblance, qu'un jeune officier d'état-major était Herbillon !

« Je suis vraiment folle, se dit-elle quand elle fut convaincue de sa méprise. Claude devait venir seul. »

Maury avait, lui aussi, aperçu Hélène de très loin. Quand sa tête se montra à la portière, avec la flexion du cou long et souple qu'il aimait tant, plus rien ne demeura de ses doutes, de son angoisse. Hélène venait à lui, pour lui, ayant à peine reçu la nouvelle qu'il était au repos. Elle venait avec ses yeux doux et vifs, ses jeunes mouvements, sa gravité secrète.

Maury, en cette minute, fut si heureux qu'il pensa puérilement à son commandement provisoire comme à un prestige singulier. Il eut envie de sauter sur le train qui roulait encore et de rejoindre en courant, de marchepied en marchepied,

1. ***Jugulaire*** : bride qui maintient un casque en passant sous le menton.
2. ***Piquet de fantassins*** : détachement de soldats à pied.

la figure qui le ravissait à lui-même. Mais elle l'intimidait tout autant.

C'était devant Hélène que sa gaucherie, la disgrâce de son corps, l'inaptitude à communiquer ses sentiments essentiels l'entravaient[1] le plus.

Et Maury attendit que le train s'arrêtât et, lorsqu'il s'avança vers Hélène, il n'avait sur son visage qu'une expression d'accueil très calme et très attentive. Comme toujours, la jeune femme ne sut percer cette contrainte[2]. Elle se crut surveillée, jugée par une affection froide et lucide. Elle éprouva le besoin de s'excuser :

« Je n'en pouvais plus, dit-elle. Je te promets, Claude, de ne pas trop te déranger au milieu de tes camarades. »

Il la serra contre son corps osseux avec une passion si timide qu'elle était impossible à percevoir et, bien que son cœur débordât de gratitude et de félicité[3], il répondit paisiblement :

« Tu as bien fait, ma chérie. Les camarades n'empiètent pas beaucoup sur mon existence. »

Elle lui prit le bras. Sans parler davantage, ils sortirent de la gare. Dans la voiture qui les emmena, Maury ne put entièrement dissimuler l'intensité de son bonheur.

« Hélène, Hélène, murmura-t-il. J'ai tellement pensé à toi ! Tu me sauves de la solitude, des fantômes… »

Elle l'entendit à peine et mal. Jusqu'au dernier moment, elle avait cherché, voulu, aux alentours, la présence d'Herbillon. Elle qui, près de Maury, avait constamment l'impression d'être en faute, elle ne se sentait pas coupable de la seule qu'il pût lui reprocher.

« Tu es toujours gentil », répondit-elle d'un air absent.

---

1. ***Entravaient*** : gênaient.
2. ***La jeune femme ne sut percer cette contrainte*** : Hélène ne perçoit pas que son mari fait un effort pour paraître calme et sans passion.
3. ***Félicité*** : bonheur parfait.

Le fourrier[1] de l'escadrille avait trouvé, pour le mess des officiers, une grande pièce et une cuisine, dans une assez belle maison bourgeoise située en bordure de la petite ville.

Herbillon s'y rendit à l'heure du déjeuner. Il avait dissipé, par une marche longue et rapide, le malaise que lui avait laissé son entretien avec Maury. Le soleil, les beaux champs pleins de fleurs, la douce brûlure de l'air – il en rapportait le bienfait avec les brindilles des prés, la poussière des chemins sur ses bottes.

L'accueil de ses camarades lui donna un plaisir enfantin. Ils étaient fiers de sa conduite chez Paméla. Il avait bien défendu l'honneur de l'escadrille. Non content de conquérir la femme la plus enviée de Baïes, il avait corrigé comme il convenait un officier de gendarmerie !

« On n'en descendra jamais assez en flammes, dit gravement Narbonne. Je te paie un grand verre. »

Tout en buvant à son aventure de la veille, Herbillon ne fut pas loin de la juger admirable.

Marbot entra brusquement et, dès le seuil, cria aux ordonnances :

« Ajoutez un couvert, en face du lieutenant Maury. »

Puis aux officiers :

« Surveillez vos langues, pas de gros mots, ou il vous en cuira[2] !

– Qui avons-nous, demanda le *toubib*, un colonel, un général ?

– Bien mieux ! Une femme, celle de Maury ! »

Herbillon recula lentement, les mains molles et moites, cependant que Marbot continuait :

« Maury m'a fait appeler pour que je l'excuse auprès de vous. Sa femme venait d'arriver et ne voulait pas nous déranger en

---

1. *Fourrier* : sous-officier chargé du ravitaillement et du couchage des troupes.

2. *Il vous en cuira* : il vous en coûtera.

déjeunant ici. J'ai protesté, exigé, obtenu qu'il l'amenât. J'ai bien fait ? »

Des approbations chaleureuses lui répondirent.

« Ça n'aurait pas été chic, dit le *toubib*.

– Et puis, elle est peut-être jolie. Tu l'as vue ? demanda Narbonne.

– Non, malheureusement, déclara Marbot, elle s'arrangeait dans le logement de Maury au-dessus du bureau. Mais Herbillon l'a connue en permission.

– Oh !… en passant, dit l'aspirant avec effort.

– Comment est-elle ?

– Plus jeune que lui.

– Bien ?

– Elle est… pas mal… Vous verrez bien vous-mêmes… »

Les officiers, instinctivement, rajustèrent leurs vareuses, leurs ceinturons.

« Si j'avais su, s'écria Narbonne, j'aurais mis mes bottes neuves. J'ai envie de courir me changer.

– Tu n'auras pas le temps, dit Marbot. Elle sera là d'un instant à l'autre. »

Herbillon fut pris de panique. Il sentit qu'il ne pourrait pas affronter ensemble Maury et Denise – et cela devant l'escadrille réunie – Denise qui était Hélène. Sa maîtresse qui était la femme de Claude.

Il n'avait jamais pu lier vraiment et fondre dans son esprit ces deux personnages, ces deux aspects d'un même être. Il eut l'impression que de voir Denise aux côtés de Maury il allait perdre la raison, hurler, implorer, délirer…

Une petite porte donnait sur la cour. Il se glissa vers elle et disparut.

Quelques minutes après, Maury présenta un à un les officiers à sa femme. Elle entendit comme dans un rêve confus les noms de Marbot, du *toubib*, de tous les autres. Le seul visage qu'elle cherchait avec une sorte de soif éperdue ne se montrait point.

«Il manque encore Herbillon, dit enfin Maury. Tu sais, Hélène, le jeune aspirant que je t'avais envoyé.»

Elle acquiesça de la tête, incapable de prononcer un mot. Si Herbillon avait été là, tout lui eût paru simple, facile. Sans lui, elle se sentait vide, abandonnée, indifférente à tout.

Les phrases qui suivirent ranimèrent son attention.

«L'aspi…, mais il était avec nous! s'écria Narbonne. Voilà son verre de porto à moitié plein encore.

– Il a filé!» dit le *toubib* stupéfait.

Marbot lui dit à voix basse :

«Il a eu peur d'être retenu et s'est enfui pour déjeuner avec Paméla.»

Le *toubib* sourit, hocha la tête et s'en fut, d'un camarade à l'autre, chuchoter la nouvelle.

«Alors, mettons-nous à table», proposa Maury.

La rixe[1] d'Herbillon et du gendarme fit au début les frais[2] de la conversation. Marbot la raconta détail par détail.

«Il a vraiment tiré le *Fokker* aux moustaches? s'écria Narbonne ravi. Des moustaches énormes! C'est indécent, vous ne trouvez pas, madame?

– Je suis d'accord avec vous», répondit Hélène Maury, en se forçant à sourire.

Le repas continua, bruyant, joyeux pour tous, sauf pour la jeune femme que les officiers croyaient distraire par des histoires de jeu, de libations[3] ou de mort, et pour Claude, qui sentait ce désaccord et son impuissance à le corriger.

«Il eût fallu Thélis», songea-t-il tristement.

Or, tandis que ses camarades vantaient et enviaient ses prouesses, Herbillon, réfugié dans sa chambre au papier fané par

---

1. ***Rixe*** : bagarre.
2. ***Fit au début les frais*** : fut au début le sujet.
3. ***Libations*** : ici, soûleries.

les ans, gisait immobile sur le lit dont il n'avait même pas songé à retirer l'édredon. Son corps enveloppé à demi d'une matière molle, épaisse et brûlante, ses pensées qui tournaient dans un cercle infernal – tout l'accablait, l'obsédait, le détruisait.

Mais, de même qu'il lui était impossible de déplacer, fût-ce d'une ligne, ses membres pétrifiés, de même il ne pouvait sortir d'un réseau d'images exigu jusqu'à la démence et circonscrit[1] par deux noms dont il était hanté.

Hélène... Denise...

Denise... Hélène...

Les mêmes syllabes martelaient son esprit, et des traits affreusement connus, affreusement chers, se déformaient, disparaissaient et renaissaient sans cesse devant ses yeux. C'était tout son univers.

Il n'en sortit qu'à l'instant où Mathieu poussa la porte de sa chambre et où, sans attendre l'autorisation, Denise parut sur le seuil.

Herbillon connut alors un soulagement presque miraculeux. Devant cette femme réelle dont il retrouvait l'expression et la densité charnelles, l'autre disparut, l'ambiguë, l'impossible, qui l'avait paralysé d'une terreur hypnotique. Mais dès qu'il eut sauté de son lit et renvoyé l'ordonnance du geste, Herbillon mesura ce que signifiait pour lui, pour ses rapports avec Maury, avec l'escadrille, la présence de sa maîtresse chez lui, alors que ses camarades passaient devant sa maison, alors que le bureau où Claude faisait fonction de chef était dans une rue voisine et que les règles de la discipline, de l'ordre militaire, de la guerre enfin, le cernaient de toutes parts.

Sans embrasser Denise et même sans approcher d'elle, il demanda d'une voix très sourde :

« Pourquoi es-tu venue jusqu'ici ? »

---

1. *Circonscrit* : délimité.

Elle fut tellement interdite par ce ton, par son reproche, par son effroi qu'elle demeura le dos contre la porte. Et, séparée de son amant par toute la largeur de la chambre, songea d'abord à le rassurer.

« Personne ne m'a vue entrer, Jean, je te jure, murmura-t-elle. Et ton adresse, je l'ai connue par hasard, sans la demander, de l'un de tes camarades. Je n'ai pu résister..., attendre davantage.

– Pourquoi es-tu venue à Baïes ? » reprit l'aspirant avec une obstination farouche.

La jeune femme demeura une seconde silencieuse. Herbillon, qui, pourtant, la regardait avec fixité, ne remarqua point que sa figure se contractait, se durcissait. Il continua de penser à haute voix.

« J'espérais, s'écria-t-il, avoir un peu de répit ici..., me retrouver..., voir clair... Sans le service et les heures de vol, c'était plus facile. Et Claude aussi se fût apaisé. »

Les lèvres de Denise s'entrouvrirent à peine, lorsqu'elle répondit :

« Crois-tu que je suis venue pour lui ! ou même pour toi ! Je suis venue parce qu'il fallait que je vienne. Tu m'as rendue folle par ton silence. Pas un mot depuis ton dernier départ ! Et je savais par Claude que tu étais vivant. Il fallait que je te voie, que je sache ce que tu veux, ce que tu penses et ce que tu sens pour moi. »

Denise s'était avancée jusqu'à Herbillon qui semblait – tellement son visage demeurait immobile – n'avoir pas entendu.

En vérité, les mots prononcés par Denise, il les avait compris à peine. Mais, mieux que de leur sens, il s'était pénétré de leur accent net, rapide et sauvagement martelé. Une volonté sans contrôle autre que celui de la passion, une exigence obstinée, insatiable[1], barbare par son intégrité[2] – voilà ce qu'Herbillon perçut bien au-delà des mots. Et il se sentit perdu.

1. ***Insatiable*** : dont la faim ne peut être apaisée.
2. ***Barbare par son intégrité*** : si radicale qu'elle en devient cruelle.

Jusqu'à cet instant, il n'avait envisagé, dans le développement du drame, que Maury et lui-même. Denise lui paraissait un personnage passif, une occasion funeste[1], une chair irresponsable. Voilà qu'elle surgissait soudain, armée de décision, de rigueur, de violence et n'ayant pour arrêter son désir aucun frein.

Elle intervenait avec une force aveugle, terrible, de possession et de désastre. Le jeu n'était plus circonscrit entre les compagnons de l'équipage. Une femme prétendait, tout à coup, le régler à sa guise, et, malgré son inexpérience, Herbillon entrevit confusément qu'elle portait en ses flancs[2] une divinité impitoyable et primitive et qu'elle appelait l'amour.

Denise prit la figure d'Herbillon entre ses mains et la caressant, l'envoûtant, supplia, plaintive, ardente, les yeux humides et lumineux :

« Dis que j'existe encore pour toi, Jean..., que tu m'aimes encore un peu.

– Est-ce que je sais, est-ce que je peux savoir quelque chose encore ?... Je ne sais plus si je te hais, si je hais Maury. Oh ! pourtant je suis bien sûr de me détester moi-même. »

Il y avait un tel tourment dans ses traits, dans sa voix, que, pour un instant, Denise oublia sa propre souffrance et son inexorable soif. Elle demanda doucement :

« Mais pourquoi te torturer ? Tu avais tout accepté... C'était si simple. Rappelle-toi notre dernière nuit... Quand tu savais déjà.

– Tais-toi, au nom du ciel, gémit Herbillon. C'est elle surtout que je ne peux pardonner à aucun de nous. Avant cette nuit, il n'y avait qu'une abominable coïncidence, mais depuis... Oh ! depuis ! C'est à perdre la raison !... Et voler ensemble, et se battre ensemble, boire ensemble, être décorés ensemble ! Comment voulais-tu que je t'écrive ? Et quoi ? Tu viens de voir les autres manger, rire coude contre coude, – eux qui sont comme je ne

1. ***Funeste*** : fatale, mortelle.
2. ***Flancs*** : côtés du corps, entrailles.

serai plus jamais, fiers, propres, qui n'ont pas trahi leur équipage ! Comprends-tu maintenant ?

– Que je ne compte plus pour toi, oui, je le comprends, répliqua Denise, revenue d'un seul coup à son emportement, à sa loi. Quand on aime, est-ce que les raisons comptent ? Je ne pense à rien, moi... Claude, ma réputation, les convenances élémentaires... Je saccagerais tout pour un mot d'amour ! L'équipage..., oui, c'est très beau, très noble... Mais mon amour est-ce qu'il ne l'est pas, beau et noble ? Si tu aimes tellement Claude, pourquoi es-tu revenu à moi pour cette nuit ?... Oh ! laisse-moi parler... Oui, pour cette nuit où nous avons été le plus l'un à l'autre. »

Herbillon sentit qu'il n'avait plus ni force ni point d'appui. À tout ce qu'il dirait, Denise, sourde et acharnée, opposerait toujours cette nuit de défaite pour lui, de victoire pour elle.

Puisqu'il avait cédé une fois, elle estimait qu'il devait céder sans fin. Et, de cette nuit délirante et honteuse, il ne pouvait pas entendre rappeler le souvenir. Alors, misérablement, il se servit de l'arme même de la jeune femme.

« Tais-toi, pria-t-il, tais-toi, si tu m'aimes...

– Si je t'aime ! s'écria-t-elle, atteinte là où Herbillon l'avait voulu, mais regarde mes yeux, touche mes épaules.

– Je te défends, ordonna-t-il. Je te défends d'approcher. J'ai trop pensé à toi, à ton corps. »

Par une réaction fatale, en évoquant les ardeurs de son désir, il les avait ranimées. Ses yeux se voilèrent légèrement. Dans ceux de Denise passa une joie superbe. Elle sentit qu'il était à elle de nouveau.

Leurs visages allaient se rejoindre. La voix de Marbot retentit derrière la porte.

« Ouvre-moi, l'aspi », cria le gros lieutenant.

Denise chancela, tellement fut brusque l'écart d'Herbillon pour se séparer d'elle.

« Il faut que je le voie, fût-ce une seconde, chuchota l'aspirant, sinon, il pourra se douter... Cache-toi ici. »

Denise se glissa dans un débarras qu'Herbillon avait aménagé en cabinet de toilette.

« Je t'avais cru chez Paméla, dit en entrant Marbot, mais elle ne t'a pas vu. Alors j'ai eu peur que tu ne sois malade. Ça va ?

– Mais oui, mon vieux.

– Pourquoi as-tu séché le déjeuner ?

– L'alcool d'hier ne passait pas. »

Marbot s'assit sur le lit, alluma une cigarette.

« À propos d'hier, il n'y aura pas d'histoire, Maury me l'a promis. Il est chic, Maury. Nous l'avions vraiment mal jugé au début. Il n'y a que toi qui avais vu clair. Quelle belle équipe vous faites ! »

Herbillon passa sur son front une main qui tremblait légèrement. Il pensait à la présence de sa maîtresse, de la femme de Maury, derrière une mince cloison.

« Écoute, Marbot, dit-il, j'ai un mal de tête à me rompre les tempes.

– Compris. Je m'en vais. À ce soir.

– Peut-être.

– Secoue-toi. Le meilleur moyen… »

Marbot s'arrêta soudain. Ses petits yeux brillants et vifs venaient d'apercevoir, sur le rebord de la fenêtre, une paire de gants de femme.

« Dis donc, s'écria-t-il, c'est ça ton mal de tête ? Tu les descends toutes, je vois ! Entendu… entendu… Je m'en vais. Un mot tout de même. »

Une étrange gravité rendit pesant son visage rond et jovial, cependant qu'il poursuivait :

« Il y en a une qu'il faut laisser tranquille : la femme de Maury. Ce ne serait pas propre pour lui, pour l'escadrille. »

L'aspirant devint si pâle que Marbot le prit par les épaules avec une affection profonde.

« Je te demande pardon, vieux, dit-il. C'était pour causer. Je te connais. Tu es incapable d'une saleté pareille. Au revoir, vieux. »

Quand Denise put sortir, Herbillon lui cria avec une sorte d'horreur :

« Pars, je t'en supplie. Tu as entendu ? S'il t'avait surprise ici je ne sais pas ce que j'aurais fait.

– Où te reverrai-je ? demanda la jeune femme lentement.

– Plus tard. Laisse-moi le temps de réfléchir… Baïes est un village. Demain je te dirai. »

L'obstination inflexible qui avait déjà terrifié Herbillon réapparut sur le front si tendre de Denise.

« Je ne peux pas attendre jusqu'à demain. Je veux te voir. Même dans un endroit public.

– Impossible. Il n'y a ici que la boîte de Paméla.

– Je serai chez elle ce soir. Je déciderai Claude. »

Elle s'en alla sans l'embrasser, devinant qu'il lui obéirait à condition de ne pas sentir tout de suite, sur sa peau, l'attouchement de la félonie[1].

Herbillon arriva au cabaret assez tôt. La salle, cependant, était déjà pleine, et, du premier coup d'œil, l'aspirant aperçut, à une place très visible, Maury et sa femme entourés du *toubib*, de Marbot et de Narbonne. Il se borna à les saluer de loin et appela Paméla qui, la tête tournée vers l'entrée, ne semblait attendre que lui. Elle quitta sans ménagements[2] trois officiers d'artillerie et, soumise, radieuse, rejoignit Herbillon.

« Venez boire quelque chose avec moi », dit l'aspirant.

Il se sentait étrangement calme. Le spectacle qu'il redoutait le plus – Maury près de Denise – avait eu sur lui l'effet exactement contraire de celui qui l'avait tellement fait trembler à l'avance. Comme toutes les terreurs de l'imagination, la sienne se dissipait en appréhendant son objet dans la réalité. Il voyait Maury avec sa figure osseuse, ses épaules débiles[3], ses cheveux grisonnants ;

1. ***Félonie*** : trahison, déloyauté.
2. ***Sans ménagements*** : sans politesse, brutalement.
3. ***Débiles*** : fragiles.

Denise et sa peau fraîche, son expression de jeune fille. Il les reconnaissait tous les deux comme lui appartenant par des rapports bien définis, cruels sans doute, mais d'une cruauté acceptable, humaine.

Tout lui fut possible, facile, lorsque, dans l'espace de quelques secondes, il eut acquis cette conviction.

D'une voix assourdie, impérieuse, il dit à Paméla :

«Il faut que vous me rendiez un grand service. J'ai besoin demain après-midi d'un endroit sûr pour un rendez-vous.»

La chanteuse demanda, sans presque remuer ses lèvres charnues :

«D'amour ?»

Herbillon acquiesça de la tête.

«Tu me le demandes, à moi...», dit Paméla, passant d'un seul coup à ce tutoiement qu'elle n'avait pas osé employer jusque-là, comme si le renoncement auquel la condamnait Herbillon lui rendait le droit à la familiarité.

«C'est pour la petite qui est avec tes camarades ?» demanda-t-elle.

Sans s'étonner de cette divination, Herbillon répondit :

«C'est elle... Je n'ai personne d'autre que vous pour m'aider. Mes amis doivent tout ignorer.»

Paméla examina tour à tour Maury, Denise et l'aspirant. Une compréhension profonde et une grande pitié embellirent son visage.

«Entendu, mon petit, dit-elle doucement. Viens ici demain, mais n'oublie pas que ma maison doit être vide à six heures. À cause de l'histoire d'hier, je suis consignée[1] le soir à partir d'aujourd'hui minuit.»

À ce moment, Maury se leva. Il ne pouvait plus supporter la tension sur le visage de sa femme. Il se dirigea vers Herbillon. Alors, Paméla quitta sa chaise et, comme si elle suivait au hasard

1. ***Consignée*** : interdite d'accès.

les méandres[1] laissés libres entre les tables, passa tout contre Denise, fit semblant d'arranger une boucle de ses souliers et chuchota :

«Il vous attendra demain ici, à quatre heures et demie.»

Maury revint avec l'aspirant et dit :

«Herbillon devait quelque amabilité à Paméla. Le cabaret va être consigné par sa faute.»

Puis, s'adressant à sa femme, il demanda :

«Tu reconnais Herbillon, Hélène ?

– Mais certainement, voyons.»

La jeune femme avait répondu avec une liberté parfaite.

«Vous plaisez-vous à Baïes, madame ?» interrogea Herbillon.

Une conversation banale et légère s'engagea entre eux, que Maury épia, épia de toutes ses fibres. Il n'y découvrit aucune fêlure, aucune faute. Une fois de plus il eut honte de lui-même.

---

1. *Méandres* : courbes.

Chapitre VIII

Le lendemain, après le déjeuner, Maury regagna le bureau de l'escadrille et Hélène monta se reposer à l'étage supérieur. La chaleur de ce début de juillet était accablante.

Ayant examiné avec minutie les comptes, les états et les rations de l'ordinaire, Maury commença de rédiger le fastidieux rapport quotidien. Il était parvenu à la moitié de sa tâche lorsque le planton lui remit un pli[1] urgent et une dépêche qu'un motocycliste du secteur aéronautique venait d'apporter. Claude ouvrit les messages, les parcourut, les relut et se mit à contempler les minces feuilles sans les voir, comme s'il voulait découvrir, à travers, tout l'inconnu qu'elles présageaient. Ensuite il ordonna au planton :

« Prenez ma voiture et amenez ici tous les officiers. Le plus vite possible. Faites le tour des logements, des cafés. Il me les faut tous, et tout de suite. »

Maury fit un grand effort pour chasser les images et pensées nouvelles qui soudain l'assaillaient. Le rapport – plus que jamais – devait être terminé.

Un à un, les pilotes et les observateurs entrèrent dans le bureau. Certains, qui faisaient la sieste, s'étant vêtus à la hâte, achevaient de boutonner leur vareuse et de boucler leur ceinturon. D'autres portaient sur leur visage l'empreinte du jeu et de l'alcool. À mesure qu'ils arrivaient, Maury les saluait brièvement et continuait d'écrire.

---

1. ***Pli*** : lettre.

« Je parlerai pour tous », avait-il dit au premier.

Enfin, il ne manqua plus qu'Herbillon. Claude, ayant fini sa besogne, releva la tête et ne l'aperçut point. Le planton, questionné, répondit qu'il n'avait pu découvrir l'aspirant nulle part. Paméla elle-même avait assuré tout ignorer de lui.

« Tant pis, déclara Maury. Vous le renseignerez, Marbot. Je ne peux pas attendre davantage, et ne serai pas là ce soir. Je vais en voiture chercher le capitaine sur la grande ligne.

– Thélis revient déjà ? demanda Marbot.

– Oui, voici son télégramme. Il a dû se renseigner au ministère et sentir la poudre[1]. »

Claude fit une imperceptible pause, mais qui lui suffit à deviner la pensée de ses camarades. Sans en avoir pris conscience, ils savaient déjà ce qu'allait leur annoncer Maury. Aussi continua-t-il de sa voix la plus unie, la plus paisible :

« Le repos est terminé. Demain, nous quittons Baïes et remontons vers Château-Thierry[2]. Les Allemands vont attaquer sur la Marne[3], c'est leur dernière carte.

– Droit à la bagarre, quoi ! dit pesamment Marbot, interprétant la pensée de tous.

– J'en suis plus assuré, dit Maury, par le retour de Thélis que par le pli du secteur. »

Les hommes qui étaient réunis dans le bureau de l'escadrille avaient l'habitude du danger. Ils évitèrent pourtant de se regarder. Chacun avait peur de déchiffrer sur le visage des camarades un signe funeste, car chacun, par la force de l'accoutumance et de la jeunesse, se croyait préservé.

« On va laisser quelques plumes, dit le *toubib*.

– C'est le métier, s'écria Narbonne, le plus insouciant de tous.

---

1. ***Sentir la poudre*** : sentir l'approche du combat.
2. ***Château-Thierry*** : commune du département de l'Aisne.
3. La seconde bataille de la Marne s'est déroulée de mai à août 1918.

– On verra bien, conclut Marbot, qui était le plus fataliste.

– Écoutez le dispositif du départ, ordonna Maury. Les avions nous attendent à Trilport[1], tout prêts. Nous prenons la route demain à midi. La formation est...»

Un heurt à la porte l'arrêta :

«Mon lieutenant, dit l'ordonnance de Maury, c'est votre dame...

– Non, qu'elle n'entre pas», s'écria Claude.

Il se tourna vers ses camarades et pria :

«Excusez-moi, un instant.»

Dans le couloir, Hélène l'attendait, si fraîche, si lumineuse et tellement imprégnée de vie qu'il fallut à Claude l'absolue maîtrise sur lui-même que pendant de longues années il avait su former pour ne rien laisser paraître de ses sentiments.

«Quel mystère aujourd'hui ! s'écria joyeusement la jeune femme. Vous conspirez ?

– Non, simple question de service.

– C'est important ?

– Mais non... Et toi, que fais-tu ?

– Justement, je voulais te dire que je vais me promener dans la campagne. La chaleur est un peu tombée. Ne t'inquiète pas si je rentre tard.

– Aucune importance. Je serai moi-même forcé de faire une course en voiture. J'ai même peur de ne pouvoir dîner.»

Le plaisir que donna à Hélène la perspective d'une longue liberté l'empêcha d'interroger davantage.

«Alors, à ce soir, mon chéri, dit-elle avec une tendresse plus vive que de coutume.

– À ce soir, bonne promenade.»

Il l'embrassa comme il le faisait à l'ordinaire, presque furtivement[2]. Au moment de la quitter, il ajouta :

---

1. *Trilport* : commune de Seine-et-Marne.
2. *Furtivement* : en cachette, à la dérobée.

« Si, en route, tu rencontres Herbillon, tu seras gentille de me l'envoyer. »

Et, sans laisser à sa femme le temps de répondre, sans même la regarder, Claude ouvrit la porte de son bureau.

Hélène fit un mouvement vers lui, puis demeura indécise, interdite. Soudain, les voix du planton et de l'ordonnance de Claude, qui sortaient de la réunion des officiers, la tirèrent de sa méditation.

« Vacherie de vie ! dit le premier. On était si bien ici.

– Mon vieux, nous, même sur le terrain, on n'est pas à plaindre, s'écria le second. Mais les volants [1], les pauvres gars. Il va encore en descendre en flammes !

– Vacherie de vie ! » répéta le planton.

Hélène consulta sa montre. Un temps précieux entre tous s'écoulait. Mais elle sentit qu'elle ne partirait pas sans savoir. Elle s'assit sur une chaise dépenaillée [2] qui se trouvait près de la fenêtre. À travers, on apercevait un petit jardin paisible. Hélène le contempla avec angoisse. Parfois le bourdonnement d'une discussion perçait la cloison. La jeune femme écoutait anxieusement, en vain.

Les officiers quittaient le bureau. Ils saluèrent Hélène Maury avec un air distrait, absent, gagnèrent la rue en silence. Le *toubib* et Marbot demeurèrent les derniers enfermés avec Claude. Quand ils parurent sur le seuil, la jeune femme les bouscula presque pour pénétrer dans la pièce.

« Pourquoi, s'écria-t-elle, m'as-tu caché que vous retournez au front ? »

Maury ne s'attarda pas à lui demander comment elle avait appris leur départ.

« Je voulais te le dire, assura-t-il doucement, mais j'avais d'abord des ordres à donner.

---

1. ***Volants*** : aviateurs (jargon militaire).
2. ***Dépenaillée*** : abîmée.

– Alors, c'est très prochain ?

– Assez…

– Quand ? »

Il hésita.

« Demain ? murmura la jeune femme.

– Oui… à midi. »

Dès qu'il eut prononcé ces mots, Claude sentit une grande paix se répandre en lui. Il eut l'impression que le plus difficile était accompli. Le front, déjà, s'emparait de son existence. Les tourments qui, là-bas, le guettaient avec les périls de la guerre, il n'y pensait pas encore. Herbillon… L'équipage douloureux…, c'était une affaire d'hommes. Pour l'instant, le seul objet de sa sollicitude, il le voyait dans ce visage défait, dans ces yeux trop fixes qu'il voulait rassurer. Jamais il n'avait compris jusqu'à cette minute combien il aimait Hélène et de quel amour désintéressé. Il lui prit les mains, les caressa. Tout à coup, il les sentit s'accrocher à lui, froides, rigides.

« Pourquoi t'affoler ainsi ? demanda Claude avec un sourire qu'il réussit à rendre sincère. Nous ne serons pas plus en danger que…

– Ce n'est pas vrai ! interrompit Hélène. J'ai entendu les plantons, j'ai vu les figures de tes camarades qui ne sont pas peureux. »

Maury eut un geste d'impuissance.

« Claude, cria la jeune femme emportée par une sorte de délire, Claude, je ne veux pas…, empêche cela, tu es le chef ici. Le massacre…, les hommes brûlés vifs…, c'est inadmissible, impossible ! Toi…, les autres…, des restes carbonisés… Je ne veux pas… Je ne peux pas… »

Elle s'abattit sur son épaule, se serra, se pressa contre lui. Et Claude, bien qu'il fût déchiré par le spectacle de cette douleur, se sentit plein de force et de sécurité parce qu'il crut qu'elle lui était destinée.

Il releva la tête enfoncée contre sa poitrine et parla comme un hypnotiseur.

«Écoute-moi. Écoute-moi bien. Il ne peut rien nous arriver, je te le promets. Je serai vigilant, attentif, sois tranquille.»

Il continua longtemps ainsi, cependant qu'elle fixait sur lui un regard incrédule d'enfant perdu.

La sonnerie du téléphone grelotta. Maury prit un écouteur et, au bout de quelques instants, répondit :

«Sûrement pas, mon colonel. Pensez donc, nous rejoignons le front demain.»

Il raccrocha et, heureux de la diversion, expliqua en haussant les épaules :

«Ils sont fous à l'état-major! Ils demandent un volontaire comme instructeur[1] pour Fontainebleau. La veille d'une attaque!»

Hélène s'appuya contre la table chargée de papiers. La pièce ondulait devant ses yeux.

«Que veux-tu dire? balbutia-t-elle. Un instructeur pour l'arrière… Le salut[2]?»

Maury l'arrêta d'un geste où il essaya de mettre toute sa tendresse, et sa voix trembla de reconnaissance en répondant :

«Ne pense pas à l'impossible, je t'en supplie.»

Il se tut brusquement. Sur le visage de sa femme une véritable haine venait d'apparaître.

«Vous ne finirez donc jamais de jouer aux héros», dit-elle et sortit sans se retourner.

Claude n'essaya pas de la retenir ni de la rejoindre. Il avait juste le temps d'aller chercher Thélis. Et que pouvait ajouter Hélène à la terreur qu'elle venait de montrer pour lui?

---

1. ***Instructeur*** : officier chargé d'instruire les nouvelles recrues.
2. ***Salut*** : ici, fait d'échapper à la mort, au danger. Quitter le front pour être instructeur signifie éviter le risque des combats aériens.

Chapitre IX

Herbillon était venu chez Paméla beaucoup plus tôt qu'il ne le fallait, pressé de se réfugier dans le seul endroit où il se sentît à l'abri.

La chanteuse le mena dans une pièce qu'elle appelait un cabinet particulier et qui, avec des rideaux de cretonne[1], des fauteuils de reps[2] et un canapé Louis-Philippe[3], avait gardé son aspect de salon oublié par le temps.

Il y avait encore, dans la grande salle, quelques soldats qui jouaient aux cartes. Herbillon suivit distraitement les bruits qui s'apaisaient peu à peu. Il ne voulait pas laisser de liberté à ses pensées.

Quand Paméla vint lui dire qu'elle avait renvoyé le planton de l'escadrille venu de la part de Maury, l'aspirant ne conçut aucune inquiétude. Avec sa minutie ordinaire, Claude voulait le voir pour un détail de service sans urgence. Herbillon continua d'attendre, l'esprit au repos, et comme suspendu.

Des pas légers firent crisser le gravier du jardin. Denise entra haletante, s'écria :

« Vous partez demain. Tu retournes au front. »

Herbillon sentit se répandre dans ses veines une merveilleuse allégresse. Quoi, le cercle enchanté, infernal se rompait de lui-

1. ***Cretonne*** : toile de coton très solide.
2. ***Reps*** : tissu d'ameublement épais, en soie, laine ou coton.
3. ***Louis-Philippe*** : dans le style à la mode sous Louis-Philippe, roi des Français de 1830 à 1848.

même ! Quoi, tout était si vite et facilement réglé, résolu ! Il eut peur d'avoir mal compris.

« Tu es sûre, tu es sûre ? demanda-t-il, le visage éclairé d'une joie encore contenue, mais prête à éclater.

– Claude me l'a dit. C'est atroce... »

L'aspirant eut un rire qui fit tressaillir Denise.

« Tu ne pensais pas tout de même, chérie, dit-il, que nous allions finir la guerre à Baïes ? »

Il s'approcha d'elle pour l'embrasser. Elle le repoussa violemment.

« Écoute encore, ordonna-t-elle, vous allez dans un secteur d'attaque. Vous serez en péril jour et nuit. Les trois quarts de l'escadrille ne reviendront pas.

– On verra bien... Pourquoi penser à ce qui ne dépend pas de nous ? Tu es là... Je suis heureux.

– Pour un soir ! Et cela te suffit ! cria Denise. Après, débarrassé de moi, tu t'en iras satisfait, paisible. Tu seras avec tes chers camarades, tu retrouveras ton cher équipage, tu voleras avec ton cher Claude... »

Il y avait dans les traits de la jeune femme un sarcasme si brûlant qu'Herbillon ne releva pas ces dernières paroles et, la regardant attentivement, demanda :

« As-tu toute ta raison, Denise ? Suis-je pour quelque chose dans ce départ que j'apprends par toi-même ? N'as-tu pas vu que je te sacrifie tout ?

– Alors, reste ! »

Herbillon enveloppa de ses mains le visage de sa maîtresse, le caressa.

« Voyons, ma chérie, pria-t-il, reviens à toi. Aimerais-tu mieux qu'on me fusille[1] ? »

Denise dégagea sa figure, regarda fixement Herbillon et dit :

1. Allusion à la punition des déserteurs, qui sont fusillés.

«Quand j'étais dans le bureau, on a téléphoné de l'état-major pour demander un instructeur volontaire pour Fontainebleau.

– Eh bien ?» demanda Herbillon sans comprendre.

Denise ne répondit rien, mais l'éclat de son regard devint plus aigu, plus intense.

«Oh ! Denise ! murmura Herbillon… Tu n'as pourtant pas pensé… Oui ?… Tu as pu ?… Moi, m'embusquer ?… Demander à Claude qu'il me renvoie à l'arrière, tandis que Thélis, tous les autres, iront à l'attaque ? Oh ! Il faut être une femme pour concevoir une saleté pareille !»

Une humilité magnifique parut sur le visage de la jeune femme.

«Insulte-moi davantage…, autant que tu le voudras, Jean, dit-elle, mais reste. Je n'ai pas d'honneur, je n'ai que toi au monde. Jean, mon petit Jean, je ne veux pas que des balles te frappent, que le feu te brûle.»

Elle était si belle et souffrait tant qu'Herbillon lui pardonna sa tentative.

«Je ne peux pas abandonner mes camarades, dit-il doucement.

– Je t'aime, répondit Denise.

– Que dirait Thélis ?

– Je t'aime», répéta la jeune femme.

Herbillon joua d'un argument qui lui semblait décisif pour elle comme pour lui.

«Maury, sans moi, court un risque beaucoup plus grand.»

Denise ne baissa pas les yeux et, d'une voix sourde, acharnée et presque cruelle, dit encore :

«Je t'aime.»

Herbillon considéra Denise avec un sentiment étrange. Il lui semblait ne rien avoir de commun avec cette maniaque[1] dont toute la défense, tout le raisonnement consistaient dans un seul

---

1. ***Maniaque*** : femme rendue folle par une idée fixe.

mot. Et, ce mot, il se prit à le haïr. Suffisait-il d'aimer pour avoir un droit absolu sur la vie d'un autre et aussi sur sa mort ? De quelle loi une pareille tyrannie pouvait-elle se prévaloir ?

«Eh bien ! non, dit brutalement Herbillon. Je ne laisserai pas Maury se battre sans moi.»

Denise aspira l'air d'un mouvement désespéré, puis en détachant chaque mot elle dit :

«Non seulement Claude, mais l'escadrille entière va savoir notre dernière nuit à Paris. Tu veux partir ? Tu veux leur estime par-dessus tout ? Au moins qu'ils te connaissent. C'est trop commode de m'avoir pour maîtresse, de voler avec Claude et de passer pour un compagnon sans reproche. Je suis prête à payer pour mon amour. Paie pour ton équipage.»

Des images passèrent dans l'esprit d'Herbillon. L'hostilité de l'escadrille… Le dégoût de Thélis…

Car Denise tiendrait parole. Il n'en était que trop sûr.

«Je ferai ma demande ce soir même», murmura l'aspirant.

Un cri lui répondit, bienheureux, jailli des entrailles :

«Jean, Jean, tu es sauvé !»

Denise balbutiait, priait, riait, pleurait, exultait[1] en même temps.

«Je te ferai tout oublier…, nous serons heureux… Ne regrette rien…»

Enveloppé de ces bras amoureux, maternels, Herbillon hochait la tête, avec un vague sourire honteux et dégradé[2]. Il acceptait tout désormais. Dans la chambre obscure, il y avait deux complices. Et non plus seulement d'une trahison, mais d'un crime.

Denise berçait encore Herbillon de paroles sans suite quand Paméla entra brusquement :

«Allez-vous-en, allez-vous-en, dit-elle, par la porte du jardin.»

---

1. ***Exultait*** : manifestait sa joie.
2. ***Dégradé*** : sans dignité.

Si Herbillon avait disposé de ses réflexes habituels, il eût entraîné Denise à temps, mais ils sortaient tous deux d'un trop poignant débat. Ils perdirent quelque secondes à se désunir, à comprendre. Alors, il fut trop tard. La ronde des gendarmes envoyée pour vérifier si Paméla respectait la consigne de la fermeture les surprit. Elle était conduite par l'officier qu'Herbillon avait humilié dans ce même cabaret.

« Ce sont des amis, s'indigna Paméla, tu vois bien qu'ils ne boivent rien. Laissez-nous tranquilles.

– Vos papiers ? » demanda l'officier.

L'aspirant, en haussant les épaules, tendit son livret militaire.

« Et vous, madame ?

– Je réponds d'elle, dit Herbillon. N'insistez pas, je vous en prie.

– Votre laissez-passer, madame ? Les ordres sont formels. Zone des armées. »

Sans la moindre gêne, Denise obéit.

« Madame Hélène Maury…, dit l'officier de gendarmerie à mi-voix en inscrivant ce nom avec celui de l'aspirant. Je vous remercie. »

Puis il s'adressa à Herbillon :

« Je vous donne deux minutes pour quitter les lieux. »

Il retourna vers ses hommes qui attendaient dans la grande pièce. Herbillon fit un mouvement pour l'arrêter, mais Denise posa une main ferme sur son bras et dit :

« Qu'importe, maintenant. »

Denise et Herbillon sortirent de Baïes et marchèrent longtemps. Le crépuscule, puis l'obscurité enveloppèrent cette fuite sans but, sans joie, à travers les champs et les prés. Herbillon voulait revenir à Baïes le plus tard possible. Il se sentait déjà chassé de l'escadrille et tremblait à la pensée qu'il pouvait rencontrer un camarade. Denise l'accompagnait pour le maintenir sous l'influence qui l'avait fait plier.

Au moment où, comme deux ombres à peine distinctes, ils se retrouvèrent devant la maison qui abritait le bureau de l'escadrille et le logement de Maury, l'aspirant n'éprouvait rien qu'une lassitude sans bornes et le désir que fût au plus tôt franchie l'étape honteuse vers un nouveau destin.

La nuit était assez avancée, mais une lumière éclairait la fenêtre du rez-de-chaussée.

« Maury travaille encore, dit Herbillon. Tant mieux, je vais lui parler tout de suite. »

Denise se serra contre le jeune homme, sans dire un mot, puis se mit à gravir l'escalier qui menait à la chambre de Claude. À mi-chemin, elle s'arrêta. La porte du bureau s'ouvrait. Dans l'obscurité, elle regarda l'espace lumineux qui engloutissait Herbillon.

L'aspirant, quand il entra, était décidé à ne dire que les deux ou trois phrases nécessaires à son dessein [1]. Tout devait se passer sur le ton glacé et artificiel qu'il avait adopté depuis longtemps avec Maury et qui, permettant d'éviter tout débat, allait lui rendre facile, dans la mesure du possible, une suprême félonie.

Mais, dès qu'il eut passé le seuil du bureau, Herbillon, avec épouvante, aperçut Thélis assis près de Claude. Ils examinaient ensemble des papiers et des cartes.

Le capitaine leva la tête et son regard arrêta le mouvement amical que, malgré lui, malgré tout, ébauchait Herbillon.

« Tu es retrouvé, enfin…, dit le capitaine sans qu'une seule des inflexions bienfaisantes qu'aimait tant Herbillon fût dans sa voix. Nous partons demain, tu le sais ?

– Justement… Je voulais…, balbutia l'aspirant…, à ce propos parler avec Maury… Mais puisque tu es rentré, mon capitaine…

– J'écoute.

– Mon capitaine… Je… préférerais te voir seul.

1. ***Dessein*** : projet.

– C'est une question de service ?

– Uniquement.

– Alors parle devant Maury. Il commande encore l'escadrille. »

La gorge nouée, Herbillon dit :

« Je demande le poste d'instructeur pour Fontainebleau qui est offert à un volontaire de l'escadrille. »

Pas un muscle ne bougea sur le visage de Thélis. Seulement, ses beaux yeux dorés se firent plus larges et plus durs comme sous l'effet d'une insulte qu'il ne méritait point.

« Je n'aurais jamais cru compter chez moi un volontaire de cette espèce, dit-il lentement, mais c'est ton droit strict.

– Merci, mon capitaine », murmura Herbillon. Il fit un pas vers la porte. Claude l'arrêta.

« Permettez-moi de vous demander comment vous avez appris l'existence de ce poste, dit-il. Je n'ai pas fait afficher la proposition, certain qu'elle était inutile. De plus, vous avez été absent tout l'après-midi.

– Justement, répondit Herbillon avec un effort désespéré. Justement j'ai rencontré un camarade de l'état-major. C'est lui… »

Même à un homme dénué de tout soupçon, les traits et la voix de l'aspirant eussent montré qu'il mentait. Pour Claude, la certitude fut tellement atroce qu'il oublia jusqu'à la présence de Thélis et celle de l'aspirant. Il vit la figure décomposée de sa femme, il entendit son effroi et l'espoir qui l'avait visitée soudain… Et ces présents merveilleux qu'il avait, naïvement, grotesquement, cru lui être offerts – ils allaient à Herbillon. Car, seule, Hélène – et Maury le savait mieux que personne – elle seule avait pu renseigner l'aspirant. Une manière de fléau[1] battit les tempes de Claude, la respiration s'engorgea dans sa poitrine creuse. Il se leva difficilement.

---

1. ***Fléau*** : fouet (sens propre), mal redoutable (sens figuré).

« Vous êtes fatigué, Maury. Je terminerai seul, dit Thélis. Soyez au parc des voitures[1] demain à neuf heures. »

Le capitaine regarda partir Claude puis, sans poser ses yeux sur Herbillon, ordonna :

« Rédige ta demande, vite, je n'ai pas de temps à perdre. »

Herbillon s'assit, prit une feuille de papier. Thélis marchait à grands pas à travers la pièce. Péniblement, comme s'il entreprenait une tâche surhumaine, l'aspirant commença d'écrire. Le grincement de la plume fit passer une crispation sur le visage mobile du capitaine. Il suspendit sa promenade et contempla fixement la nuque d'Herbillon.

Elle était jeune et forte comme tout le corps de l'aspirant, posée sur des épaules robustes, belles, loyales. Pourtant elle s'inclinait avec tant de faiblesse et tellement humiliée !... Une expression fraternelle éclaira la figure durcie du capitaine. Il n'abandonnerait pas son aspirant sans combat.

« Herbillon, dit-il soudain, je te promets de faire l'impossible pour que les camarades croient que tu as été désigné d'office. »

Les doigts de l'aspirant se mirent à trembler si fort qu'il ne put terminer le mot dont sa main traçait difficilement les contours. La voix de Thélis, amicale, vigilante, reprit :

« Maury se taira. Je le lui demanderai. »

L'aspirant lâcha la plume et se tourna à demi vers le capitaine, remua les lèvres sans pouvoir proférer un son.

« Ainsi, acheva Thélis, l'escadrille, au combat, te regrettera.

– Mon capitaine, mon capitaine ! écoute... »

Herbillon ne put aller plus loin. Des sanglots rugueux, malaisés, des sanglots d'homme, l'étouffèrent, tandis qu'avec une révolte furieuse il froissait, déchirait, dispersait en miettes la demande inachevée.

« Ne me juge pas, mon capitaine, gémit-il. Je n'ai pas eu peur... Si tu savais... »

---

1. ***Parc des voitures*** : parking.

Thélis passa sa main sur les cheveux de l'aspirant :

«Je sais…», dit-il avec une charité dont aucun de ses camarades ne l'eût cru capable.

Herbillon leva vers son capitaine un regard fiévreux, égaré.

«Le rapport de la gendarmerie sur Paméla vient d'arriver, continua Thélis. Je suis rentré à temps.»

Il y eut entre eux un silence très long.

«Va dormir», dit Thélis.

Claude monta l'escalier, sentant une à une toutes ses marches. Durant cette lente ascension, il eut le loisir de recomposer son visage. Mais il avait reçu un coup d'une telle violence dévastatrice que sa femme, en l'apercevant, s'écria :

«Mon Dieu, Claude, tu n'es pas bien?»

Et la sincérité de cette sollicitude empêcha Maury de parler. Hélène se montrait inquiète pour lui, non pas sans doute de cette admirable et animale épouvante qu'il lui avait vue quelques heures auparavant, mais, néanmoins, d'une tendresse émue, attentive. L'habitude qu'il avait prise de la rassurer, toujours et avant tout, joua automatiquement chez Claude, malgré sa souffrance, malgré l'effondrement de son monde intérieur.

«Ce n'est rien, dit-il. Je suis surmené par les préparatifs de départ. Je ferais un mauvais chef d'escadrille.»

Ayant cédé à l'un de ses penchants essentiels, Claude ne put se défendre contre un autre, peut-être plus impérieux encore : celui de comprendre et par là, fatalement, de justifier.

L'attitude qu'avait prise la jeune femme l'y aida. Elle avait infléchi vers lui ses épaules nues et friables[1], son cou fragile, innocent, désarmé.

Était-ce la faute d'Hélène si, jeune, elle s'était éprise de la jeunesse même? Si le charme, la sève[2], le courage et la gentillesse

1. ***Friables*** : ici, fragiles.
2. ***Sève*** : ici, énergie, force de vie.

d'Herbillon – dont il connaissait tant le pouvoir – avaient agi sur Hélène, qu'il avait frustrée de tous ces biens en l'épousant ? Et n'était-il pas naturel que l'aspirant eût aimé sa femme, cette femme à nulle autre pareille ? Qui donc les avait réunis, sinon lui-même ?

Claude était assez âgé, assez humain pour ne point mépriser Herbillon de cette faiblesse et même pour ne point le juger. Peut-être, si Hélène avait su l'aimer avec cette violence, il n'eût pas agi différemment…

Maury était arrivé à ce degré de renoncement, de compassion universelle qui est comme une déchirante félicité. Il voulut aller jusqu'au bout du chemin.

« Je crois, dit-il, qu'Herbillon ne partira pas avec nous. Il a su par un camarade cette histoire d'instructeur et a demandé le poste à Thélis.

– Qu'a répondu le capitaine ? interrogea la jeune femme.

– Il a accepté. Il ne pouvait pas faire autrement. »

Hélène garda le silence. Que pouvait-elle dire qui ne trahît son bonheur ?

« Je dormirai sur le canapé, dans l'autre chambre, murmura Claude. J'ai besoin de me lever tôt et ne veux pas te réveiller. »

À voir sortir son mari, plus gauche que jamais, Hélène fut traversée d'un remords pareil à une brûlure. Mais elle avait trop besoin de sa victoire, elle avait trop lutté en la poursuivant pour la laisser entamer[1].

« Claude…, il en réchappera », pensa-t-elle avec une fausse assurance.

La jeune femme faisait ses valises lorsque le capitaine se fit annoncer.

« Je suis heureuse de vous connaître, dit Hélène Maury. Claude et ses camarades m'ont tellement parlé de vous. »

1. ***Entamer*** : diminuer.

Thélis la regardait attentivement sans rien dire. Un léger malaise qu'elle n'eût pu expliquer vint à Hélène.

«Vous vouliez sans doute voir Claude? reprit-elle. Il n'est pas là.

– Il est au parc des voitures, je le sais, dit Thélis. Il ne s'agit pas de lui, mais d'Herbillon.

– Je ne comprends pas…», murmura Hélène.

Thélis continua rapidement et comme s'il n'avait pas entendu :

«Il faut m'excuser une fois pour toutes, madame. Si je suis venu, c'est que je le devais. Je suis au courant de tout…, oui, de tout, entendez-moi bien.

– C'est Jean qui…?

– Non. La patrouille d'hier soir.»

La jeune femme respira profondément et déclara avec défi :

«Alors, peu importe. Jean est sauvé.

– À coup sûr, dit Thélis sans modifier le son de sa voix… Mais pas comme vous le pensez…»

Il remarqua chez la jeune femme une sorte de repliement sur elle-même, un frémissement félin de bête prête à se défendre, et dit, secouant imperceptiblement la tête :

«Ne me traitez pas en ennemi. Il est trop tard.

– Que voulez-vous dire? cria Hélène. Que vous l'avez repris?

– Ni moi ni personne. Il est revenu à lui-même… C'est tout.

– Ce n'est pas vrai… C'est impossible. Vous avez refusé! Vous n'avez pas le droit!

– Je n'ai rien eu à refuser. Il a déchiré la feuille sans que je le lui demande.

– Après m'avoir promis…, après… Et j'avais cru, enfin, qu'il m'aimait.

– Oh! il vous aime, dit Thélis, soyez-en sûre. Et au-delà de ce que j'aurais pu croire.»

La jeune femme répondit avec un rire trop aigu, maladif : «Il m'aime, oui, mais il reste...»

Une expression de curiosité, d'incrédulité passa sur la figure du capitaine.

«Vous pensiez donc vraiment l'entraîner ? demanda-t-il. Lui faire renier...

– Quoi donc ? L'escadrille ?... Vous ?... Son honneur ?... L'équipage ! Épargnez-moi cet attirail ! Vous aurez beau faire, il va à la mort et il me laisse, moi qui l'aime... Je ne comprendrai, n'admettrai et ne pardonnerai jamais cela.»

Contrairement à ce qu'avait fait Herbillon, Thélis n'essaya pas de plaider, de convaincre. Il était trop lucide et trop sage pour ne pas voir qu'une femme véritable, authentique (et celle qu'il avait devant lui l'était dans sa moelle la plus profonde) vivait sous d'autres astres que les siens – et inconciliables. Entre leurs sentiments et leurs lois il n'y avait pas de mesure commune. Elle pouvait, contrainte, subir la règle des hommes. Elle ne l'accepterait jamais dans la part essentielle de son être.

Et ce fut là que le capitaine tenta de l'atteindre pour réussir dans le double dessein qui l'avait conduit auprès d'elle : éviter un éclat[1] auquel, dans son tourment, il sentait la jeune femme toute prête ; empêcher que l'aspirant retournât au combat rongé, diminué par la rancune qu'il aurait laissée derrière lui.

Sans permettre à la jeune femme de se répandre en plaintes ou en menaces, il dit :

«Ne regrettez pas d'avoir échoué. En vous suivant, Herbillon, du même coup, détruisait le sentiment qu'il a pour vous.

– Allons donc ! s'écria Hélène avec le même rire saccadé qu'elle avait eu quelques instants plus tôt. Allons donc, loin de vous, tout à moi, j'aurais bien su...»

Thélis l'interrompit de sa voix la plus assurée et la plus persuasive.

1. *Éclat* : scandale.

«Comme vous vous trompez ! Faites un effort. Ne fermez pas les yeux à ce qui est vrai. Réfléchissez : Herbillon n'a plus ses camarades, notre mouvement, nos risques pour le distraire. Il est sans cesse devant lui-même. Alors seulement, il se rend un compte exact de sa faiblesse. Chaque matin, chaque soir, les journaux lui parlent du front, de nous..., entretiennent, accroissent chez lui la honte, enveniment le mal. Et tout cela se retourne contre vous. Contre vous qui êtes la cause, le témoin. Il apprend à vous haïr...

– Assez, je vous en prie..., assez ! » dit soudain la jeune femme.

Elle éleva faiblement les mains, comme pour se protéger. Ce n'était plus le capitaine qu'elle entendait, mais la voix de ses propres doutes, de ses propres craintes, qu'elle avait eu tant de peine à réduire au cours de la nuit insomnieuse[1] qui venait de s'écouler. Elle connaissait trop Herbillon pour ne pas avoir tremblé de tuer son amour en assurant sa vie.

«Herbillon ne vous pardonne jamais, continua le capitaine. Aussi, dès qu'il rencontre une autre femme qui ne sait rien de lui, de sa fuite, qui ne la lui rappelle pas sans répit, il vous quitte... Il l'aime de toute la mauvaise colère massée contre vous et qu'il nourrira durant toute son existence.

– Vous l'avez pensé aussi ! s'écria Denise. Je vous en supplie, parlez sans ménagements. N'essayez pas de me consoler, c'est trop grave. Vous le croyez ?

– Sur mon escadrille », dit le capitaine.

Les bras de la jeune femme glissèrent le long de ses flancs, inutiles, inertes.

«Alors, tout est bien», murmura-t-elle, le regard vide, presque vitreux...

Elle n'entendit pas sortir Thélis.

1. ***Insomnieuse*** : sans sommeil.

La file des voitures, des camions, des tracteurs était alignée sur le côté droit de la route qui, de Baïes, menait vers l'ouest. Des chauffeurs en sueur donnaient les derniers coups de manivelle pour faire partir les moteurs rétifs[1]. Les habitants de la petite ville saluaient les officiers qu'ils connaissaient. De jeunes ouvrières souriaient aux soldats.

Maury se détacha de sa femme.

« Écris-moi bien chaque jour, Claude, supplia-t-elle. J'ai si peur !

– Il ne faut pas, dit Maury. Nous avons l'habitude, tu sais. Surtout avec Herbillon comme observateur, toutes les chances sont pour nous. »

Un planton vint prévenir Claude que le capitaine l'attendait dans sa voiture. Maury se rapprocha d'Hélène. Ils s'embrassèrent silencieusement. À grandes enjambées maladroites, Claude rejoignit Thélis.

La jeune femme se mit à remonter lentement la rangée des véhicules. Tout ce qu'elle voulait, c'était apercevoir le visage d'Herbillon. Après son entretien avec Thélis, elle n'avait pas essayé de retrouver l'aspirant. Elle avait eu peur d'elle-même, d'une dernière tentative qu'elle eût faite, malgré elle, pour le garder. Elle avait remis d'instant en instant les adieux. Le départ l'avait trouvée sans plus de force ni de résolution.

Soudain, du bas-côté de la route, Herbillon surgit.

« Denise, enfin ! s'écria-t-il. Je t'ai cherchée tout ce matin, tu te cachais. Tu m'en veux si fort ? Mais je ne pouvais pas, je ne pouvais pas… Pardonne-moi… »

Des larmes vinrent aux yeux de Denise. Mais pas celles qu'elle redoutait. Elles étaient douces, bienfaisantes, miséricordieuses parce qu'elles venaient d'un amour qui, pour un instant, connaissait l'oubli de lui-même.

1. ***Rétifs*** : capricieux, récalcitrants.

«Mon pauvre petit, murmura-t-elle. Va, puisque tu le veux, puisque tu sens qu'il le faut. Je t'attendrai. Je ne te ferai plus souffrir, sois tranquille...»

Si elle avait eu besoin d'une récompense, Denise l'eût trouvée dans la joie et la gratitude brûlantes dont se para le visage d'Herbillon, visage soudain reformé, retrouvé, enfantin et viril, ardent à rire et à vivre.

«Tu es brave! Tu es chic! s'écria-t-il. Je t'aime, je t'aime. À bientôt...»

Sa voiture l'ayant dépassé, l'aspirant dut courir pour la rattraper au vol. Du marchepied, il fit signe gaiement à sa maîtresse. Elle ne le vit pas. Elle avait fermé les yeux.

Quand elle les rouvrit, les camions roulaient déjà et tressautaient pesamment sur le mauvais chemin. Bientôt, un épais voile de poussière couvrit le convoi.

Chapitre X

Le bruit du canon les accueillit à l'arrivée. La rumeur lointaine, appel et menace à la fois, faisait aux paroles comme aux gestes un fond grave. Des tentes blanchissaient sur le terrain ; chacune devait abriter un équipage.

En pénétrant dans la sienne où deux lits de camp étaient dressés côte à côte, Herbillon songea que son intimité physique avec Maury allait devenir plus étroite. Mais il se refusa au malaise que lui inspirait cette pensée. Ce n'était pas l'heure des problèmes personnels. Il fallait garder toutes ses forces pour la tâche qu'annonçait le grondement sourd de l'horizon.

Herbillon rencontra Thélis qui venait du nouvel état-major. Jamais le jeune homme ne vit au capitaine visage si beau. Le feu du regard, tout l'élan du corps disaient la joie de l'effort, de la lutte.

« Quelle chance j'ai ! cria Thélis. Sortir de permission pour tomber sur un pareil travail ! »

Trouvant dans l'émotion de l'aspirant le reflet de la sienne, il ajouta :

« Tu es content, hein, bleusaille[1] ? »

Il devint tout à coup sérieux :

« Ouvre grands les yeux, dit-il. Tu ne sais pas encore ce qu'est un secteur en feu. »

1. ***Bleusaille*** : novice.

Une ombre passa dans son regard comme si, d'avance, ils assistaient à l'hécatombe[1] des camarades. Il dit d'une voix si timide que Jean la reconnut à peine :

« Souviens-toi d'une chose, Herbillon. Je suis très croyant. S'il m'arrivait de ne pas rentrer, qu'on dise une messe. »

Sans laisser le jeune homme répondre, il courut à son appareil. Il partait, le premier, reconnaître le front.

À son retour, la lumière fondait imperceptiblement. Une table fut dressée en plein air et l'on dîna de conserves, le cuisinier ne devant arriver que le lendemain avec le matériel roulant. Au cours du repas, Thélis distribua le travail. Deux avions devaient observer chaque matin l'avance et les travaux ennemis, trois assureraient les réglages, deux effectueraient la patrouille du soir. Enfin, un équipage se tiendrait en alerte permanente pour remplir les missions d'urgence.

Herbillon et Maury prirent leur tour de surveillance un jour plus tôt qu'il n'était prévu au tableau de service. La veille, Charensole et Brûlard n'étaient pas revenus.

L'aspirant errait sur le champ sommairement déblayé parmi les moissons couleur de miel et songeait aux vols qu'il avait déjà faits sur le nouveau front. Ils avaient été calmes, malgré le tir dangereusement précis d'une batterie embusquée près de la Marne. Mais le péril latent[2] qui guettait l'équipage avait rendu Herbillon et Maury, et avec un pouvoir plus grand que jamais, à cet indéfinissable échange où ils partageaient au même instant réflexes, sentiments et pensées.

Herbillon devinait que Maury était parvenu à cette limite extrême du soupçon où tout apparaît comme possible. Sa raison venait buter encore contre ce qu'il estimait une impossibilité matérielle ; son instinct, lui, ne doutait plus. Et le jeune homme

---

1. ***Hécatombe*** : massacre, carnage.
2. ***Latent*** : souterrain, sous-jacent.

discernait chez Claude une affreuse certitude que celui-ci ignorait peut-être lui-même, mais qui répandait sur son visage une tristesse d'animal touché à mort.

L'ombre d'un avion sur le sol vint détourner le cours de sa rêverie. Virense rentrait avec Michel. La douceur de l'atterrissage montra la science du pilote. Jean se dirigea vers l'appareil pour interroger les camarades. Mais aucun d'eux ne sortait des carlingues, Herbillon appela sans obtenir de réponse. Sourdement inquiet, il se hissa sur le marchepied du pilote et poussa un cri. Le gouvernail, les parois, le coussin de cuir étaient couverts de sang et Virense affaissé sur le siège avait les yeux clos. Le regard du jeune homme plongea dans la carlingue de l'observateur : une manière de tas humain gisait sur les planches.

Devant cet appareil sinistre, qui était revenu, semblait-il, de lui-même déposer les deux corps inertes, Herbillon se mit à trembler.

On sut plus tard que Virense, le poignet droit brisé par un éclat d'obus, avait eu la force de piloter son avion chargé d'un cadavre jusqu'au terrain et s'était évanoui aussitôt que les roues avaient touché le sol.

Narbonne qui devait partir grommela, les sourcils froncés :

«La mauvaise passe[1].»

Il croyait fermement – et l'expérience générale confirmait cette foi – que la mort, comme le jeu, se plaisait aux séries. Néanmoins il fit signe gaiement au mitrailleur Sorgues qui montait avec lui.

Une heure passa. Tout à coup, Herbillon tressaillit, leva la tête. Dans le ciel embué de brume fine, il ne distingua rien et cependant l'air résonnait d'un faible crépitement.

«Maury !» appela le jeune homme.

Claude sortit de la tente et s'écria :

«Oui, on se bat là-haut.»

---

1. ***Mauvaise passe*** : période de malchance.

Ils écoutèrent quelques secondes. Des mitrailleuses claquaient à bord d'avions invisibles. Ils échangèrent un regard.

Claude hésita :

«Ils sont au moins à cinq milles[1], dit-il. Nous n'aurons pas le temps.»

Il avait à peine achevé que Jean lui meurtrit la main.

«C'est fini», murmura-t-il.

Du haut du ciel, de si haut qu'un instant encore Maury douta, une étincelle tombait. Elle grandit vertigineusement, hirondelle ardente, bloc de feu, avion en flammes.

Une troupe de pilotes et de mécaniciens avait surgi des tentes.

«Est-ce un Français ? criaient-ils.

– Oui, un *Salmson*[2].

– Poursuivi jusqu'au terrain.

– Un des nôtres.

– Narbonne.

– Il ne tombe pas; il pique volontairement. C'est clair, il est encore vivant.»

Frappés d'angoisse impuissante, ils durent assister à cette lutte suprême de leur camarade qui, par la vitesse de sa chute, essayait de toucher le sol avant l'embrasement total. Ils l'imaginaient écrasé contre le gouvernail de profondeur, le moteur lancé à pleine puissance, crispé dans sa volonté furieuse de jeter l'appareil sur ce champ que lui cachait la chevelure brûlante qui le précédait.

Des paroles que la raison ne contrôlait plus rythmaient ce combat désespéré.

«Pourvu que les ailes tiennent !

– On entend le moteur.

– Le voilà sur nous !

---

1. Un mille équivaut à une distance de 1 852 mètres dans les airs.

2. ***Salmson*** : biplan à deux places, utilisé pour les missions de reconnaissance.

– Place ! Place ! »

Mais personne ne bougea. La torche ailée était à une dizaine de mètres au-dessus du terrain et tous pensaient avec épouvante à cet atterrissage dément, lorsqu'une clameur s'éleva :

« Il saute ! »

Une masse enflammée se détacha de l'appareil et s'écrasa sur le sol. En même temps l'avion ardent, heurtant d'un choc sourd le champ de blé voisin, s'y enterrait à demi.

Herbillon et Maury se ruèrent les premiers vers le pilote. Ils ne trouvèrent qu'une boursouflure[1] énorme. La peau glissait en lamelles, laissait apparaître une chair noircie. Dans le visage tuméfié[2], tous les traits avaient fondu en une graisse grumeleuse[3]. Ni Claude ni l'aspirant ne reconnurent leur camarade et l'horreur qu'ils éprouvèrent ne laissa pas de place à la pitié.

Soudain, ils furent secoués par le même frisson. De l'amas informe, en qui rien ne rappelait celui qu'ils avaient vu partir une heure auparavant, une voix s'élevait, la voix familière, la voix qui résonnait au mess, à la table de jeu, qui riait avec tant de franchise. Loin de délirer, elle était animée d'une conscience lucide. Et de ses lèvres qui n'étaient plus qu'une pâte molle, cet étranger monstrueux et brisé fit, par la voix intacte de Narbonne, ses recommandations suprêmes.

Ce même jour, le corps d'armée chargea l'équipage alerté de photographier les ponts de la Marne.

La mission était dangereuse entre toutes. Thélis, qui était revenu des lignes et dont le front était chargé d'une fureur douloureuse, résolut d'assurer avec le *toubib* la protection de Claude.

Les trois avions furent vite en ciel ennemi. Maury scruta l'espace et se tourna vers Herbillon. Un regard leur suffit pour

---

1. ***Une boursouflure*** : un gonflement.
2. ***Tuméfié*** : enflé, gonflé.
3. ***Grumeleuse*** : en petits paquets coagulés.

sentir au même niveau toutes leurs facultés. De la minute qu'ils choisiraient pour s'engager au-dessus de la Marne dépendaient et le succès de leur mission et leur vie. L'appareil, de Dormans[1] à Château-Thierry, devait se tenir à la même hauteur, aller à la même vitesse afin d'assurer la régularité des clichés. Il fallait être sûr que des avions allemands ne les rejoindraient pas au cours de ce vol méthodique.

Une dernière fois les yeux de l'aspirant fouillèrent le ciel avec une attention minutieuse, sans apercevoir un point suspect. Il y avait bien, vers la Vesle, quelques nuages qui pouvaient dissimuler des ennemis, mais comme il ne voulait pas prolonger indéfiniment une attente dangereuse, Herbillon fit un signe à Claude ; lentement l'appareil vira. Derrière lui, les deux avions de protection reproduisaient avec fidélité ses mouvements.

À travers le hublot ménagé sous les pieds de l'aspirant, parut la coulée bleue du fleuve. Il rentra la tête dans sa carlingue et confia son destin à Maury. La manœuvre du massif appareil photographique qui gênait la liberté de ses gestes allait désormais l'absorber tout entier.

Sous ses yeux la Marne glissait lentement. Régulier comme une machine, il pressait la détente, escamotait[2] les plaques. Et, invinciblement, l'image de Denise l'accompagna. Il aurait voulu qu'elle le vît, adroit et lucide, auréolé de périls mortels, exécutant une mission qui aidait la victoire.

Dans sa carlingue, les doigts serrés sur le gouvernail, l'oreille auscultant le souffle du moteur, les yeux fixés tour à tour sur les cadrans et sur le ciel, Maury songeait à la même femme.

Et tous deux – âmes jumelles d'une cellule unique – liaient leur savoir et leur divination pour mener à bien la même tâche. Ils avaient beau souffrir l'un par l'autre, se haïr même, leurs sens, leurs nerfs, emmêlés aussi étroitement que les commandes de

---

1. ***Dormans*** : commune du département de la Marne.
2. ***Escamotait*** : enlevait.

l'appareil, travaillaient à l'unisson. Rouages intelligents de la frêle[1] et puissante machine qui les emportait, le même fluide circulait en eux.

Un avertissement mystérieux tira Herbillon de son travail. En même temps l'avion piqua.

Des nuages perfides jaillissaient des étincelles sombres. C'étaient douze avions allemands, mais du premier regard Jean vit qu'il se trouvait hors de danger; Claude ayant prévenu à temps l'attaque, l'ennemi ne les pouvait rejoindre.

Cependant la joie de cette sécurité se dissipa aussitôt. Thélis et le *toubib* n'avaient pas voulu abandonner l'avion qu'ils protégeaient, ils étaient encore au-dessus de la Marne, et, déjà, les chasseurs allemands fondaient sur eux. Comme de sources ardentes ruisselaient les balles tandis que les deux appareils piquaient vers le sud. Mais les monoplaces plus rapides les rejoignaient.

Un sentiment d'épouvante étreignit le jeune homme devant cet essaim de guêpes sauvages acharnées à tuer. Pendant une seconde qui fut longue comme une vie douloureuse, il hésita. Il avait échappé au péril; se mêler au combat ménageait une fin presque certaine. Et, conscient pour la première fois du péril, il eut peur, misérablement.

Maury, tourné vers lui, attendait sa décision, respectant la discipline stricte qui soumet l'équipage à l'observateur. Jean, alors, écouta ce que disait la pensée de Claude. Il le sentit d'abord, comme lui, indécis, puis se dégageant de sa lâcheté et prêt à tout entreprendre pour secourir les camarades.

Il leva la main dans la direction du combat, et, brutalement renversé, l'avion monta vers l'espace rayé de balles incandescentes.

Toute crainte avait abandonné le jeune homme. Il ne pensait à rien. De son esprit vide, des ordres mécaniques allaient à son

1. ***Frêle*** : menue, chétive.

corps. Il assura les chargeurs de ses mitrailleuses, vérifia la souplesse de la tourelle mobile. Une forme ailée bondit sous ses yeux, serrée par d'autres. À petites rafales sèches, régulières et rapides, ainsi qu'on le lui avait enseigné à l'école, il tira. La mitrailleuse de Claude lui répondit.

C'est à l'atterrissage seulement qu'il reconstitua la scène : les chasseurs surpris par cette attaque, leur flottement qui dura un temps inappréciable, mais permit à Thélis de se dégager, la manœuvre heureuse de Maury pour fuir de nouveau. Sur le lieu du combat il vit seulement un avion aux croix noires tomber comme un bloc vers la Marne, pensa :

«Je l'ai abattu.»

Et se retrouva soudain à quelques mètres du sol, tandis que la patrouille ennemie se dirigeait vers l'ouest.

Les yeux de Claude étaient encore sur lui, qui l'interrogeaient. Leur mission n'était pas terminée, la moitié des clichés demandés manquait. Herbillon écouta le moteur bruire allégrement. Rien, dans l'appareil, ne s'opposait à ce qu'il reprît la tâche interrompue. Mais leur protection n'était plus là et les chasseurs allemands n'avaient pas disparu de l'horizon.

Cependant, il sentit de nouveau que le même désir naissait, irrésistible, chez Claude et chez lui. Il enleva les rouleaux épuisés de ses mitrailleuses, les remplaça par de nouveaux. Maury n'avait pas eu besoin d'autre indication et se dirigeait vers le fleuve.

Ils reprirent la hauteur qu'ils avaient avant l'attaque et, commençant par Château-Thierry, ils suivirent la Marne en sens inverse. À l'instant même où, dans le hublot, Jean aperçut le pont ruiné qui marquait le recoupement final de ses clichés, la patrouille ennemie revenait vers eux. Mais elle ne pouvait plus les atteindre et bientôt apparurent les tentes du terrain. Cependant il fallut qu'Herbillon aperçût l'ombre de l'avion se rapprocher pour avoir le sentiment d'être sauf.

Thélis qui les attendait les étreignit avec emportement, et lorsqu'il sut qu'ils avaient, seuls, achevé leur mission, il dit simplement :

« Je ne sais pas si j'aurais risqué la chose. » Les deux hommes sentirent qu'aucune récompense ne vaudrait pour eux cette parole.

Le capitaine continuait à les considérer avec une émotion profonde :

« Maury, Herbillon, dit-il. Depuis longtemps je vois qu'il y a un malentendu entre vous. Si vous ne voulez pas gâter ma journée, embrassez-vous je vous prie. »

Cette fois, ce fut Claude qui détourna la tête.

Après l'avoir, en quelques jours, réduite de moitié, le sort épargna l'escadrille. Mais tous ses membres durent fournir un effort hors de mesure avec la résistance humaine. Seul, Thélis réussissait par son exemple à maintenir parmi ses hommes surmenés et que la fin des camarades avait chargés de lourds pressentiments une bonne humeur fiévreuse.

Il volait tout le temps, pour toutes les missions, changeant d'appareil, emmenant les nouveaux observateurs qui remplaçaient les disparus, suppléant à leur inexpérience par une habileté sans égale, un courage sans défaillance. Aucune prière, aucun avertissement ne le pouvait retenir. Il était à cette limite d'épuisement que peut vaincre seulement un mouvement forcené[1]. On eût dit qu'il voulait s'enivrer de fatigue et de péril pour oublier l'holocauste[2] et attirer sur lui seul l'attention de la mort.

Il y parvint.

Un matin, guidé par une main peu sûre, un avion vint briser son train d'atterrissage contre le remblai d'un chemin creux dans la campagne de Meaux[3].

---

1. ***Forcené*** : violent, acharné.
2. ***Holocauste*** : massacre.
3. ***Meaux*** : ville du département de Seine-et-Marne.

C'était l'instant indécis où la nuit d'été laisse encore traîner dans la clarté de l'aube avec ses dernières ombres sa suprême douceur. La paix la plus vaste et la plus recueillie se referma sur le sillage impétueux dont l'appareil avait troué l'air immobile.

De la carlingue arrière se dressa l'ombre massive de Marbot. Une traînée rouge coulait de son épaule. Il descendit péniblement et marcha vers l'avant de l'avion. Comme le moteur affaissé touchait le sol, il put mettre sa tête au niveau de l'orifice d'où émergeait tout à l'heure encore le casque du capitaine.

«Thélis, gémit-il faiblement. Mon vieux Thélis.»

Il ne s'étonna point de ne pas entendre la voix de celui qu'il appelait. À bout de forces, il s'accouda au rebord de la carlingue. Des images brouillées, où se résumaient trois années de luttes et de joies communes, glissaient devant lui, mêlées de sensations de douleur physique.

Leur première sortie alors que Thélis était encore sous-lieutenant… Qu'il avait mal au cou… Le soir où ils avaient forcé une cave de champagne à Reims… La tête lui tournait… La voix du capitaine plus mordante qu'un clairon… Ses jambes fléchissaient… Et sur la vision du rire avec lequel Thélis montait en avion, il s'évanouit…

Le temps passait. La masse confuse que faisait l'appareil émergeait lentement à la lumière. Thélis eut enfin le sentiment que le gouvernail de profondeur lui écrasait la poitrine. Arc-bouté[1] contre le siège, il se releva et les premiers feux du soleil l'éblouirent. Avec des gestes dont il n'avait plus la maîtrise, il se dégagea de la fourrure qui l'étouffait, puis, ramassant ses forces défaillantes, coula de la carlingue vers la terre toute proche.

Là ses pieds butèrent contre un torse, il tomba sur les genoux, chuchotant :

«C'est toi, Marbot. Tire donc encore.»

---

1. ***Arc-bouté*** : courbé, appuyé.

De nouveau le silence flottait sur la plaine. Thélis, accroché au fuselage de l'avion, se redressa et demeura sans mouvement. Ses lèvres desséchées aspiraient l'air avec un râle[1].

Lentement, confusément, le capitaine comprenait qu'il vivait encore ; du combat il ne lui restait que le souvenir du bruit agonisant du moteur, d'un choc. Et il se mit en marche. Sans but, uniquement pour fuir l'appareil brisé, le corps de son camarade et l'odeur du sang répandu autour de lui.

Les champs le tentèrent par leur tranquillité. Il ne pouvait songer à rien. Il sentait son cœur bruire en lui comme un insecte frêle. L'air spacieux de l'aurore distendait ses muscles et il éprouvait, à se mouvoir, une légèreté trompeuse qui le faisait trébucher à chaque pas. Comme il n'avait plus conscience de son corps, ses bras l'étonnaient par leur mouvement de balancier déréglé. Parfois, il s'asseyait, sans le savoir.

De son flanc gauche giclait une source tiède ; il ne s'en apercevait point.

Infinie lui parut cette marche hallucinée à travers la campagne déserte, mais le soleil était frais encore lorsqu'il tomba une dernière fois. Il avait soif, mordit l'herbe grasse de rosée, voulut se relever, n'y parvint pas. Alors, il s'étendit sur le dos, les bras en croix et le ruissellement qui chauffait ses hanches se fit plus rapide.

Soudain, le matin s'anima. Une plainte suave[2] traînait sous le ciel. Timide, elle effleurait la terre à sa naissance. Puis elle devint plus profonde. Des appels nouveaux l'enrichirent et renforcée, soutenue, elle vibra pleine et légère. Thélis, sans reconnaître le chant des cloches qui, dans un couvent voisin, sonnaient la messe de l'aurore, accueillit leur voix comme une amie, très vieille berceuse des enfances.

1. ***Un râle*** : une respiration bruyante.
2. ***Suave*** : douce.

Il ne reconnut pas davantage le chœur féminin qui accompagna le froissement de l'airain[1] et du bronze, mais le sentit à la douceur qui le baigna.

Il ne gisait plus dans un champ où l'avait traîné un corps déchiré. Ce n'était pas le soleil qui, d'une bouche d'or, baisait son visage. Et la terre et le ciel s'étaient dissous en un fluide espace. Il sut que son existence avait pris fin, que le chant fondu des cloches et des voix humaines saluait son âme libérée.

Et dans la tendre mort le capitaine entra vivant encore.

Lorsque sa dépouille fut ramenée à l'escadrille, il n'y eut pas de plaintes parmi les camarades, mais ils sentirent tous que le sourire dessiné par une main trop ferme sur ces lèvres qui furent si joyeuses emportait un lambeau très cher, très pur et très noble de leur jeunesse.

1. ***Airain*** : métal proche du bronze.

Chapitre XI

Marbot ne voulut point se rendre à l'hôpital avant l'enterrement. Rongé de fièvre, un pansement grossier sur son épaule meurtrie, il veilla Thélis, ne permettant à personne d'approcher le corps inerte. Seul, Herbillon obtint la faveur de passer quelques instants auprès de lui et d'entendre de sa bouche quel fut le dernier combat du capitaine contre cinq avions.

Quand l'aspirant quitta la tente sous laquelle reposait Thélis il entendit les voix animées de Reuillard et du *toubib*. Maury venait d'être nommé chef de l'escadrille et cela irritait aussi bien le vieux capitaine que le médecin pilote ; ils jugeaient, le premier, que ce poste devait revenir à son grade, l'autre, à son ancienneté dans l'aviation. À cette colère, Jean vit que déjà se désagrégeait[1] la cohésion de l'escadrille.

Son âme dormait là-bas, où veillait Marbot.

Elle revécut un matin encore, celui des funérailles. Jusqu'au plus humble mécanicien, ils entourèrent tous la fosse où descendit le cercueil. Dans les yeux les plus durs et les plus insouciants, Herbillon vit germer les larmes difficiles à couler qui brûlaient les siens.

Lorsque tout fut terminé, l'aspirant revint au terrain avec Maury, car ils devaient voler ensemble. La même peine courbait leurs nuques, car tous deux – bien que d'un amour différent – aimaient également Thélis. Et Claude murmura :

---

1. ***Désagrégeait*** : décomposait.

«Essayons d'être amis de nouveau, Jean.»

Herbillon leva sur lui un regard dépouillé de sens.

«Ne pensons plus à rien, dit encore Maury. Qui sait ce que nous avons encore à vivre?»

Comme pour imposer silence à tout ce qui se rebellait en eux contre leur amitié, il parla de Thélis. Et si grande était la tendresse dont ils l'avaient chéri qu'ils s'oublièrent pour ne songer qu'à leur capitaine. Mais cela poussa Claude à dire, pour montrer combien loin s'étendait la souffrance qu'inspirait cette mort :

«J'ai reçu d'Hélène une lettre désespérée. Je ne pensais pas avoir su le lui faire tant aimer.»

Et Herbillon eut alors le sentiment qu'à se taire il trahirait la mémoire de Thélis et cria :

«C'est moi qui, dès mon arrivée ici…»

Il n'osa pas continuer. Claude eut l'impression que se levait un dernier rideau ténébreux.

Ils n'échangèrent plus un mot avant de monter en avion.

Des aiguilles glacées criblaient les doigts de l'aspirant qui essayait de réduire par les mouvements de ses mains la torture du froid. Il savait qu'il lui faudrait l'endurer longtemps encore, car ils revenaient d'une mission qui les avait conduits très loin dans les lignes allemandes et, pour diminuer le risque, volaient à six mille mètres d'altitude.

Il avait revu des paysages familiers : l'Aisne, la cote 108 et le plateau de Rosny que maintenant occupait l'ennemi. Mais la souffrance physique avait rapidement dominé la mélancolie qui l'avait ému devant les lieux où il était né à la vie d'escadrille, où Berthier, Deschamps et Thélis lui étaient apparus, où il s'était lié si noblement avec Maury et où dormaient tant de ses illusions.

Une sorte de cangue[1] lui écrasait les épaules, ses articulations paraissaient à jamais raidies. Le moindre geste exigeait un effort

1. ***Cangue*** : lourd carcan dans lequel on maintenait le cou et les poignets des prisonniers.

démesuré. Il avait l'impression que ses tempes cédaient sous une pesée à chaque instant plus rude et que de là venait le mal qui lui martelait la tête.

Devant lui, le casque de Claude et son collet[1] de fourrure ne bougeaient pas d'une ligne. Économe de ses mouvements, oppressé lui aussi par cette atmosphère où le cœur travaillait avec un pénible désordre, Maury veillait seulement à ce que l'appareil ne s'enfonçât point.

Il semblait, tellement à cette hauteur les lignes du sol se déplaçaient peu, que l'avion, lancé à plein moteur, demeurait immobile. Le regard embrassait toujours le même horizon immense et comme immuable, toile verte, tendue à plat et couturée de fils gris – les routes –, de fils azurés – les rivières.

De temps en temps, Herbillon employait toute son énergie, pour se lever, inspecter l'espace. L'habitude le gouvernait plus que sa volonté. La torpeur qui l'imprégnait tout entier lui rendait indifférente l'idée du péril. Claude éprouvait un engourdissement semblable.

Mais si leurs membres étaient liés par une paresse morbide, l'activité de l'esprit demeurait intacte. On eût dit seulement que l'abdication[2] des corps lui donnait une lucidité cristalline et un détachement parfait de l'objet de ses réflexions. Leur pensée remuait avec froideur et comme des éléments abstraits les sentiments qui les faisaient, à l'ordinaire, souffrir au plus profond, au plus vif de l'être.

Ainsi Maury dressait rigidement l'équation de son malheur.

Il se représenta, image par image, le premier soir où Herbillon était venu à lui, le mûrissement de leur amitié, la formation de leur équipage, la communauté des réflexes, des intuitions, l'entente mystérieuse, merveilleuse.

Et puis le départ d'Herbillon pour Paris… son retour… et l'enfer. L'enfer du soupçon chaque jour précisé, confirmé, justifié.

1. ***Collet*** : col.
2. ***Abdication*** : démission, abandon.

Comment, pour l'étouffer, avait-il pu se résoudre à croire qu'il s'agissait seulement, chez Herbillon, d'un simple, d'un timide sentiment amoureux encore à sa naissance ? En vérité, son besoin de bonheur s'était montré peu exigeant ! Le démenti n'avait pas tardé.

Et maintenant la conclusion s'imposait, aussi lumineuse, pesante et glacée que cet air irrespirable.

Comme averti que Maury touchait à une limite interdite, Herbillon, dans cet instant, éprouva le besoin invincible d'agir. Il se dressa. Il étira ses membres rebelles. Son regard tomba d'aplomb sur la Vesle et il comprit qu'ils atteindraient bientôt le ciel ami. Voici qu'apparaissait – et sous un angle aigu – le *Drachen* qui avait jalonné leur route.

Il voulut l'abattre. D'un mouvement brutal il modifia le sensible équilibre de l'appareil. Dans les yeux de Maury qui, à regret, se dirigèrent vers lui, Jean lut le froid décompte de leur détresse, mais il montra le ballon captif. Claude répondit par un geste de machinale approbation.

Déjà l'aspirant imaginait la chute volontaire où se brise tout à coup le chant du moteur et siffle durement le tourbillon de l'hélice, l'angoisse vertigineuse et douce qui serre le cœur, le tir flamboyant sur la cible blanche du *Drachen* et la descente du parachute, feuille lente et frêle.

Il se ramassait dans sa carlingue pour offrir moins de prise au vent, lorsque, une fois encore, glissa vers lui de la place de Claude le flux mystérieux qui était en même temps leur salut et leur tourment. Il releva la tête et vit le casque de Maury, incliné vers le sol. Suivant la même direction, ses yeux plus jeunes distinguèrent aussitôt ce qui fixait l'attention de son pilote. Et, soudain, Jean ne sentit plus le froid.

De très bas montaient vers eux des taches brunes. On eût dit un vol de moucherons, sauf qu'il jetait parfois au soleil un éclat dur où l'aspirant reconnut le reflet des métaux. Une patrouille allemande guettait leur retour. Il compta cinq avions et pensa :

« Autant que pour Thélis. »

Ils s'élevaient, semblait-il, imperceptiblement, mais Herbillon, qui avait appris à juger les distances, sut qu'ils seraient rejoints avant d'avoir franchi la Marne. Une chance leur restait : les chasseurs étaient peut-être incapables de monter à leur hauteur.

Sans qu'un signe fût échangé entre eux, Maury essaya de cabrer l'avion pour s'élever plus haut encore. En vain : aux molles réactions de l'appareil, à l'essoufflement du moteur, ils virent qu'ils avaient atteint une altitude qu'ils ne pouvaient dépasser. Cependant les taches brunes grandissaient et, discernant les ailes courtes, le profil ramassé des nouveaux modèles, ils abandonnèrent l'espoir de les survoler. Au contraire, plus souples dans cet air que le pesant biplace, les chasseurs avaient, par la hauteur même, un avantage de plus.

Malgré le sceau de plomb posé sur ses membres, Jean raffermit ses chargeurs, baissa la tourelle. Cet effort lui ravagea la poitrine et il resta étourdi, mais debout et songeant :

« Maury devrait piquer. On se battrait plus à l'aise. »

Comme pour répondre à son désir, un souffle glacé brûla ses mains et le choc des abruptes descentes coupa son souffle. Claude exécutait la manœuvre que voulait Herbillon.

Le moteur, retrouvant un air plus dense, grondait comme un orage, la queue de l'avion dressée au-dessus de la tête du jeune homme semblait celle d'un poisson fabuleux, tandis qu'écrasé contre la paroi de sa carlingue, rivé à ses mitrailleuses, il guettait l'ennemi.

Maintenant, c'était avec une vitesse de songe que la patrouille venait à eux.

Les balles pourpres, les soubresauts de l'appareil, la voltige vertigineuse des avions allemands et cette plaque d'acier qu'il serrait contre sa poitrine comme un être vivant, telle fut – pour des secondes ou des heures – l'essence vitale du jeune homme.

Puis l'ivresse étonnée d'exister encore le souleva. Dans cette chute folle où Maury avait risqué de briser l'appareil, ils avaient franchi le barrage. La chance les avait couverts de son aile. La Marne bleuissait; dans quelques instants, ils allaient la franchir, sauvés.

Mais un cri jaillit de la bouche de Claude et, sans l'entendre, Herbillon eut le sentiment que son cœur s'épuisait. Venant du ciel français tombaient trois monoplaces marqués de croix noires. C'était le deuxième rideau de la patrouille et les chasseurs qui les avaient assaillis les premiers revenaient à l'attaque. L'espace peuplé d'ennemis éblouit le jeune homme. Pris entre les deux lignes agiles et terribles, ils ne pouvaient échapper. Maury essayait bien de trouver un défaut dans cette armature volante qui se déplaçait avec les mouvements rapides et brisés de la foudre, mais à chaque élan de leur appareil répondait une rigoureuse parade.

Herbillon, passif, attendait la fin de cet effroyable jeu. Combien dura-t-il ? Ils ne le surent ni l'un ni l'autre, et tous deux comprirent enfin qu'ils allaient mourir.

Alors, chez Claude ce fut comme un spasme. Il voulait savoir. Il avait eu beau parvenir à une conviction abstraite, maintenant que sonnait l'heure de la fin, l'incrédulité, chez lui, dominait toute logique. Il eut, en cet instant suprême, l'espoir que son ami ne l'avait point trompé, que sa femme le pleurerait, fidèle.

Il ne pouvait disparaître sans emporter une certitude d'innocence ou un aveu de trahison. D'un geste familier, il se tourna vers Jean qui, debout, attendait son regard.

Les balles traçaient autour de leurs têtes un sillage de feu. Le vent ivre les heurtait de sa vague et le moteur cadençait d'une mesure surhumaine le rythme de leur sang. Et tout cela pénétrait en eux. Et leurs nerfs étaient plus vifs que jamais et leurs sens plus aigus et plus prompte leur intelligence. Car, devant eux, s'ouvrait la bouche de la mort et ils sentaient déjà son souffle. Ils ne furent qu'un être et qu'une pensée.

Ce qui hantait les yeux de Maury, Herbillon, sans effort, le sut. L'équipage allait disparaître et Claude exigeait la vérité. À l'homme qui en même temps que lui allait s'abîmer dans l'espace, Jean ne se reconnut pas le droit de rien dissimuler.

Mais, devant périr, il eut peur de sa haine. Il désira que la mort leur fût fraternelle et que l'équipage y entrât réconcilié. Humblement, sous le regard immobile, il joignit les mains.

Puis, furieusement, il saisit la crosse des mitrailleuses.

D'un mouvement automatique, Maury coucha sur le flanc son appareil pour éviter d'être pris sous le fuselage par un chasseur qui montait, empanaché[1] d'une gerbe d'étincelles. Autour de lui dansait la meute[2] enragée. Son instinct travaillait seul à lutter contre elle.

Il s'étonna comme en rêve de son adresse, car le geste d'Herbillon l'avait frappé dans chaque fibre et il ne demandait qu'à mourir. Vite, vite qu'une balle vînt arrêter le tourbillon atroce de sa pensée !

Une telle colère le possédait qu'il fut heureux d'entraîner dans sa perte le compagnon félon rivé[3] à son destin et qu'il voulut la hâter.

Comme, de nouveau, un ennemi remontait vers lui, il jeta d'une saccade son appareil sur le chasseur. Il ne tirait même pas, sûr de le fracasser de sa masse.

Mais un souvenir l'arrêta. Aucun camarade, sauf Herbillon, n'avait voulu de lui comme pilote. Allait-il ainsi reconnaître cette confiance ?

Un coup sauvage du gouvernail fit craquer l'avion. De l'allemand, ils passèrent si près que Maury aperçut l'homme qui, abandonnant les commandes, attendait le choc. Les ennemis, surpris par cette manœuvre désespérée et craignant de toucher

---

1. ***Empanaché*** : entouré.
2. ***Meute*** : bande ; au sens propre, troupe de chiens dressés pour la chasse.
3. ***Rivé*** : attaché.

leur camarade, avaient suspendu le feu. Et la Marne était là, et derrière sa ligne bleue, le salut.

Mais Claude hésitait à diriger vers lui l'appareil.

Une morsure, tout à coup, lui déchira un flanc. Et lorsqu'il comprit qu'une balle le frappait, il sentit, avec stupeur, avec épouvante, se déchaîner en lui l'acharnement à vivre.

Malgré l'aveu, malgré la fin de toute espérance, il ne voulut pas mourir. Les lèvres percées par ses dents pour vaincre la faiblesse qui le submergeait, la main raidie sur le levier qui miraculeusement gouvernait l'appareil, il piqua vers la terre de sécurité. La force, qui ranime les bêtes à l'agonie, lui fit choisir un champ propice, accomplir les gestes rituels.

Quand l'avion roula sur l'herbe drue, il se dressa vers Jean pour lui crier sa joie délirante. Dans la carlingue arrière, les secousses de l'appareil ballottaient une tête qui portait à la tempe une sombre écume.

Le soleil versait à travers les volets clos une clarté mate[1] aux reflets d'ambre[2].

Elle ne blessa point les yeux de Claude quand ils s'ouvrirent après seize jours d'inconscience. Près du lit ils aperçurent une forme assise et la tête penchée. Sa robe parmi la blancheur des murs faisait une tache d'ombre. À la courbe des épaules, à la simplicité de la coiffure, Maury reconnut Hélène.

Mais sa béatitude était si tranquille et si fragile qu'il n'osa ébaucher un geste et ferma les paupières. Légère comme une caresse, la fièvre effleurait sa peau. Il ne désirait rien que prolonger sans terme cet instant où coulait divinement la félicité de la vie reconquise.

Malgré lui pourtant il regarda Hélène qui n'avait point remué. De sa figure il ne voyait que le front lisse et la courbe

1. ***Mate*** : sans brillance.
2. ***Ambre*** : pierre semi-précieuse de couleur orangée.

nette des cheveux. Comme ils étaient près et qu'elle était pour lui lointaine, vague, sans importance ! Maury, en la contemplant, sentit naître l'envie sourde qu'un autre visage accueillît sa résurrection.

Une tête mâle et tendre s'estompa confusément dans les limbes[1] de sa mémoire. Herbillon ! Mais pourquoi portait-il cette rouge corolle[2] à la tempe ?

Son faible souffle devint plus pressé ! Le combat, la terreur de la mort, l'ivresse du salut et le désir immense de la partager avec son compagnon – il revécut tout. Et puis, cette vision d'un corps abandonné qui l'avait anéanti.

À qui songeait Hélène immobile ? À Jean sans doute. Qu'elle avait raison ! Auprès des minutes où ils avaient plié ensemble sous le battement des ailes funèbres, que tous les soupçons et les souffrances jalouses étaient pitoyables ! Comment avait-il pu leur confier sa raison de vivre ?

Maintenant qu'il sortait du royaume des ombres et des limbes il savait...

Herbillon ! Son jeune visage, son jeune corps ! Comme là-haut, dans le ciel funeste, il avait tristement joint les doigts !

La poitrine de Claude ne contint plus qu'une déchirante pitié.

Quand Hélène, enfin, releva sa tête gravée d'un tourment profond, elle trouva un regard lumineux. Elle eut un mouvement vers lui, mais d'un signe des paupières il l'arrêta.

« Où l'ont-ils enterré ? » demanda Claude si bas qu'elle dut se pencher pour l'entendre.

Comme poursuivant son propre songe, elle murmura :

« Près du capitaine.

– C'est bien. »

Épuisé, il se tut. Une guêpe, comme une balle folle, tourbillonnait. Ses yeux la suivirent dans ses élans puis, de nouveau,

---

1. ***Limbes*** : zones imprécises.
2. ***Corolle*** : ensemble des pétales d'une fleur (sens propre) ; tache ou forme ronde (sens figuré).

se posèrent sur Hélène. Des larmes, qu'elle retenait, brillaient entre les cils.

«Pleure, pleure, dit Claude. Je voudrais tant pouvoir.»

Elle vit qu'il savait, et, honteusement, lui prit la main. Lui, serra la paume fraîche. Alors elle fit tomber sa tête sur les draps et ses épaules se soulevaient.

La ligne du cou était si pleine, si ferme, et tant de jeunesse animait son désespoir que Claude sourit pensivement. Hélène oublierait avant lui l'aspirant Jean Herbillon.

La Vallée-aux-Loups.
4 septembre 1923.

DOSSIER

- **Comprendre l'œuvre**
- **Parcours de lecture**
- **Groupement de textes n° 1 :
«Ah Dieu ! que la guerre est jolie» ?**
- **Groupement de textes n° 2 :
la guerre et ses héros**
- **Groupement de textes n° 3 :
amants et maris, de la rivalité au remords**
- **Travaux d'écriture**
- **Lecture de l'image**

Comprendre l'œuvre

L'auteur

1. Quels ont été les différents métiers de Joseph Kessel ?
2. À quel épisode de la vie de l'auteur le roman *L'Équipage* fait-il référence ?

Le cadre spatio-temporel

1. À quelle période historique précise le roman fait-il référence ?
2. Sur combien de temps environ se déroule l'action du roman ?
3. Quels sont les différents lieux où se situe l'intrigue ?

Action et personnages

1. Quel est l'état d'esprit de l'aspirant Herbillon lorsqu'il arrive à l'escadrille ?
2. Quelle est sa première rencontre ?
3. Comment le lieutenant Maury est-il accueilli à son arrivée ? Pour quelles raisons ?
4. Comment naît l'amitié entre l'aspirant et le lieutenant ?
5. Que se passe-t-il lors de la première permission d'Herbillon à Paris ?
6. Que ressent le jeune homme en revenant de ce congé ?
7. Comment évolue alors son amitié avec le lieutenant Maury ?
8. Comment réagit Denise lorsqu'elle apprend que l'escadrille va repartir au front, en pleine offensive allemande sur la Marne ?
9. Lorsque sa maîtresse lui fait une requête, que décide finalement Herbillon ?

10. Résumez le dénouement de ce roman. Le trouvez-vous tragique ? Justifiez votre réponse.
11. Quels personnages trouvent la mort ? Citez-les dans l'ordre chronologique de leur disparition.

Style et écriture

1. Quel point de vue l'auteur adopte-t-il ? Quel est l'intérêt de ce mode de narration ?
2. En quoi *L'Équipage* s'apparente-t-il à une épopée moderne ? En quoi s'en éloigne-t-il ?

Parcours de lecture

Parcours de lecture n° 1 : les illusions d'un novice

Relisez attentivement le texte depuis « Le soir de ce premier jour d'escadrille » jusqu'à « il se leva moins triste » (p. 74-77) et répondez aux questions suivantes.

L'émotion du premier jour

1. Après avoir dégagé la structure de cet extrait, distinguez les différentes émotions que ressent Jean Herbillon.
2. Comment l'écriture de ce passage traduit-elle l'intensité des sentiments du jeune homme ? Vous répondrez en étudiant les figures de style employées, le vocabulaire, les formes du discours rapporté, la ponctuation, les types de phrase, etc.
3. Quels détails trahissent le manque d'expérience de l'aspirant ?

Un zèle contrarié

1. Dans la description des pilotes, quels éléments symbolisent le rêve d'héroïsme du personnage ?
2. À trois reprises, le jeune homme semble lutter pour faire coïncider ce rêve d'héroïsme avec la réalité : identifiez ces passages et expliquez quels moyens emploie l'auteur pour traduire cette lutte.
3. Pourquoi peut-on dire que le réveil d'Herbillon fait l'objet d'une mise en scène ironique et cruelle ?

La marque de l'expérience : une écriture qui mêle souvenirs et fiction

1. Dans cet extrait, quelle position le narrateur adopte-t-il vis-à-vis du personnage ? Pour répondre, examinez les points de vue et les formes du discours rapporté (direct, indirect, indirect libre).
2. Quel passage du texte suggère directement un travail de mémoire autobiographique ?

Parcours de lecture n° 2 : premier combat

Relisez attentivement le texte depuis « Sur le terrain, cinq avions vibraient » jusqu'à « Le coup était dur, il n'a pas bronché » (p. 122-125) et répondez aux questions suivantes.

Une transfiguration du réel...

1. Dans quel état se trouve Herbillon au début du passage ? En quoi cet état influence-t-il sa vision du monde ?
2. Au début de l'extrait, relevez les éléments (figures de style, ponctuation, etc.) qui donnent à l'écriture un souffle épique.

... qui sombre dans la médiocrité

1. Montrez qu'Herbillon éprouve une déception croissante pendant le vol.

2. Quelles expressions suggèrent les difficultés du jeune homme à accomplir sa tâche d'observateur ?
3. Quels sont les indices du retournement de situation à venir ?

Un retournement burlesque

1. Quelle révélation fait le *toubib* à la fin de l'extrait ? Comment Kessel s'y prend-il pour que le lecteur soit aussi surpris que le personnage ?
2. Quels procédés d'écriture apparentent le dialogue final à un dialogue théâtral ?
3. Pourquoi peut-on parler d'un décalage burlesque dans ce passage ?

Parcours de lecture n° 3 : une amitié en sursis ?

Relisez attentivement le texte depuis « Claude se jeta vers l'aspirant » jusqu'à « de porter une lettre à sa femme » (p. 129-130) et répondez aux questions suivantes.

Un « équipage » fusionnel

1. Démontrez que Maury et Herbillon sont d'abord liés par une expérience commune du quotidien de la guerre.
2. Relevez les figures de style qui suggèrent le caractère intuitif, voire instinctif, de la complicité de l'équipage.
3. Quels termes indiquent qu'Herbillon et Maury forment un duo fusionnel ?

L'aventure quotidienne

1. Quels comportements ou actions des deux personnages évoquent des valeurs chevaleresques ?
2. Montrez que l'héroïsme des protagonistes s'inscrit dans la répétition et le quotidien.
3. Dressez la liste des procédés d'écriture qui dotent ce passage d'un souffle épique.

Kessel et l'art de conter

1. Ce texte est animé d'une tension dramatique. Expliquez comment Kessel parvient à créer cet effet. Vous étudierez entre autres la structure de l'extrait.
2. Pourquoi peut-on dire que ce passage condense les principaux thèmes de l'œuvre ?

Parcours de lecture n° 4 : une insoutenable légèreté

Relisez attentivement le texte depuis « Jean jeta sur ses épaules une peau de bique » jusqu'à « il cacha sa croix toute neuve » (p. 156-157) et répondez aux questions suivantes.

L'ivresse des héros

1. Quels éléments du texte suggèrent le caractère transgressif de cet épisode de la vie de Thélis et d'Herbillon ?
2. Dans la première partie de l'extrait, quelles émotions ressentent les personnages ? Comment sont-elles traduites par l'auteur ?
3. Quelles conséquences ces sentiments ont-ils sur la façon dont les héros perçoivent la réalité, au début du passage ?

Deux mondes

1. En quoi la rencontre avec la relève constitue-t-elle un coup de théâtre ?
2. Que révèle la description des soldats sur le quotidien des poilus ?
3. Qu'est-ce qui oppose les deux personnages à ces militaires ?

Parcours de lecture n° 5 : mort d'un symbole

Relisez le texte depuis « Le temps passait » jusqu'à « un lambeau très pur et très noble de leur jeunesse » (p. 234-236) et répondez aux questions suivantes.

Du ciel à la terre, de la guerre à la paix

1. Montrez que Thélis ne prend que progressivement conscience de l'accident.
2. Comment l'auteur met-il en valeur la faiblesse physique du capitaine ? Comment insiste-t-il sur sa force morale ?
3. Décrivez les différents états moraux dans lesquels Thélis se trouve.

Thélis, héros solaire

1. La mort de Thélis semble symboliser un retour à la terre-mère. Quels détails le suggèrent ?
2. Kessel décrit le capitaine comme « un être ardent », qui « transmettait le feu qui le brûlait » (p. 88). Quels éléments du texte viennent confirmer ce portrait ?
3. Pourquoi peut-on parler d'une fusion finale de Thélis avec la nature et le cosmos ?

Un vibrant hommage

1. Montrez que les circonstances de la mort de Thélis sont profondément en accord avec son tempérament.
2. Quelles émotions l'auteur cherche-t-il à provoquer chez le spectateur ? Y parvient-il ? Par quels moyens ? Étudiez le point de vue, les figures de style et le rythme du récit.
3. Pourquoi peut-on dire que l'écriture de Kessel confère à Thélis une forme d'immortalité ?

Groupement de textes n° 1 : «Ah Dieu ! que la guerre est jolie» ?

Après la Première Guerre mondiale et ses quatre années de combats, qui firent neuf millions de victimes, les pays d'Europe sont dévastés. Les témoignages littéraires ne manquent pas pour décrire la boucherie humaine dont les tranchées furent l'épouvantable théâtre : Roland Dorgelès (*Les Croix de bois*, 1919), Henri Barbusse (*Le Feu, journal d'une escouade*, 1916), Erich Maria Remarque[1] (*À l'Ouest rien de nouveau*, 1929) ont tenté d'exprimer l'expérience paroxystique du conflit. En comparaison, *L'Équipage* de Joseph Kessel surprend par ses scènes de bataille épiques et esthétiques : les combats aériens acquièrent une sorte de beauté cosmique, la réalité de la mort est transfigurée par le courage, le sacrifice individuel héroïsé.
En réalité, cette esthétisation n'est pas rare chez les auteurs qui ont décrit la guerre, y compris pour la dénoncer : elle recèle une beauté terrible et inavouable. C'est le sens du célèbre vers d'Apollinaire, «Ah Dieu ! que la guerre est jolie[2]». Les écrivains dépeignent-ils la guerre comme un spectacle, voire comme une fête, afin de mieux la supporter ? S'agit-il d'un procédé ironique, cherchant à souligner l'horreur du combat ? Ces descriptions idéalisées traduisent-elles la naïveté du novice ? Ou sont-elles le symptôme d'une déshumanisation, d'une perte du sens de la réalité ?

---

1. ***Roland Dorgelès*** (1885-1973) : romancier français. ***Henri Barbusse*** (1873-1935) : écrivain français. ***Erich Maria Remarque*** (1898-1970) : romancier allemand naturalisé américain.
2. Guillaume Apollinaire, «L'Adieu du cavalier», *Calligrammes*, Mercure de France, 1918.

Guillaume Apollinaire, « Merveille de la guerre », 1918

Deux jours après la déclaration de guerre, le poète Guillaume Apollinaire (1877-1918), d'origine polonaise, demande à être recruté dans l'armée française. Sa requête est acceptée et, au printemps 1915, il part pour le front en tant qu'agent de liaison[1]. Les poèmes qu'il écrit alors traduisent sa fascination devant le spectacle terrifiant de la guerre. Jamais, semble-t-il, il ne se sera senti aussi vivant. En 1916, sur le Chemin des Dames[2], Apollinaire est atteint par un éclat d'obus qui lui traverse la tempe droite. Il est évacué et opéré à Paris. Il mourra de la grippe espagnole en 1918.

Que c'est beau ces fusées qui illuminent la nuit
Elles montent sur leur propre cime[3] et se penchent pour regarder
Ce sont des dames qui dansent avec leur regard pour yeux bras et cœurs

J'ai reconnu ton sourire et ta vivacité

C'est aussi l'apothéose[4] quotidienne de toutes mes Bérénices dont les chevelures sont devenues des comètes[5]

---

1. ***Agent de liaison*** : militaire chargé de la transmission des communications.
2. ***Chemin des Dames*** : route de 30 kilomètres de long, théâtre de deux offensives en avril 1917 et en mai 1918, qui se soldèrent par des échecs français.
3. ***Cime*** : point le plus haut, sommet.
4. ***Apothéose*** : triomphe, épanouissement sublime.
5. Le prénom Bérénice signifie « porteuse de victoire ». Apollinaire fait ici allusion à une reine d'Égypte du IIIe siècle av. J.-C. Elle déposa une mèche de ses cheveux en offrande dans le temple d'Aphrodite. Ces cheveux ayant disparu du temple, un astronome déclara qu'ils avaient été changés en astre et donna à une constellation le nom de « Chevelure de Bérénice ».

Ces danseuses surdorées appartiennent à tous les temps
et à toutes les races

Elles accouchent brusquement d'enfants qui n'ont
que le temps de mourir

Comme c'est beau toutes ces fusées
Mais ce serait bien plus beau s'il y en avait plus encore
S'il y en avait des millions qui auraient un sens complet
et relatif[1] comme les lettres d'un livre
Pourtant c'est aussi beau que si la vie même sortait
des mourants

Mais ce serait plus beau encore s'il y en avait plus encore
Cependant je les regarde comme une beauté qui s'offre
et s'évanouit aussitôt
Il me semble assister à un grand festin éclairé a giorno[2]
C'est un banquet que s'offre la terre
Elle a faim et ouvre de longues bouches pâles
La terre a faim et voici son festin de Balthasar[3] cannibale

Qui aurait dit qu'on pût être à ce point anthropophage[4]
Et qu'il fallût tant de feu pour rôtir le corps humain
C'est pourquoi l'air a un petit goût empyreumatique[5]
qui n'est ma foi pas désagréable
Mais le festin serait plus beau encore si le ciel y mangeait
avec la terre

---

1. ***Relatif*** : les unes par rapport aux autres.
2. ***A giorno*** : par des lampes imitant la lumière du jour.
3. ***Festin de Balthasar*** : grand banquet au cours duquel le roi Balthasar but du vin dans des coupes d'or rapportées du temple de Salomon, ce qui constituait un sacrilège. Une inscription tracée par une main invisible annonça sa punition, et il mourut le lendemain même.
4. ***Anthropophage*** : qui mange de la chair humaine.
5. ***Empyreumatique*** : qui possède une odeur forte et âcre, suite à l'action d'un feu violent.

Il n'avale que les âmes
Ce qui est une façon de ne pas se nourrir
Et se contente de jongler avec des feux versicolores[1]

Mais j'ai coulé dans la douceur de cette guerre avec toute ma compagnie au long des longs boyaux
Quelques cris de flamme annoncent sans cesse ma présence
J'ai creusé le lit où je coule en me ramifiant en mille petits fleuves qui vont partout
Je suis dans la tranchée de première ligne et cependant je suis partout ou plutôt je commence à être partout
C'est moi qui commence cette chose des siècles à venir
Ce sera plus long à réaliser que non[2] la fable d'Icare[3] volant

Je lègue à l'avenir l'histoire de Guillaume Apollinaire
Qui fut à la guerre et sut être partout
Dans les villes heureuses de l'arrière
Dans tout le reste de l'univers
Dans ceux qui meurent en piétinant dans le barbelé
Dans les femmes dans les canons dans les chevaux
Au zénith au nadir[4] aux 4 points cardinaux
Et dans l'unique ardeur de cette veillée d'armes

Et ce serait sans doute bien plus beau
Si je pouvais supposer que toutes ces choses dans lesquelles je suis partout
Pouvaient m'occuper aussi

---

1. ***Versicolore*** : de couleur changeante.
2. ***Que non*** : que. Après le «que» qui suit le comparatif, on ajoutait parfois «non» ou «non pas». Cette tournure est tombée en désuétude.
3. ***Icare*** : personnage de la mythologie grecque, qui est enfermé dans le labyrinthe du roi Minos de Crète. Grâce à des ailes fabriquées par son père, il parvient à s'évader par les airs. Mais, ignorant les recommandations paternelles, il s'approche trop près du soleil. La cire qui fixe les plumes fond, ce qui précipite Icare dans la mer.
4. ***Nadir*** : point opposé au zénith.

Mais dans ce sens il n'y a rien de fait
Car si je suis partout à cette heure il n'y a cependant que moi
qui suis en moi

Guillaume Apollinaire, «Merveille de la guerre», *Calligrammes*, GF-Flammarion, 2013, p. 157-159.

Questions

1. Étudiez les métaphores de ce texte. À quels éléments successifs Apollinaire compare-t-il le combat auquel il assiste ?
2. Quels effets le spectacle de la guerre a-t-il sur le poète ?

Henri Barbusse, *Le Feu, journal d'une escouade*, 1916

Poète et romancier, Henri Barbusse a déjà quarante et un ans lorsqu'il s'engage volontairement dans l'infanterie, en 1914. Il combat en première ligne jusqu'en 1916. Paru la même année et immédiatement récompensé par le prix Goncourt, son roman *Le Feu, journal d'une escouade*, retrace son expérience avec un réalisme inédit, qui suscita l'émotion du public de l'époque.

Tout à coup une étoile intense s'épanouit là-bas, vers les lieux vagues où nous allons : une fusée. Elle éclaire toute une portion du firmament[1] de son halo[2] laiteux, en effaçant les constellations, et elle descend gracieusement avec des airs de fée.

Une rapide lumière en face de nous, là-bas; un éclair, une détonation.

C'est un obus!

[…] L'obus est tombé sur le sommet, dans nos lignes. Ce sont eux qui tirent.

---

1. ***Firmament*** : voûte céleste, ciel.
2. ***Halo*** : auréole lumineuse.

Un autre obus. Un autre, un autre, plantent, vers le haut de la colline, des arbres de lumière violacée dont chacun illumine sourdement tout l'horizon.

Et bientôt, il y a un scintillement d'étoiles éclatantes et une forêt subite de panaches phosphorescents[1] sur la colline : un mirage de féerie[2] bleu et blanc se suspend légèrement à nos yeux dans le gouffre entier de la nuit.

Ceux d'entre nous qui consacrent toutes les forces arc-boutées[3] de leurs bras et de leurs jambes à empêcher leurs vaseux[4] fardeaux trop lourds de leur glisser du dos et à s'empêcher eux-mêmes de glisser par terre, ne voient rien et ne disent rien. Les autres, tout en frissonnant de froid, en grelottant, en reniflant, en s'épongeant le nez avec des mouchoirs mouillés qui pendent de l'aile, en maudissant les obstacles de la route en lambeaux, regardent et commentent.

«C'est comme si tu vois un feu d'artifice», disent-ils.

Complétant l'illusion de grand décor d'opéra féerique et sinistre devant lequel rampe, grouille et clapote notre troupe basse, toute noire, voici une étoile rouge, une verte; une gerbe rouge, beaucoup plus lente.

On ne peut s'empêcher, dans nos rangs, de murmurer avec un confus accent d'admiration populaire, pendant que la moitié disponible des paires d'yeux regardent :

«Oh! une rouge!... Oh! une verte!...»

Ce sont les Allemands qui font des signaux, et aussi les nôtres qui demandent de l'artillerie.

La route tourne et remonte. Le jour s'est enfin décidé à poindre. On voit les choses en sale. Autour de la route couverte d'une couche de peinture gris perle avec des empâtements blancs, le monde réel fait tristement son apparition. On laisse derrière soi Souchez[5] détruit dont les maisons ne sont que des plates-formes pilées de

---

1. ***Panaches phosphorescents*** : traînées lumineuses ressemblant à des plumes.
2. ***Féerie*** : spectacle splendide, presque surnaturel.
3. ***Arc-boutées*** : courbées, pliées.
4. ***Vaseux*** : boueux.
5. ***Souchez*** : commune du Pas-de-Calais.

matériaux, et les arbres des espèces de ronces déchiquetées bossuant la terre. On s'enfonce, sur la gauche, dans un trou qui est là. C'est l'entrée du boyau.

On laisse tomber le matériel dans une enceinte circulaire qui est faite pour ça, et, échauffés à la fois et glacés, les mains mouillées, crispées de crampes et écorchées, on s'installe dans le boyau, on attend.

Enfouis dans nos trous jusqu'au menton, appuyés de la poitrine sur la terre dont l'énormité nous protège, on regarde se développer le drame éblouissant et profond. Le bombardement redouble. Sur la crête, les arbres lumineux sont devenus, dans les blêmeurs[1] de l'aube, des espèces de parachutes vaporeux, des méduses pâles avec un point de feu : puis, plus précisément dessinés à mesure que le jour se diffuse, des panaches de plumes de fumée : des plumes d'autruche blanches et grises qui naissent soudain sur le sol brouillé et lugubre de la cote 119, à cinq ou six cents mètres devant nous, puis, lentement, s'évanouissent.

Henri Barbusse, *Le Feu, journal d'une escouade*, Gallimard, coll. «Folioplus classiques», 2007, p. 239-240.

Questions

1. Montrez que la guerre est d'abord comparée à un spectacle festif.
2. À quel moment ce spectacle prend-il fin ? Comment ce changement se manifeste-t-il dans les images utilisées par l'auteur ?

Voltaire, *Candide*, 1759

Philosophe emblématique du siècle des Lumières, Voltaire (1694-1778) n'a jamais fait la guerre, mais il n'a de cesse d'en dénoncer l'absurdité, avec l'ironie qui le caractérise. Dans un

1. ***Les blêmeurs de l'aube*** : la lumière pâle du matin (néologisme).

conte paru en 1759, Voltaire met en scène le jeune Candide, appelé ainsi pour sa grande simplicité d'esprit, qui suit au château du baron de Thunder-ten-tronckh les leçons de philosophie du docteur Pangloss qui soutient que ce monde est « le meilleur des mondes possibles ». Pour avoir embrassé la belle fille du baron, Candide est chassé de ce paradis terrestre et part à la découverte du vaste monde, dont la cruauté et l'absurdité le stupéfient. Au chapitre III, il assiste à une bataille entre les Abares et les Bulgares.

Rien n'était si beau, si leste[1], si brillant, si bien ordonné que les deux armées. Les trompettes, les fifres, les hautbois[2], les tambours, les canons, formaient une harmonie telle qu'il n'y en eut jamais en enfer. Les canons renversèrent d'abord à peu près six mille hommes de chaque côté; ensuite la mousqueterie[3] ôta du meilleur des mondes environ neuf à dix mille coquins qui en infectaient la surface. La baïonnette fut aussi la raison suffisante[4] de la mort de quelques milliers d'hommes. Le tout pouvait bien se monter à une trentaine de mille âmes. Candide, qui tremblait comme un philosophe, se cacha du mieux qu'il put pendant cette boucherie héroïque.

Enfin, tandis que les deux rois faisaient chanter des *Te Deum*[5], chacun dans son camp, il prit le parti d'aller raisonner ailleurs des effets et des causes. Il passa par-dessus des tas de morts et de mourants, et gagna d'abord un village voisin; il était en cendres : c'était un village abare que les Bulgares avaient brûlé, selon les lois du droit public[6]. Ici des vieillards criblés de coups regardaient mourir leurs

---

1. ***Leste*** : souple et léger.
2. ***Fifres*** : flûtes. ***Hautbois*** : instruments de musique à vent.
3. ***La mousqueterie*** : les coups de fusil des soldats de l'infanterie.
4. Allusion ironique au principe de raison suffisante, développé par les philosophes optimistes tels Gottfried Wilhelm Leibniz (1646-1716) : rien n'arrive sans qu'il y ait pour cela une cause, une raison qui en justifie l'existence.
5. ***Te deum*** : hymne chrétien en latin, commençant par «Toi, Dieu, nous te louons».
6. ***Droit public*** : droit international.

femmes égorgées, qui tenaient leurs enfants à leurs mamelles sanglantes; là des filles, éventrées après avoir assouvi les besoins naturels de quelques héros[1], rendaient les derniers soupirs; d'autres, à demi brûlées, criaient qu'on achevât de leur donner la mort. Des cervelles étaient répandues sur la terre à côté de bras et de jambes coupés.

Candide s'enfuit au plus vite dans un autre village : il appartenait à des Bulgares, et les héros abares l'avaient traité de même.

Voltaire, *Candide*, Flammarion, coll. « Étonnants Classiques », 2012, chap. III, p. 50-51.

Question

Quelles différentes stratégies Voltaire utilise-t-il pour dénoncer la guerre ?

Questions sur l'ensemble des textes

1. Qu'est-ce qui caractérise ces différentes visions de la guerre ?
2. Quelle est l'intention des auteurs dans chacun de ces textes ?
3. Avec quel(s) passage(s) de *L'Équipage* ces descriptions peuvent-elles être mises en rapport ?

Groupement de textes n° 2 : la guerre et ses héros

Depuis la littérature de l'Antiquité et du Moyen Âge, la guerre est le théâtre privilégié des exploits héroïques. Plus tard, lorsque les antihéros font leur apparition littéraire, c'est souvent sur le

1. ***Après avoir assouvi les besoins naturels de quelques héros*** : après avoir été violées par des soldats.

champ de bataille que leur imperfection éclate au grand jour. C'est pour les auteurs l'occasion de mettre en scène de façon cruelle toute l'absurdité de la guerre. Des écrivains comme Stendhal (1783-1842) et Louis-Ferdinand Céline (1894-1961) décrivent la guerre avec ironie ou comme une boucherie dont plus personne ne semble comprendre le sens. À rebours de ce courant subversif, les personnages d'*Orages d'acier* (1920) d'Ernst Jünger (1895-1998) et ceux de *L'Équipage* demeurent dans la lignée des héros chevaleresques et perpétuent la tradition épique, en l'adaptant à la réalité contemporaine.

Chrétien de Troyes, *Yvain ou le Chevalier au lion*, vers 1180

Chrétien de Troyes est considéré comme l'un des premiers auteurs de romans de chevalerie. Au début de son roman *Yvain ou le Chevalier au lion*, on apprend que, dans la forêt de Brocéliande, un chevalier aux armes noires surgit lorsqu'on verse l'eau d'une fontaine magique sur le seuil de sa propriété. Après que Calogrenant, membre de la cour d'Arthur, a été humilié par ce chevalier, son cousin Yvain part seul venger l'honneur de la famille en affrontant le guerrier aux armes noires.

À peine se furent-ils aperçus qu'ils s'élancèrent l'un contre l'autre et laissèrent paraître la haine mortelle qu'ils se portaient. Chacun avait une lance rigide et solide ; ils échangèrent de si grands coups que les deux écus[1] qui pendaient à leurs cous sont percés et les hauberts[2] démaillés ; les lances se fendent et éclatent et les tronçons en volent en l'air. Ils s'attaquent alors à l'épée ; à grands coups, ils tranchent les courroies des écus, ils brisent les écus, taillant de tous côtés si bien que les morceaux en pendent et qu'ils ne peuvent plus

1. ***Écus*** : boucliers.
2. ***Hauberts*** : chemises de mailles enfilées sous l'armure du chevalier.

s'en couvrir pour se défendre. Ils les ont si bien tailladés que les épées étincelantes ont accès libre aux flancs[1], aux bras, aux hanches. Ils se mesurent avec rage et ne cèdent pas un pouce de terrain, on aurait dit deux rocs; jamais on ne vit deux chevaliers plus désireux de hâter leur mort. Ils évitent de gaspiller leurs coups et les ajustent du mieux qu'ils peuvent; les heaumes[2] se cabossent et se plient, les mailles des hauberts volent, ils font couler beaucoup de sang; leurs hauberts en sont tout chauds et ne valent guère mieux qu'un froc[3] de moine pour l'un comme pour l'autre. De la pointe de l'épée, ils se frappent en plein visage; il est extraordinaire que puisse se prolonger un combat d'une telle violence. Mais tous deux sont si déterminés, qu'à aucun prix l'un ne céderait à l'autre un pied de terrain avant de le blesser à mort. Signe de leur haute valeur : jamais ils ne frappèrent ni ne blessèrent les chevaux; ils ne le voulaient ni ne le daignaient. Ils restèrent constamment à cheval, et ne mirent jamais pied à terre : le combat en fut d'une plus grande beauté.

Chrétien de Troyes, *Yvain ou le Chevalier au lion*, Flammarion, coll. «Étonnants Classiques», 1997, p. 34-36.

Questions

1. Quelles sont les qualités des deux combattants?
2. Montrez que ce texte appartient au registre épique.

Stendhal, *La Chartreuse de Parme*, 1839

Henri Beyle, dit Stendhal, s'engagea dans l'armée de Napoléon Bonaparte[4] au moment de la campagne d'Italie. Il découvrit

1. ***Flancs*** : côtés du corps.
2. ***Heaumes*** : casques enveloppant la tête et le visage d'un combattant.
3. ***Un froc*** : une robe tombant jusqu'aux chevilles.
4. ***Napoléon Bonaparte*** (1769-1821) : officier artilleur sous la Révolution, puis Premier Consul de la République en 1799, empereur des Français en 1804. Sous sa conduite, les Français conquirent ou soumirent les principaux pays d'Europe. En 1815, sa défaite à Waterloo contre l'Angleterre et la Prusse signe la fin de l'Empire.

avec émerveillement ce pays, qui sera le cadre de *La Chartreuse de Parme*, roman qui décrit avec ironie les illusions héroïques et passionnées de la jeunesse. Fabrice del Dongo, jeune aristocrate milanais, entretient un rapport très naïf au monde : fasciné par l'exemple de la Révolution française et par la récente ascension de Bonaparte, il rêve de devenir un héros, alors que la société a perdu tout sens des valeurs chevaleresques. En 1815, lorsque les troupes napoléoniennes se heurtent une nouvelle fois à la coalition des monarchies européennes, Fabrice décide de s'engager à leurs côtés, dans un élan romantique. Après maintes péripéties, il arrive enfin à Waterloo, le jour de la bataille. Pour la première fois, Fabrice est confronté à « la vérité, l'âpre vérité[1] », très éloignée de son rêve de gloire.

Nous avouerons que notre héros était fort peu héros en ce moment. Toutefois la peur ne venait chez lui qu'en seconde ligne ; il était surtout scandalisé de ce bruit qui lui faisait mal aux oreilles. L'escorte prit le galop ; on traversait une grande pièce de terre labourée, située au-delà du canal, et ce champ était jonché de cadavres.

« Les habits rouges ! les habits rouges[2] ! » criaient avec joie les hussards[3] de l'escorte, et d'abord Fabrice ne comprenait pas ; enfin il remarqua qu'en effet presque tous les cadavres étaient vêtus de rouge. Une circonstance lui donna un frisson d'horreur ; il remarqua que beaucoup de ces malheureux habits rouges vivaient encore, ils criaient évidemment pour demander du secours, et personne ne s'arrêtait pour leur en donner. Notre héros, fort humain, se donnait toutes les peines du monde pour que son cheval ne mît les pieds sur aucun habit rouge. L'escorte s'arrêta ; Fabrice, qui ne faisait pas assez d'attention à son devoir de soldat, galopait toujours en regardant un malheureux blessé.

1. Citation que Stendhal attribue au révolutionnaire Danton et qu'il place en exergue de son roman *Le Rouge et le Noir* (1830).
2. ***Habits rouges*** : soldats anglais, qui portent un uniforme rouge. Les Anglais mènent la coalition européenne opposée à Napoléon.
3. ***Hussards*** : soldats de la cavalerie légère.

«Veux-tu bien t'arrêter, blanc-bec[1]!» lui cria le maréchal des logis[2]. Fabrice s'aperçut qu'il était à vingt pas sur la droite en avant des généraux, et précisément du côté où ils regardaient avec leurs lorgnettes. En revenant se ranger à la queue des autres hussards restés à quelques pas en arrière, il vit le plus gros de ces généraux qui parlait à son voisin, général aussi, d'un air d'autorité et presque de réprimande; il jurait. Fabrice ne put retenir sa curiosité; et, malgré le conseil de ne point parler, à lui donné par son amie la geôlière[3], il arrangea une petite phrase bien française, bien correcte, et dit à son voisin :

«Quel est-il ce général qui *gourmande*[4] son voisin?

– Pardi, c'est le maréchal!

– Quel maréchal?

– Le maréchal Ney[5], bêta! Ah çà! où as-tu servi jusqu'ici?»

Fabrice, quoique fort susceptible, ne songea point à se fâcher de l'injure; il contemplait, perdu dans une admiration enfantine, ce fameux prince de la Moskova, le brave des braves.

Tout à coup on partit au grand galop. Quelques instants après, Fabrice vit, à vingt pas en avant, une terre labourée qui était remuée d'une façon singulière. Le fond des sillons était plein d'eau, et la terre fort humide, qui formait la crête de ces sillons, volait en petits fragments noirs lancés à trois ou quatre pieds de haut. Fabrice remarqua en passant cet effet singulier; puis sa pensée se remit à songer à la gloire du maréchal. Il entendit un cri sec auprès de lui : c'étaient deux hussards qui tombaient atteints par des boulets; et, lorsqu'il les regarda, ils étaient déjà à vingt pas de l'escorte. Ce qui lui sembla horrible, ce fut un cheval tout sanglant qui se débattait

1. ***Blanc-bec*** : novice.
2. ***Maréchal des logis*** : sous-officier de cavalerie.
3. ***Geôlière*** : femme qui garde les prisonniers. Elle a hébergé Fabrice près de Waterloo.
4. ***Gourmande*** : réprimande, gronde.
5. ***Maréchal Michel Ney*** (1769-1815) : célèbre maréchal des armées napoléoniennes. Il se distingua lorsque Napoléon tenta de conquérir la Russie, en 1812, et notamment lors de la bataille de la Moskova (du nom d'une rivière russe), ce qui lui valut le titre de «prince de la Moskova».

sur la terre labourée, en engageant ses pieds dans ses propres entrailles; il voulait suivre les autres : le sang coulait dans la boue.

Ah! m'y voilà donc enfin au feu! se dit-il. J'ai vu le feu! se répétait-il avec satisfaction. Me voici un vrai militaire. À ce moment, l'escorte allait ventre à terre[1], et notre héros comprit que c'étaient des boulets qui faisaient voler la terre de toutes parts. Il avait beau regarder du côté d'où venaient les boulets, il voyait la fumée blanche de la batterie[2] à une distance énorme, et, au milieu du ronflement égal et continu produit par les coups de canon, il lui semblait entendre des décharges beaucoup plus voisines; il n'y comprenait rien du tout.

Stendhal, *La Chartreuse de Parme*, GF-Flammarion, 2009, p. 107-108.

Questions

1. Comment se manifeste le décalage entre le comportement et les pensées de Fabrice et l'attitude normale d'un soldat sur un champ de bataille?
2. Comment perçoit-on l'ironie du narrateur?

Ernst Jünger, *Orages d'acier*, 1920

Ernst Jünger, écrivain allemand, s'engage à dix-neuf ans dans la Wehrmacht, c'est-à-dire l'armée allemande, dès la mobilisation d'août 1914. Il raconte son expérience des tranchées dans *Orages d'acier*. Jünger tente de mettre des mots sur le souvenir horrible de la Première Guerre mondiale, mais il ne cache pas non plus la fascination qu'exercent sur lui la puissance du feu et l'énergie du combat. Les positions ultranationalistes et conservatrices qu'il adopte – et qui n'ont néanmoins jamais été jus-

1. ***Ventre à terre*** : à toute vitesse.
2. ***De la batterie*** : des pièces d'artillerie.

qu'au nazisme – font de lui un écrivain encore controversé en Allemagne.

Je regardai à droite et à gauche. La ligne de partage de deux peuples offrait un singulier spectacle. Dans les trous de marmite[1], devant la tranchée ennemie, que fouissait[2] à chaque moment la tourmente de feu, sur un front qui se prolongeait à perte de vue, massés par compagnies, les bataillons de choc attendaient. À la vue de ces masses accumulées, la percée me parut chose faite. Mais trouverions-nous en nous la force de disperser les réserves adverses, de les isoler pour les détruire ? J'en avais la conviction. Le combat final, l'ultime assaut semblait venu. Ici, le destin de peuples entiers était jeté dans la balance ; il s'agissait de l'avenir du monde. J'avais, bien que par la seule intuition, conscience de la gravité de l'heure, et je crois que chacun sentit à ce moment-là fondre tout ce qui en lui était personnel, et que la crainte sortit de lui. L'atmosphère était étrange, brûlante d'une extrême tension. Des officiers, tous debout, se lançaient nerveusement des plaisanteries. Nous échangions des signaux fraternels. Je vis Solemacher[3] au milieu de son petit état-major, en manteau, comme un chasseur qui attend la battue par un jour frais, une pipe demi-longue au fourneau vert dans la main. Souvent, une mine lourde tombait trop court, soulevant un geyser[4] haut comme un clocher, et arrosait de terre les hommes attentifs, sans qu'un seul courbât seulement la tête. Le tonnerre du combat était devenu si terrible que personne n'avait plus l'esprit clair. Il avait une puissance étouffante, qui ne laissait plus de place dans le cœur pour l'angoisse. La mort avait perdu ses épouvantes, la volonté de vivre s'était reportée sur un être plus grand que nous, et cela nous rendait tous aveugles et indifférents à notre sort personnel. Trois minutes avant l'assaut, mon ordonnance[5], le fidèle Vinke, agita dans ma direction une

1. ***Trous de marmite*** : trous d'obus.
2. ***Fouissait*** : creusait.
3. ***Solemacher*** : lieutenant en charge du commandement du bataillon.
4. ***Geyser*** : jet semblable à une source.
5. ***Ordonnance*** : soldat affecté au service d'un officier.

gourde pleine. J'y bus une profonde gorgée. C'était comme si j'avais avalé de l'eau. Il ne manquait plus que le cigare des offensives. Le souffle éteignit par trois fois l'allumette. La fureur montait maintenant comme un orage. Des milliers d'hommes avaient déjà dû tomber. On en avait la sensation : les brouillards rouges étaient traversés de souffles spectraux. Le feu avait beau se poursuivre : il semblait retomber, comme s'il perdait sa force. Le *no man's land*[1] grouillait d'assaillants qui, soit isolément, soit par petits paquets, soit en masses compactes, marchaient vers le rideau embrasé. Ils ne couraient pas, ni ne se planquaient quand les immenses panaches s'élevaient au milieu d'eux. Pesamment, mais irrésistiblement, ils marchaient vers la ligne ennemie. Il semblait qu'ils eussent cessé d'être vulnérables.

Ernst Jünger, *Orages d'acier*, trad. H. Plard, © Christian Bourgois, 1995, p. 379-380.

Questions

1. Comment l'auteur accentue-t-il le caractère extrême du danger qu'affrontent les soldats ?
2. Quelles valeurs guerrières ce texte met-il en avant ?

Louis-Ferdinand Céline, *Voyage au bout de la nuit*, 1932

Louis-Ferdinand Destouches, dit Céline (1894-1961), s'engage dans l'armée française en 1912, à dix-huit ans. Pendant la guerre, il combat quelques mois au sein d'un régiment de cuirassiers[2], avant d'être blessé et démobilisé. Cette courte expérience, qui inspire certains passages de son œuvre la plus connue, *Voyage au bout de la nuit*, joue un rôle fondateur dans

1. ***No man's land*** : zone comprise entre les premières lignes de deux armées ennemies.
2. ***Cuirassiers*** : soldats d'un régiment de cavalerie lourde.

sa défense du pacifisme, mais aussi dans la vision très sombre, voire nihiliste[1], que Céline porte sur le monde. L'auteur adopte des positions ouvertement antisémites et fut proche des milieux collaborationnistes pendant la Seconde Guerre mondiale, ce qui crée le trouble auprès de ses lecteurs. Peut-être peut-on suivre l'écrivain André Malraux (1901-1976) quand il dit de Céline que, «si c'est sans doute un pauvre type, c'est certainement un grand écrivain[2]».

Dans ce passage de *Voyage au bout de la nuit*, le héros, Bardamu, se remémore son passé de soldat, sous la conduite d'un colonel dont la bravoure confine à la folie.

Ce colonel, c'était donc un monstre! À présent j'en étais assuré, pire qu'un chien, il n'imaginait pas son trépas[3]! Je conçus en même temps qu'il devait y en avoir beaucoup des comme lui dans notre armée, des braves, et puis tout autant sans doute dans l'armée d'en face. Qui savait combien? Un, deux, plusieurs millions peut-être en tout? Dès lors ma frousse devint panique. Avec des êtres semblables, cette imbécillité infernale pouvait continuer indéfiniment... Pourquoi s'arrêteraient-ils? Jamais je n'avais senti plus implacable[4] la sentence[5] des hommes et des choses.

Serais-je donc le seul lâche sur la terre? pensais-je. Et avec quel effroi!... Perdu parmi deux millions de fous héroïques et déchaînés et armés jusqu'aux cheveux? Avec casques, sans casques, sans chevaux, sur motos, hurlants, en autos, sifflants, tirailleurs, comploteurs, volants, à genoux, creusant, se défilant, caracolant[6] dans les sentiers, pétaradant, enfermés sur la terre comme dans un cabanon, pour y tout détruire, Allemagne, France et Continents, tout ce qui

1. ***Nihiliste*** : qui nie toute vérité morale, toute valeur et tout absolu.
2. Lettre d'André Malraux à Claude Gallimard, 26 mai 1951, in *Céline : Lettres à la NRF : 1931-1961*, Gallimard, coll. «Folio», 2011, p. 84.
3. ***Son trépas*** : sa mort.
4. ***Implacable*** : terrible, impitoyable.
5. ***La sentence*** : le jugement, la décision irrévocable.
6. ***Caracolant*** : faisant des bonds.

respire, détruire, plus enragés que les chiens, adorant leur rage (ce que les chiens ne font pas), cent, mille fois plus enragés que mille chiens et tellement plus vicieux ! Nous étions jolis ! Décidément, je le concevais, je m'étais embarqué dans une croisade[1] apocalyptique. On est puceau de l'Horreur comme on l'est de la volupté. [...]

La torture du régiment continuait alors sous la forme nocturne, à tâtons dans les ruelles bossues du village sans lumière et sans visage, à plier sous des sacs plus lourds que des hommes, d'une grange inconnue vers l'autre, engueulés, menacés, de l'une à l'autre, hagards, sans l'espoir décidément de finir autrement que dans la menace, le purin et le dégoût d'avoir été torturés, dupés jusqu'au sang par une horde de fous vicieux devenus incapables soudain d'autre chose, autant qu'ils étaient, que de tuer et d'être étripés sans savoir pourquoi.

Louis-Ferdinand Céline, *Voyage au bout de la nuit*, © Gallimard, coll. «Folio», 1952, p. 23-24 et p. 50-51.

Question

Pourquoi peut-on dire que le style de ce texte (lexique, niveaux de langue, syntaxe, figures de style) traduit parfaitement le dégoût et la peur que la guerre inspire au personnage ?

Questions sur l'ensemble des textes

1. Comment se manifeste l'héroïsme dans les extraits de Chrétien de Troyes et de Jünger ? Quels procédés littéraires le mettent en valeur ?
2. Dans les textes de Stendhal et de Céline, les personnages peuvent être qualifiés d'antihéros, mais pour des raisons différentes. Lesquelles ?

1. ***Croisade*** : lutte, guerre sainte.

Groupement de textes n° 3 : amants et maris, de la rivalité au remords

Le thème de la trahison amoureuse irrigue la littérature depuis son origine : l'adultère semble constituer une transgression fondamentale, que l'on peut chanter sur tous les tons. Ce *topos* littéraire a longtemps conservé une portée subversive et certaines publications ont fait scandale, telles *Madame Bovary* de Gustave Flaubert[1] ou *Le Diable au corps* de Raymond Radiguet[2].
Révélatrice de la morale d'une époque, la représentation du triangle amoureux offre aussi un potentiel dramatique illimité. Les textes suivants se concentrent sur les sentiments qui unissent l'amant et le mari, et qui font d'eux un couple à part entière. Ainsi, dans *L'Équipage*, Hélène-Denise apparaît presque comme un objet de désir secondaire, au regard de l'invincible amitié qui lie Herbillon et Maury. Mais le duo amant-mari peut également se former sur fond de rivalité sociale, d'admiration paradoxale, de compassion ou encore de remords maladif. Dans chaque cas, le double masculin obsède l'amant plus encore que la femme aimée.

Stendhal, *Le Rouge et le Noir*, 1830

Dans *Mensonge romantique et vérité romanesque*, René Girard[3] jette un éclairage inédit sur la relation amoureuse : cette dernière serait essentiellement une relation à trois, le désir

1. ***Gustave Flaubert*** (1821-1880) : écrivain français.
2. ***Raymond Radiguet*** (1903-1923) : écrivain français.
3. René Girard, *Mensonge romantique et vérité romanesque*, Pluriel, 2011.

étant toujours suscité par celui qu'un autre, considéré comme un modèle, ressent pour un être quelconque. Cette thèse controversée semble en tout cas parfaitement illustrée par *Le Rouge et le Noir*, roman de Stendhal qui dépeint la société française en 1830. Le jeune Julien Sorel, fils d'un charpentier, rêve d'échapper à son milieu d'origine. Employé comme précepteur chez le maire de Verrières, M. de Rênal, il se prend de passion pour la femme de ce dernier. Le désir de Julien pour Mme de Rênal naît du rêve de revanche sociale, et son amour est indissociable de son mépris jaloux envers le mari.

En entrant ce soir-là au jardin, Julien [...] prit sa place ordinaire, à côté de Mme de Rênal. L'obscurité devint bientôt profonde. Il voulut prendre une main blanche que depuis longtemps il voyait près de lui, appuyée sur le dos d'une chaise. On hésita un peu, mais on finit par la lui retirer d'une façon qui marquait de l'humeur[1]. Julien était disposé à se le tenir pour dit[2], et à continuer gaiement la conversation, quand il entendit M. de Rênal qui s'approchait.

Julien avait encore dans l'oreille les paroles grossières du matin[3]. Ne serait-ce pas, se dit-il, une façon de se moquer de cet être, si comblé de tous les avantages de la fortune, que de prendre possession de la main de sa femme, précisément en sa présence ? Oui, je le ferai, moi, pour qui il a témoigné tant de mépris.

De ce moment, la tranquillité, si peu naturelle au caractère de Julien, s'éloigna bien vite ; il désira avec anxiété, et sans pouvoir songer à rien autre chose, que Mme de Rênal voulût bien lui laisser sa main.

M. de Rênal parlait politique avec colère ; deux ou trois industriels de Verrières devenaient décidément plus riches que lui, et voulaient le contrarier dans les élections. Mme Derville[4] l'écoutait. Julien, irrité de ces discours, approcha sa chaise de celle de

---

1. ***Humeur*** : mauvaise humeur.
2. ***Se le tenir pour dit*** : obéir, prendre acte d'une décision.
3. Le matin même, Julien et M. de Rênal ont eu une dispute.
4. ***Mme Derville*** : amie de Mme de Rênal.

Mme de Rênal. L'obscurité cachait tous les mouvements. Il osa placer sa main très près du joli bras que la robe laissait à découvert. Il fut troublé, sa pensée ne fut plus à lui, il approcha sa joue de ce joli bras, il osa y appliquer ses lèvres.

Stendhal, *Le Rouge et le Noir*, GF-Flammarion, 1964, p. 89.

Questions

1. Comparez le personnage de Julien Sorel à celui de M. de Rênal. Qu'est-ce qui les différencie ?
2. Quels sentiments poussent Julien Sorel à embrasser le bras de Mme de Rênal ?

Gustave Flaubert, *Madame Bovary*, 1857

L'adultère est le sujet même de *Madame Bovary* : déçue par son mariage, Emma tente de vivre une passion romantique avec deux amants successifs. À la fin du roman, criblée de dettes et abandonnée par des amants lassés de sa fougue, Emma se suicide. Son mari Charles sombre dans le désespoir et la ruine. Par hasard, il rencontre Rodolphe Boulanger, ancien amant d'Emma.

Un jour qu'il était allé au marché d'Argueil pour y vendre son cheval – dernière ressource –, il rencontra Rodolphe.

Ils pâlirent en s'apercevant. Rodolphe, qui avait seulement envoyé sa carte[1], balbutia[2] d'abord quelques excuses, puis s'enhardit[3] et même poussa l'aplomb[4] (il faisait très chaud, on était au mois d'août) jusqu'à l'inviter à prendre une bouteille de bière au cabaret.

---

1. Pour exprimer ses condoléances, Rodolphe s'est contenté d'envoyer à Charles une carte à son nom après la mort d'Emma. Compte tenu de la relation passée de Rodolphe et d'Emma, cette attention semble bien médiocre et hypocrite.
2. ***Balbutia*** : prononça avec difficulté.
3. ***S'enhardit*** : prit de l'assurance.
4. ***Aplomb*** : audace.

Accoudé en face de lui, il mâchait son cigare tout en causant, et Charles se perdait en rêveries devant cette figure qu'elle avait aimée. Il lui semblait revoir quelque chose d'elle. C'était un émerveillement. Il aurait voulu être cet homme.

L'autre continuait à parler culture, bestiaux, engrais, bouchant avec des phrases banales tous les interstices où pouvait se glisser une allusion. Charles ne l'écoutait pas ; Rodolphe s'en apercevait, et il suivait sur la mobilité de sa figure le passage des souvenirs. Elle s'empourprait[1] peu à peu, les narines battaient vite, les lèvres frémissaient ; il y eut même un instant où Charles, plein d'une fureur sombre, fixa ses yeux contre Rodolphe qui, dans une sorte d'effroi, s'interrompit. Mais bientôt la même lassitude funèbre réapparut sur son visage.

– Je ne vous en veux pas, dit-il.

Rodolphe était resté muet. Et Charles, la tête dans ses deux mains, reprit d'une voix éteinte et avec l'accent résigné des douleurs infinies :

– Non, je ne vous en veux plus !

Il ajouta même un grand mot, le seul qu'il ait jamais dit :

– C'est la faute de la fatalité !

Rodolphe, qui avait conduit cette fatalité, le trouva bien débonnaire[2] pour un homme dans sa situation, comique même, et un peu vil[3].

Gustave Flaubert, *Madame Bovary*, Flammarion, coll. « Étonnants Classiques », 2014, p. 452.

Questions

1. Décrivez le personnage de Rodolphe : qu'est-ce que Flaubert sous-entend sur son attitude ?
2. Quels sentiments inspire-t-il à Charles Bovary ?
3. Pourquoi ces sentiments font-ils de Charles un être pathétique ?

---

1. ***S'empourprait*** : rougissait.
2. ***Débonnaire*** : d'une bonté extrême, qui tend à la faiblesse ; inoffensif.
3. ***Vil*** : qui inspire le mépris par son manque de courage ou de dignité.

Raymond Radiguet, *Le Diable au corps*, 1923

Pendant la Première Guerre mondiale, le narrateur du *Diable au corps*, un jeune homme de quinze ans seulement, s'éprend de Marthe, une femme mariée et plus âgée que lui. Plus scandaleux encore, son époux Jacques est un soldat, qui risque sa vie au front. Ce récit initiatique choqua nombre de contemporains de Radiguet, dans la mesure où il écornait l'image sacrée du héros de guerre. La mort prématurée de Radiguet, l'année même de la publication, ainsi que la réputation sulfureuse de son œuvre ont contribué à nourrir l'aura mythique qui commençait déjà à entourer de son vivant ce jeune écrivain. Dans cet extrait, le narrateur reproche à Marthe d'avoir été trop froide avec Jacques lorsqu'il lui a rendu visite lors d'une permission.

Je l'y revis le jour même[1]. D'abord, je la grondai mollement d'avoir été si méchante. Mais quand je lus la première lettre de Jacques, je fus pris de panique. Il disait combien, s'il n'avait plus l'amour de Marthe, il lui serait facile de se faire tuer. Je ne démêlai pas le «chantage». Je me vis responsable d'une mort, oubliant que je l'avais souhaitée[2]. Je devins encore plus incompréhensible et plus injuste. De quelque côté que nous nous tournions s'ouvrait une blessure. Marthe avait beau me répéter qu'il était moins inhumain de ne plus flatter l'espoir de Jacques, c'est moi qui l'obligeais de répondre avec douceur. C'est moi qui dictais à sa femme les seules lettres tendres qu'il ait jamais reçues. Elle les écrivait en se cabrant, en pleurant, mais je la menaçais de ne jamais revenir, si elle n'obéissait pas. Que Jacques me dût ses seules joies atténuait mes remords. Je vis combien son désir de suicide était superficiel, à l'espoir qui débordait de ses lettres, en réponse aux nôtres. J'admirais mon attitude, vis-à-vis du pauvre Jacques, alors que j'agissais par égoïsme et par crainte d'avoir un crime sur la conscience.

Raymond Radiguet, *Le Diable au corps*, Flammarion, coll. «Étonnants Classiques», 2013, p. 97.

---

1. Il s'agit de Marthe, son amante.
2. Le narrateur a secrètement espéré que Jacques meure au front.

Question

Quels rapports complexes unissent le mari et l'amant dans ce texte ?

Émile Zola, *Thérèse Raquin*, 1867

Chef de file du mouvement naturaliste, Émile Zola (1840-1902) écrit avec *Thérèse Raquin* un roman psychologique sur l'adultère, le crime et le remords. Thérèse s'est mariée sans amour à son cousin Camille. Elle entretient une liaison avec Laurent, peintre ami de Camille, et le couple décide de se débarrasser de l'encombrant mari. Profitant d'une promenade en bateau sur la Seine, Laurent noie Camille avec la complicité de Thérèse. Si le meurtre passe pour un accident, la culpabilité des amants détruit peu à peu leur amour, surtout quand, après avoir identifié le corps du mari à la Morgue, Laurent est hanté par la vision du cadavre...

Maintenant ses idées s'attachaient à Camille, avec une fixité effrayante. Jusque-là, le noyé n'avait pas troublé les nuits de Laurent. Et voilà que la pensée de Thérèse amenait le spectre de son mari. Le meurtrier n'osait plus ouvrir les yeux ; il craignait d'apercevoir sa victime dans un coin de la chambre. À un moment, il lui sembla que sa couche était étrangement secouée ; il s'imagina que Camille se trouvait caché sous le lit, et que c'était lui qui le remuait ainsi, pour le faire tomber et le mordre. Hagard[1], les cheveux dressés sur la tête, il se cramponna à son matelas, croyant que les secousses devenaient de plus en plus violentes.

Puis, il s'aperçut que le lit ne remuait pas. Il y eut une réaction en lui. Il se mit sur son séant[2], alluma sa bougie, en se traitant d'imbécile. Pour apaiser sa fièvre, il avala un grand verre d'eau.

« J'ai eu tort de boire chez ce marchand de vin, pensait-il... Je ne sais ce que j'ai, cette nuit. C'est bête. [...] »

---

1. ***Hagard*** : hébété, égaré.
2. ***Il se mit sur son séant*** : il s'assit.

[…] Il ne s'endormit pas de son sommeil ordinaire, lourd et accablé; il glissa lentement à une somnolence vague. Il était comme simplement engourdi, comme plongé dans un abrutissement doux et voluptueux[1]. Il sentait son corps en sommeillant; son intelligence restait éveillée dans sa chair morte. Il avait chassé les pensées qui venaient, il s'était défendu contre la veille. Puis, quand il fut assoupi, quand les forces lui manquèrent et que la volonté lui échappa, les pensées revinrent doucement, une à une, reprenant possession de son être défaillant. Ses rêveries recommencèrent. Il refit le chemin qui le séparait de Thérèse : il descendit, passa devant la cave en courant et se trouva dehors; il suivit toutes les rues qu'il avait déjà suivies auparavant, lorsqu'il rêvait les yeux ouverts; il entra dans le passage du Pont-Neuf, monta le petit escalier et gratta à la porte[2]. Mais au lieu de Thérèse, au lieu de la jeune femme en jupon, la gorge nue, ce fut Camille qui lui ouvrit, Camille tel qu'il l'avait vu à la Morgue, verdâtre, atrocement défiguré. Le cadavre lui tendait les bras, avec un rire ignoble en montrant un bout de langue noirâtre dans la blancheur des dents.

Émile Zola, *Thérèse Raquin*, Flammarion,
coll. «Étonnants Classiques», 2008, p. 150-152.

Questions

1. Comment se manifeste le remords de l'amant dans ce texte?
2. Commentez la progression de la folie et de l'hallucination de Laurent.

Question sur l'ensemble des textes

À partir de ces quatre textes, dites s'il vous semble pertinent de considérer l'amant et le mari comme un couple à part entière.

---

1. ***Voluptueux*** : chaud et agréable.
2. C'est le chemin par lequel Laurent rejoignait Thérèse lorsqu'elle vivait avec Camille.

Travaux d'écriture

Vers le brevet

Sujet 1

Compréhension

Répondez aux questions du parcours de lecture n° 1.

Récriture

Récrivez les phrases suivantes en passant du « il » au « je » : « La conversation de la table bourdonnait à ses oreilles comme une volée de balles ; dix visages, inconnus la veille, découpaient avec une obsédante précision leurs traits dans sa mémoire. Il tâchait de mettre l'étiquette d'un nom sur chacun d'eux et n'y parvenait point. »

Rédaction

Dans une lettre, vous racontez à un ami une rencontre avec des jeunes gens plus expérimentés que vous. Vous tenterez de décrire les différentes émotions qui vous ont traversé(e).

Sujet 2

Répondez aux questions du parcours de lecture n° 4.

Récriture

Récrivez les phrases suivantes au plus-que-parfait : « L'air brutal se refermait sur leurs visages, l'automobile dansait sur la route défoncée. La vitesse qui, toujours, enivrait Herbillon chassa les troubles souvenirs, les remords. Thélis irradiait vers lui sa joie de vivre. »

Rédaction

Lors d'une permission, Jean Herbillon entre dans un café vêtu de son uniforme d'aviateur. Un « poilu » engage la discussion avec lui. Ils parlent de la guerre et comparent leurs expériences. Imaginez leur dialogue.

Vers le baccalauréat

Sujet 1

Corpus : Joseph Kessel, *L'Équipage*, de « Ému, Herbillon songea » jusqu'à « sans comprendre un instant que la vie et la mort en étaient les tableaux » (p. 91-92) ; Guillaume Apollinaire « Merveille de la guerre » (p. 256-259) ; Voltaire, *Candide*, de « Rien n'était si beau, si leste, si brillant » jusqu'à « l'avaient traité de même » (p. 262-263).

Question sur le *corpus*

Vous comparerez ces textes en analysant le point de vue qu'ils nous proposent sur la guerre.

Commentaire

Vous ferez le commentaire de l'extrait de *Candide* de Voltaire.

Dissertation

La fonction de la littérature est-elle de transfigurer le réel ou de l'imiter ?

Écriture d'invention

Au retour de la guerre, Candide rencontre son précepteur Pangloss et, fort de son expérience, entreprend de dénoncer la guerre et ses horreurs. Vous imaginerez son réquisitoire sous la forme d'un monologue de deux pages minimum. Vous veillerez à alterner argumentation et description.

Sujet 2

Corpus : Chrétien de Troyes, *Yvain ou le Chevalier au lion* (p. 264-265) ; Stendhal, *La Chartreuse de Parme* (p. 265-268) ; Joseph Kessel, *L'Équipage*, de « Sur le terrain, cinq avions vibraient » jusqu'à « Le coup était dur, il n'a pas bronché » (p. 122-125).

Question sur le *corpus*

Quelle image du héros chacun de ces textes propose-t-il ?

Commentaire

Vous ferez le commentaire de l'extrait de *L'Équipage* en vous appuyant sur les questions proposées dans le parcours de lecture n° 2.

Dissertation

Le philosophe Alain a écrit : « Le thème de tout roman, c'est le conflit d'un personnage romanesque avec des choses et des hommes qu'il découvre en perspective à mesure qu'il avance, qu'il connaît d'abord mal, et qu'il ne comprend jamais tout à fait[1]. » Êtes-vous d'accord avec cette définition du héros romanesque ?

Écriture d'invention

Le soir de la mésaventure racontée dans l'extrait étudié, dans un monologue intérieur, Herbillon exprime les doutes qui l'animent et comprend que la guerre n'est pas le terrain héroïque qu'il attendait. Vous imaginerez ce monologue en veillant à exposer les émotions et les sentiments du personnage.

Lecture de l'image

Un écrivain dans la Grande Guerre, les sources biographiques (cahier photos, p. 1)

1. Observez la photographie de Kessel : quels détails (habits, objets, traits physiques) retrouve-t-on à l'identique dans le roman ?

---

1. Alain, *Système des Beaux-Arts*, in *Les Arts et les dieux*, Gallimard, coll. « Tel », 1983, p. 326.

2. Décrivez l'attitude et l'allure de Thélis Vachon et comparez ce document au portrait que Kessel dresse du capitaine Gabriel Thélis, p. 64-65 du roman. Cette description vous semble-t-elle fidèle à la photographie ?

Combattre dans l'armée de l'air pendant la Première Guerre mondiale (cahier photos, p. 2-3)

1. Quelle est la nature de chacun de ces documents ? Lesquels sont des témoignages directs de la guerre, lesquels sont plus indirects ?
2. Que pensez-vous des conditions dans lesquelles les aviateurs vivaient et combattaient ? En quoi paraissent-elles moins rudes que celles des fantassins ? En quoi demeurent-elles très difficiles ?
3. Quels éléments des documents relèvent de la propagande de guerre ?

L'as de l'aviation, un chevalier moderne (cahier photos, p. 4-5)

1. Quel est le support des trois premiers documents présents p. 4 et 5 ?
2. Comparez les trois portraits. Quels sont leurs points communs ?
3. Comment la nature héroïque des aviateurs est-elle mise en valeur ?
4. Observez la planche de bande dessinée. Montrez que Mermoz est décrit comme un personnage presque mythologique.

Du roman aux films (cahier photos, p. 6-7)

1. Comparez les deux affiches des adaptations de *L'Équipage* au cinéma. Quelles parties de l'intrigue mettent-elles en valeur ? Le parti pris des deux réalisateurs est-il le même, selon vous ?
2. Décrivez la photographie montrant Hélène Maury assise. Comment se manifestent la solitude et l'enfermement du personnage féminin ?

Échos mythologiques et légendaires (cahier photos, p. 8)

1. Quel mythe célèbre représente le tableau de Saraceni ? Après avoir fait quelques recherches, expliquez le rapport que l'on peut établir entre cette histoire et l'intrigue de *L'Équipage*. Quelles sont les limites de cette comparaison ?
2. Qui sont les trois personnages figurant sur le tableau de Dante Gabriel Rossetti ? Quels liens semblent les unir ? Après avoir fait les recherches nécessaires, montrez les points communs entre la légende représentée sur ce tableau et l'histoire de *L'Équipage*.

Deux représentations de la guerre : Fernand Léger et Félix Vallotton (p. 3 de couverture)

Fernand Léger, *La Partie de cartes*, 1917

1. Décrivez l'ensemble du tableau (composition générale, formes, personnages, couleurs…).
2. À quel mouvement pictural appartient-il ?
3. Dans ce tableau, qu'est-ce qui suggère l'univers de la guerre ? Vous répondrez à cette question en analysant les couleurs, les matières et les formes représentées.

4. Comment le peintre traduit-il la déshumanisation des soldats ?

Félix Vallotton, *Verdun. Tableau de guerre interprété, projections colorées, noires, bleues et rouges, terrains dévastés, nuées de gaz*, 1917

1. Que représente ce tableau ?
2. En quoi cette image conserve-t-elle un rapport avec l'expérience concrète vécue par les soldats ? En quoi s'en éloigne-t-elle ?
3. Pourquoi peut-on dire que la guerre fait ici figure de prétexte à une recherche esthétique ? Relevez dans le titre du tableau un terme qui évoque cette recherche.

Mise en page par Meta-systems
59100 Roubaix

N° d'édition : L.01EHRN000397.C002
Dépôt légal : mars 2014
Imprimé en Espagne par Novoprint (Barcelone)